文春文庫

ミスター・メルセデス

上

スティーヴン・キング
白石　朗訳

文藝春秋

ジェイムズ・M・ケインを思いながら。

午頃《ひる》、干し草を積んだトラックから放り出された……

（田口俊樹訳）

目次

（下巻に続く）

主な登場人物

ビル・ホッジズ……………………退職刑事
ブレイディ・ハーツフィールド……メルセデスで八人を轢き殺した男
オリヴィア・トレローニー…………凶器となったメルセデスの持ち主　自殺を遂げる
ジャネル・パタースン………………トレローニーの妹
エリザベス・ウォートン……………オリヴィアとジャネルの母
ジェローム・ロビンスン……………ホッジズの友人　コンピューター通の高校生
バーバラ・ロビンスン………………ジェロームの妹
オデル…………………………………ロビンスン家の犬　アイリッシュセッター
ラドニー・ピープルズ………………ヴィジラント警備サービスの警備員
フレディ・リンクラッター…………ブレイディの電機店での同僚
ドナルド・デイヴィス………………妻を失踪にみせかけて殺した男
ターンパイク・ジョー………………近隣に出没する連続殺人者
ピート・ハントリー…………………一級刑事　ホッジズのかつての相棒
イザベル・ジェインズ………………刑事　ピートの現在の相棒

ミスター・メルセデス

グレイのメルセデス

二〇〇九年四月九日〜十日

オーギー・オデンカークが乗っているのは一九九七年型のダットサンで、走行距離はすでにかなりかさんでいたが、走りっぷりはまだ申しぶんなかった。とはいえガソリンは高値だし——失業中の身にはなおさら——市民センターは街の反対側だ。そこでオーギーは、夜の最終バスに乗った。午後十一時二十分、オーギーは背中にバックパックを背負い、丸めた寝袋を片腕にかかえこんだ姿でバスを降りた。午前三時になるころには、ダウンのつまった寝袋がありがたく思えるはずだ。霧が出て、底冷えのする夜だった。

「幸運を祈るよ」バスの運転手がステップをおりるオーギーに声をかけた。「会場に一番乗りしたってだけで、いいことにありつけるさ」

ただし、オーギーは一番乗りではなかった。市民センターに通じる急勾配《こうばい》の広いドライブウェイをあがりきってみると、横にならんだ扉の前に少なくとも二十人の人々があつまっていたのだ。大半は立ったままだが、すわっている者もいる。《**割込禁止**》の文字がはいった黄色いベルトつきのガイドポールが設置されて、何度も折り返す迷路のような行列用の通路をつくっていた。こういったポールは映画館や銀行で見たことがあり——ちなみに銀行口座はもっか引出額超過――その目的もよくわかっていた。かぎられたスペースにひとりでも多くの人間を詰めこむためだ。

まもなく求職者たちの長いジグザグ行列になるはずの最後尾に近づくと、いちばんうしろが眠っている赤ん坊を〈パプース〉のキャリアーに入れて抱いている女だとわかり、オーギーは驚くと同時にうろたえもした。赤ん坊は風邪をひいているらしく、両の頬がまっ赤になっていた――おまけに息をするたびに、かすかながら〝ごろごろ〟という異音を発している。

オーギーがわずかに息を切らして近づいたのを察して、女がふりかえった。目の下に黒い隈《くま》があったが、それでも若々しく愛らしい女だった。足もとにはキルト地のキャリーケース。赤ん坊の世話に必要な品々をおさめてあるのだろう、とオーギーは思った。

「ハイ」女が声をかけてきた。「〈早起き鳥クラブ〉へようこそ」

「早起きのご褒美《ほうび》にありつければいいけどね」オーギーはいいながらも、どうだっていいと思い返して片手を差しだした。「オーガスト・オデンカーク。オーギーだ。最近リストラされてね。首切りされたのを二十一世紀の言葉に直すと、そうなるんだな」

女はオーギーの手を握った。気後《きおく》れをみじんも感じさせない、しっかりと力のこもった握手だった。「わたしはジャニス・クレイ、だっこしてるのはわたしの喜びの源で、名前はパッティ。わたしもリストラされちゃったわけね。シュガーハイツにある立派なお屋敷で家政婦をしてたの。車の正規代理店を経営している人のお屋敷で」

オーギーは顔をしかめた。

ジャニスはうなずいた。「そういうこと。その人は、わたしに辞めてもらうのは心苦しいけれど、いろいろ引き締めなくてはならないって話してた」

「近頃ごろじゃ珍しくもない言葉だね」オーギーはいいながら思った。《だれかに子守りを頼めなかったのかい？　ひとりも見つからなかった？》

「この子を連れてくるしかなかったの」ジャニスがいった。おいおい、こっちの頭の中身をすっかり読みとる読心術の心得がこの女にあってたまるか――オーギーは思った。「ほかにだれもいなくて。誇張でもなんでもなく。たとえわたしがバイト代を出せても、おなじ町内の女の子はひと晩ずっといられないって――そもそもバイト代を払う余裕もないし。仕事を見つけられなかったら、この先どうすればいいのかしら」

「ご両親に赤ちゃんをあずけられなかったのかい？」オーギーはたずねた。

「両親はヴァーモント州よ。ちょっとでも知恵があれば、パッティを連れていったのに。きれいなところだし。でも、両親は両親で困った問題をかかえてるの。父さんがいうには、自宅が〝水面下に沈んで〟いるんですって。いいえ、文字どおりの意味じゃないのよ。家が川に流されたとかじゃなくって、金融に関係した言いまわしらしいけど」

　オーギーはうなずいた。おなじような話はいくつも耳にしていた。

　数台の車が、先ほどオーギーがバスを降りたマルボロ・ストリート側からの急勾配のドライブウェイをあがってやってきた。車はどれも左折して、空きスペースだらけの広大な駐車場へ吸いこまれていく。その駐車場も、あしたの夜明けどきには満車になっていることだろう……市当局がこれから年一回の恒例にする予定の合同就職フェアの開場まで、まだ数時間もあるころに。どの車も新車には見えなかった。運転者が車をとめると、車内から三、四人の求職者が降りてきて市民ホールの入口のほうへ歩きだす。オーギーはもう行列の最後尾ではなかった。行列は早くも最初の折り返しポイントまで伸びていた。

「就職さえできたら、ベビーシッターだって雇えるんだけど」ジャニスがいった。「でも、とりあえず今夜のわたしとパッティはこれを我慢しなくちゃならないわけ」

赤ん坊が気管支炎を思わせるような咳をして――オーギーには気がかりだった――〈パプース〉のなかで体をもぞもぞ動かしてから静かになった。少なくとも赤ん坊はしっかりと服を巻きつけてもらっている。小さな両手にきちんと手袋まではめていた。

《子供たちはもっとひどい目にあっても生き延びるさ》オーギーは落ち着かない気分でそう思った。まず頭に浮かんだのは一九三〇年代にアメリカ中南部を襲った砂嵐であり、次に思ったのは〈大恐慌〉だが……いまの不況もオーギーにとっては〝大〟の字がつく不況だ。二年前までは万事順調だった。贅沢三昧《ぜいたくざんまい》な暮らしだったわけではない。それでも必要を満たせる稼ぎはあったし、毎月の月末にはわずかながら貯えにまわせる金もたしかに残っていた。しかし、いまでは四方八方クソだらけだ。だれかが金に細工をしたのだ。詳細はわからない。なにせ以前は、グレートレイク・トランスポート社の物流部門で働く一介のオフィスワーカーだった――だから知っているのは荷送り状の作成と、コンピューターをつかって貨物を海路や鉄路、あるいは空路で移動させることだけだ。

「赤ちゃんを連れてるわたしを見て、いろんな人たちがわたしを無責任な母親だって思ってるの」ジャニス・クレイは腹立たしげな口調でいった。「わかるのよ、みんなの顔に書いてあるし、あなたの顔にも書いてある。でも、ほかにどうすればいいの？　おなじ町内の女の子がまるまるひと晩うちにいられるとしても、バイト代は八十四ドル。八十四ドルよ！　来月分の家賃だけはとりのけて手つかずにしてる。でも、それ以外はすっからかんなのに」ジャニスは微笑んだ。駐車場のナトリウムランプが高い位置から投げかける光で、その睫毛《まつげ》に涙がたまっているのがオーギーにも見てとれた。「あら、わたしばっかりしゃべっちゃって」

「それがほんとでも謝る必要はないよ」

行列はいまや最初の折り返し点を過ぎ、最後尾がいまオーギーの立っている場所の横にまで伸びていた。ジャニスのいうとおりだった。たくさんの人々が〈パプース〉のなかで眠る赤ん坊をじろじろと見ている。

「そう、ほんとよ、まったく。ええ、わたしは失業中のシングルマザー。だからもう、だれかれかまわず、あらゆることに〝ごめんなさい〟っていいたい気分」

そういってジャニスはふりかえり、横にいくつもならんでいるドアの上に掲げてある横断幕に目をむけた。そこには《千人の雇用を保証！》とあった。その下にはこう書いてある。《わたしたちは市民のみなさんの味方です！」――ラルフ・キンズラー市長》

「たまにコロンバインの銃撃事件のことも、9・11の同時多発テロのことも、野球のバリー・ボンズがステロイド剤をつかっていたことも、なにもかも謝りたくなるの」ジャニスはいささかヒステリックな笑い声をあげた。「それどころか、スペースシャトルの爆発事故のことだって、申しわけありませんっていいたい――わたしがまだよちよち歩きのころの事件なのに」

「くよくよしなさんな」オーギーはいった。「きみなら大丈夫だよ」といっても、この言葉は話の接《つ》ぎ穂にすぎなかった。

「とにかく、こんなに湿度が高くなければいいのに。かなり冷えこむと思って、この子に厚着をさせてきたけど、このじめじめした湿気ときたら……」ジャニスはかぶりをふった。「でも、わたしたちなら乗り切れるわね、パッティ？　そうでしょう？」いいながらオーギーに絶望もあらわな淡い笑みをむける。「あとはただ、雨にならなければいいんだけど」

雨は降りださなかったが、湿度はますます高くなり、やがて中空に浮かぶ微細な水滴がナトリウムランプの光で見えるまでになってきた。オーギーが気づくと、ジャニス・クレイはいつしか立ったまま寝入ってしまったようだった。ジャニスは片方の尻を沈ませ、肩を丸めて立っていた――濡れた髪が力なく垂れて顔に生えた翼のようになり、あごはいまにも鎖骨にくっつきそうだった。腕時計に目をやると、三時十五分前だった。

十分後、パッティ・クレイが目を覚まして泣きはじめた。母親の《若すぎる母親だな》オーギーは思った）ジャニスはびくっとして、馬のいななきめいた鼻息を洩らしながら顔をあげ、赤ん坊を〈パプース〉から外に出そうとしはじめた。最初、赤ん坊はなかなか出てこなかった――足がひっかかっていたのだ。オーギーはベビーキャリーの左右を手でおさえて手伝った。大声で泣き叫ぶようになっていたパッティが出てくると、着せられている小さなピンクのジャケットやおなじピンクの帽子の一面に水滴がついて、きらきら光っていた。

「おなかをすかせてるのね」ジャニスはいった。「お乳はあげられるけれど、おしっこもしてるわ。パンツごしにわかるの。ここじゃ、おむつ替えは無理だし――あら、霧がこんなに濃くなってる！」

自分をジャニスのうしろにならばせたのは、いったいどこのユーモア好きな神さまだろうか。同時に、この女はこれからの一生をどうやって乗り切っていくのだろうか、とも思わざるをえなかった――赤ん坊に責任がある今後十八年ばかりだけではない、それこそ死ぬまでの一生を。こんな夜に、おむつの袋ひとつだけで外出してくるなんて！　そこまで追いこまれ、せっぱつまっているとは！

もってきた寝袋は、パッティのおむつバッグの隣に置いてあった。オーギーはしゃがみこむと紐を引いて寝袋を広げ、ジッパーをはずした。「これにもぐりこむといい。あんたもあったかくなれるし、その子にもあったかい思いをさせてやれる。そのあとでなにか必要な品があったら、おれがわたしてやるよ」

ジャニスは泣きながらむずかっている赤ん坊を抱きしめて、じっとオーギーを見つめてきた。

「結婚してるの、オーギー？」

「いいや、離婚した」

「子供は？」

オーギーはかぶりをふった。

「じゃ、なんでこんなに親切にしてくれるの？」

「だって、ほら、おれたちはここにいるわけだし」オーギーはそういって、肩をすくめた。

ジャニスはいましばらく品定めをするようにオーギーを見つめていたが、やがて赤ん坊をオーギーに手渡してきた。オーギーはいっぱいに腕を伸ばして、女の子を受けとった――まっ赤になって怒りをあらわにしている顔や、上をむいた小さな鼻についている鼻水の小さなしずく、ネルの着ぐるみ《ワンジー》のなかで自転車をこぐように動いている足などに目を奪われる。ジャニスが体をもぞもぞと動かして寝袋に身を横たえ、両手を差しだしてきた。

「その子を引き取るわ」

オーギーが赤ん坊をわたすと、ジャニスはさらに寝袋の奥へもぐっていった。ふたりの真横、行列が最初に折り返すあたりのところに立っているふたりの若い男がじろじろと見ていた。

「お節介は無用だぞ、若いの」オーギーがいうと、ふたりはすぐ目をそらした。

「おむつをとってもらえる?」ジャニスがいった。「お乳をあげる前に、おむつを替えてあげたいの」

オーギーは濡れた舗装に片膝をついて、キルト地のバッグのジッパーをあけた。中身が〈パンパース〉の紙おむつではなく布おむつだったことに一瞬驚いたものの、事情はすぐに察しとれた。布おむつなら、洗ってくりかえしつかえる。してみると、ジャニスにもまったく希望がないわけでもないのかも。

「〈ベビーマジック〉のボトルもある。これもわたそうか?」

いまやジャニスの茶色い髪の毛がわずかに見えているだけになっている寝袋から、返事の声がきこえた。「ええ、お願い」

オーギーはおむつとベビーローションのボトルをわたした。寝袋がもぞもぞうごめき、びくんと跳ねた。最初のうちは赤ん坊の泣き声が高まった。列が数回ばかり折り返した先のずっと後方から、「あの赤ん坊を静かにさせられないのか?」という声がきこえた。別の声がいい添えた。「福祉サービス局に通報してやればいいのに」

オーギーはじっと寝袋を見おろしながら待っていた。ようやく寝袋の動きがとまり、ジャニスの片手がおむつを握りしめて出てきた。

「バッグにしまってもらえる？　汚れもの用のビニール袋があるから」いいながらジャニスは巣穴から顔を出したもぐらのようにオーギーを見あげた。「心配しないで。うんちじゃなくて、おしっこだけ」

オーギーはおむつを受けとって、ビニール袋（側面に《**コストコ**》という文字があった）に入れ、おむつバッグのジッパーを閉めた。寝袋（《ここには袋だのバッグだのがどっさりあるな》オーギーはそう思った）の内側からはなお一分ばかり泣き声がきこえていたが、ふっつりとおさまった。パッティが市民センターの駐車場で乳を飲みはじめたのだ。あと六時間はあかないはずの横にならんだいくつもの扉の上で、横断幕が一回だけ物憂げにはためいた。《**千人の雇用を保証！**》

《そうだろうよ》オーギーは思った。《その伝でいうなら、ビタミンCをたっぷり飲んでりゃＡＩＤＳも避けていくといえそうだ》

二十分経過。マルボロ・ストリートから、さらに何台もの車があがってきた。行列にならぶ人々もどんどん増えていた。オーギーの見たところ、いまの時点で開場待ちが四百人程度。この割合で人数が増えていくとすれば、午前九時の開場時には二千人が詰めかけることになる——といっても、これは控えめな推測だ。

《もし〈マクドナルド〉のフライヤー担当の職を提供されたらどうする？》

受け入れるかもしれない。

《じゃ、〈ウォルマート〉の入口で客に挨拶《あいさつ》をする係だったら？》

受けるに決まっている。にっこりと笑顔を見せて、《いらっしゃいませ》と声をかけるだけ。おれなら、スーパーの挨拶係という仕事で場外ホームランをかっとばしてやれるぞ。

寝袋から声がした。「なにがおかしいの？」

「なんでもないさ」オーギーは答えた。「赤ん坊をしっかり抱いていてやれ」

「うん、そうしてる」そう答えるジャニスの声は微笑んでいた。


午前三時半、オーギーはひざまずいて寝袋のフラップをもちあげ、内側をのぞいた。ジャニス・クレイは赤ん坊に乳房を与えたまま、横向きでぐっすり眠りこんでいた。この光景にオーギーは『怒りの葡萄《ぶどう》』を思い出した。あの作品に出てきた女の名前はなんといっただろう？最終的に男を看護することになるあの女。花の名前だったように思えた。リリー？　ちがう。パンジー？　ぜったいにちがう。いっそ両手でメガホンをつくって、ここの大群集にこう問いかけたい気分だった。《**このなかに『怒りの葡萄』を読んだことのある人はいますか？**》

オーギーが（この思いつきのあまりのくだらなさに苦笑しながら）立ちあがると、名前がするりと思い出されてきた。ローズ。それがスタインベックの『怒りの葡萄』に出てきた若い女の名前だ。しかし、ただのローズではない。ローズ・オブ・シャロンだ。どことなく聖書的な響きにも思えたが、オーギーにははっきり断定できなかった。それほど熱心に聖書を読んでいたわけではなかった。

それからオーギーは、夜明け前の数時間をすごすつもりだった寝袋を見おろし、コロンバインの銃撃事件や9・11やバリー・ボンズのことで謝りたいとしゃべっていたジャニス・クレイのことを思った。このぶんだと地球温暖化についても自分のせいだといいかねない。今回のフェアがおわって、ふたりとも定職につけたなら――いや、つけない可能性も高いのだから、たとえ定職につけずとも――ジャニスに朝食をおごってやろう。デートとかそういうのではなく、スクランブルエッグとベーコンの朝食をともにするだけ。それをすませたら、もう自分たちが会うことは二度とあるまい。

さらに人々があつまりつつあった。行列の最後尾は、どことなく偉そうな《**割込禁止**》という文字がはいったベルトを張りわたすガイドポールの終端の折り返しに達しつつあった。そのあとガイドポールをつかいはたすと、行列は駐車場へ伸びていった。オーギーを驚かせたのは――同時にいささか胸騒ぎを感じさせたのは――あつまった人々がしんと静まりかえっていることだった。こうして足を運んだのが無駄足にほかならないと知っていて、それでもその事実を公的に認めてほしいだけでここへ来たかのように。

横断幕がまた物憂げにはためいた。

霧はますます濃くなっていた。

午前五時少し前、うつらうつらしていたオーギーは目を覚まし、両足を目覚めさせようとして足踏みをしながら、あたりに見苦しい鉄色の光が忍び寄っていることに気がついた。詩に謳われる夜明けの薔薇《ばら》色の指とか昔のテクニカラーの映画などからは、世界でいちばん遠い光――これは死んだ夜明け、じっとりと湿り、死後一日たった死体のように青白い夜明けだ。

市民センターがその一九七〇年代風の野暮ったい建築スタイルという栄光をまとった姿を、しだいにあらわしつつあった。辛抱強く待っている人々がつくりだす、二十回ばかり折り返して伸びている行列も見えてきた——列の最後尾の人々は霧に飲みこまれて姿が見えない。控えめな会話もはじまっていたし、ならんだドアの内側にあるロビーを灰色の作業服姿の清掃スタッフが横切っていくと、控えめながら皮肉を孕《はら》んだ歓声があがりもした。

「ほかの惑星で生命体が発見されたぞ！」ジャニス・クレイをじろじろと見ていた若い男のひとりが叫んだ——男の名前はキース・フリアス、まもなく片腕を引きちぎられる運命だった。

この軽口に控えめな笑い声があがり、人々が話をしはじめた。夜はおわった。じわじわにじんでくるような光は決して人々を鼓舞するものではなかったが、つい先ほどまでの長い夜明け前の時間にくらべれば、わずかなりともましだった。

オーギーは寝袋の横に膝をついてしゃがみ、片耳を近づけた。規則的な小さな寝息がきこえ、思わず口もとがほころぶ。これまでの心配は結局のところ杞憂《きゆう》だったのかもしれない。世の中には他人の好意によって生き延びていく者が——そればかりか栄えさえする者が——いるのだろう。いまオーギーの寝袋のなかで赤ん坊ともども寝息をたてている若い娘もまた、そういった人々のひとりなのかもしれない。

ふと、ジャニス・クレイと連れ立ってカップルとしてあちこちの就職説明ブースをまわってもいいのではないか、という思いが浮かんだ。もしそうすれば赤ん坊がいっしょにいることが無責任のあかしではなく、ともに力をあわせて努力していることのあかしと受けとられるのではないか。オーギーにははっきり断定できなかったが——人間の心理はオーギーにとって謎ばかりだ――そうなってもおかしくないと思った。ジャニスが目を覚ましたらいちおう提案してみよう。そのうえで考えをきいてみる。正式な夫婦を装うのは無理だ――ジャニスの手に結婚指輪はないし、オーギーはもう三年も前に指輪をはずしてしまった。それでもなんとか主張できるはず……近頃ではなんと呼ぶのだったか？　そう、パートナーだ。

マルボロ・ストリートからはあいかわらず時計の〝チクタク〟という音のように一定の間隔で、続々と車が急勾配の坂道をあがってきていた。まもなく朝一番のバスを降りたばかりの人々が歩いて加わるはずだ。六時になれば人々が走りはじめるにちがいない。濃霧のせいで、やってくる車はヘッドライトとフロントガラスのうしろにうずくまる朧《おぼろ》な影としか見えなかった。待機している人々があまりにも多いことを目にして落胆し、Uターンして帰っていく者もいたが、大半はかまわず前へ進みつづけ、テールライトを揺らしながら、残り少ない駐車スペースをさがしにいった。

ついでオーギーは、Uターンもしなければ駐車場のいちばん奥を目指しもしていない車の存在に気がついた。ヘッドライトが例外的なまでに明るいだけではなく、左右に黄色いフォグランプもついていた。

《HDヘッドライトだな》オーギーは思った。《つまりメルセデス・ベンツだ。ベンツが就職フェアになんの用があるんだ？》

もしかしたらキンズラー市長が、〈早起き鳥クラブ〉の面々にスピーチをするためにやってきたのかもしれない。ここにあつまった面々の積極性だの、古きよきアメリカ直系のみなぎる意欲だのを賞賛するために。もしそうだったら、この場にメルセデスで乗りつけるのは――たとえ古いモデルでも――悪趣味だろう。

行列でオーギーよりも前にいた年配の男（ウェイン・ウェランドという名前で、人生をまもなく断ち切られようとしていた）がいった。「あれはベンツか？　見た目はベンツだな」

そうに決まっている、ベンツのHDヘッドライトとなれば見まちがえっこない――オーギーがそういいかけたそのとき、ぼんやりとした影のような車の運転席にすわった人物がクラクションを鳴らした。長く尾を引く苛立《いらだ》たしげな音だった。HDヘッドライトがこれまで以上に明るくなり、まばゆい純白の光の円錐《えんすい》が空中に浮かぶ微細な水滴のつくる濃霧をつらぬくと同時に、ベンツがいきなり急発進した――先ほどのクラクションの音に追い立てられたかのように。

「おい！」ウェイン・ウェランドが驚きの声をあげた。これが辞世の言葉になった。

車はぐんぐん加速して、求職者たちがいちばん密集している場所めがけてまっしぐらに突進し、《**割込禁止**》のガイドポールをあっさり跳ね飛ばした。走って逃げようとした者もいたが、運よく逃げられたのは行列の末尾にいた集団だけだった。市民ホールの入口近くにいた人々――〈早起き鳥クラブ〉の面々――には、逃げるチャンスは皆無だった。彼らはガイドポールにぶつかって押し倒したり、手足がベルトにからまったり、ぶつかりあったりしていた。群集はひとつの大きな荒波のように前後左右に揺れた。年寄りや体の小さな者たちは押し倒され、そのまま人々に踏みつけられた。

オーギーは左へ押しつけられて足をとられ、なんとか立ち直ったところで前へ突き飛ばされた。だれかがふりあげた肘が右目のすぐ下を直撃、右目の視界が独立記念日のまばゆい花火の光に満たされた。反対の目でオーギーはメルセデスをとらえた――この車は霧のなかから出現しているどころか、霧そのものから創出されているように見えた。巨大なグレイのセダン——SL五〇〇だろう——には十二気筒エンジンが搭載されている。いまそのエンジンがフル回転していた。

　オーギーは押されて寝袋の横に膝をつき、そのあと立ちあがろうともがくあいだも、ひっきりなしに他人に——腕を、肩を、うなじを——蹴られどおしだった。だれもかれもが悲鳴をあげていた。ひとりの女の叫びがきこえた。

「危ない、気をつけて、あの車が突っこんでくる！」

　オーギーの目の前で、ジャニス・クレイが寝袋から顔を突きだし、困惑もあらわに目をしばたたいていた。このときもオーギーは、巣穴から顔を出している内気なもぐらを連想した。それも重度の寝ぼけ頭をわずらっているもぐらを。

　オーギーは両手と両膝をついて這い進み、ジャニスと赤ん坊が寝ている寝袋の上におおいかぶさった——そうすればドイツ重工業の産物である重さ二トンの車から、この母娘を無事に守りとおせるとでもいうように。人々の叫び声がきこえた——しかしその声も、迫りくる巨大なセダンのエンジン音にかき消されていった。だれかに後頭部をかなり激しく殴りつけられたが、オーギー本人はろくに気づいてもいなかった。

　こんなことを思うだけの時間はあった——《ローズ・オブ・シャロンに朝食をおごってやろうと思っていたのに》

　またこう思うだけの時間も——《ひょっとしたらあの車がそれてくれるかも》

　それが自分たちの助かる最大の、そして唯一のチャンスに思えた。オーギーは顔をあげ、願いどおり車が進路をそれたかどうかを確かめようとした。次の瞬間、視界が黒々としたタイヤに塗りつぶされた。ジャニスが前腕を握りしめてきたのが感じられた。赤ん坊が目を覚ましていなければいい……と思うだけの時間こそあったが……時間はそこで尽きた。

退職刑事

1

ホッジズは缶ビールを手にしてキッチンから出てくると、〈レイジーボーイ〉の安楽椅子に腰かけ、缶を左側にある小さなテーブルの上、それも拳銃のすぐ隣に置く。拳銃はスミス&ウェッスン三八口径のリボルバー、M&Pモデル──ちなみにM&Pは〝軍&警察《ミリタリー&ポリス》〟の略だ。ホッジズは老犬を撫でる人のような放心した手つきで銃を撫でてからテレビのリモコンをとりあげ、チャンネル7にあわせる。いささか出遅れた。テレビのなかでは、スタジオの観客が早くも拍手喝采をしている。

ホッジズは一九八〇年代の後半この市に住みついていたある流行──短命におわった忌まわしい流行──に思いを馳せる。〝住みついていた〟というよりも〝市を汚染していた〟というほうが正しいかもしれない。一過性の熱病のようなものだったからだ。その年の夏のあいだ、市の新聞三紙すべてが社説でその問題をとりあげた。いまでは三紙のうち二紙が消え、残る一紙は生命維持装置につながれている。

番組の司会者がぱりっとしたスーツに身をつつみ、観客に手をふりながらセット中央に大股で進みでてくる。警察を退職して以来ウィークデイにはほぼ毎日この番組を見ているし、こんな仕事をするにはいささか頭がよすぎてもったいない司会者だとも思う——この番組の仕事は、ウェットスーツを着ないまま下水管でスキューバダイビングをするようなものだ。この司会者は、ある日いきなり自殺してしまったあとで友人や親しい親類があつまっては、こんなことになる気配にはまったく気がつかなかったといいあうような、そんなタイプの男だ——まわりの人々が、最後に会ったときにはどれほど元気だったかを口々に話すような。

そう思ったことをきっかけに、ホッジズはふたたび拳銃をぼんやりと撫でまわす。ヴィクトリー・モデル。旧式だが質のいい銃だ。現役時代につかっていたのは口径四〇のグロック。自腹で購入した銃で——市の警察官は仕事用の銃を自分で買う決まりだ——いまは寝室の金庫にしまってある。金庫《セーフ》のなかで安全《セーフ》に。退職行事のあとで弾薬を抜いて金庫におさめたきり、一回も目にしていない。なんの関心もない。ただし、こちらの三八口径は気にいっている。感傷面での愛着もあるが、それだけではない。リボルバーは決して弾詰まりを起こさないからだ。

最初のゲスト登場。青いミニワンピース姿の若い女だ。顔にはどちらかといえばうつろな表情がのぞいているが、ボディはノックアウト級。服の内側のどこかにタトゥーがあり、なかでも尻と腰のあいだにあるタトゥーが昨今〝トランプ・スタンプ〟と呼ばれていることも知っている。タトゥーはふたつ、ないし三つだ。観客席の男たちが口笛を吹き、足を踏みならす。観客席の女たちの拍手はずっと控えめだ。あきれ顔でこれ見よがしに天井へ目をそらしている女もいる。きっと、この手の女に目を釘づけにされている亭主を見たくないのだろう。

ゲストの女はしょっぱなからテンションがあがりまくりだ。女の話によれば、恋人がほかの女と赤ん坊をつくり、いまはしじゅう女と子供に会いに出かけてばかりだという。わたしはまだ彼を愛してる、と女はいう。でも、やっぱり憎らしいのはあの――

つづく二語はピーという電子音で抹消されるが、読唇術の心得のあるホッジズには〝くそビッチ〟だったとわかる。観客は拍手喝采。ホッジズはビールをひと口。次の展開は見え見えだ。この番組は、金曜午後のメロドラマなみに先が見通せる。

司会者はいましばらくゲストの女に勝手にしゃべらせておいてから、おもむろに紹介する……**いまお話に出た相手の女性です！**　こちらの女もおなじくノックアウト級のボディと、数メートルはあろうかという金髪のもちぬし。片方の足首には〝トランプ・スタンプ〟。ふたりめのゲストが最初の女に近づいて話しかける。

「あなたのお気持ちはわかる。でも、わたしだって彼を愛してるの」

ふたりめの女にはまだいいたいことがあるようだが、結局はそこまでしか口にできない――ノックアウトボディ1が行動を起こすからだ。セット外でだれかがゴングを鳴らす。ボクシングの懸賞試合の開始を宣言するかのように。いや、じっさいにそうなのだろう。この番組のゲストには謝礼が支払われているはずだ――金ももらわずにこんな真似をするやつがいるか？ふたりの女が数秒ばかり殴りあったり引っかきあったりしたところで、場外から女たちのようすを見ていた《**警備**》という文字いりのTシャツを着たふたりのマッチョ男がおもむろに登場、女たちを引き離す。

女たちはしばらく怒鳴りあって、たっぷりとおたがいの意見を公平に開陳しあう（が、その大半はピー音で消されてしまう）。司会者はそのようすを寛大に見まもっている。今回、まず手を出して喧嘩のきっかけをつくるのはノックアウトボディ2だ。見事な大ぶりのパンチを繰りだし、おかげでノックアウトボディ1の頭部がうしろへがくんとのけぞる。ふたたび鳴りわたるゴング。ふたりの女はステージに倒れこみ、それぞれの服を乱しながら、爪で引っかきあい、殴りあい、平手打ちを応酬しあっている。観客は大喜び。警備係のマッチョが女たちを引き離すと、司会者が割ってはいって、なだめるような——しかし、煽る意図を隠した——声で話しかける。ふたりの女はそれぞれの愛の深さを高らかに宣言し、相手の顔に唾を吐きかける。司会者が番組はすぐに続行するといい、Ｃクラスの女優がダイエット用サプリを売りこむＣＭに切り替わる。

ホッジズは缶からまたビールをひと口飲み、このぶんだと半分も飲みおわらないだろうなと思う。笑える話だ——現役の警官だったときには、アルコール依存症といってもおかしくない状態だったのは事実なのだから。その後は意志の力をふりしぼって飲酒に手綱をかけ、勤続四十年を迎えたら好きなだけ酒を飲んでもいいと自分に約束した。四十というのは驚くべき数字だった。市警察の警官の五十パーセントが二十五歳を迎えると退職していき、三十歳を越えると退職率が七十パーセントにもなるのだから。それがこうして勤続四十年をおえたいま、アルコールにそれほど興味をいだけなくなっている。とことん酔っ払ってみようと試みたことも何回かあるが——いまでも酔っ払えるのかどうかを確かめたかっただけで、なるほど、酔うことはできたが、酔っ払ったからといって、しらふでいるよりもましかといえば、そんなことはないとわかっただけだ。

番組が再開する。司会者が次のゲストを紹介すると話している。ホッジズにはゲストがだれかわかっている。観客もわかっているようで、期待の声援をあげる。ホッジズは父親から譲られた拳銃を手にとって銃口をのぞきこみ、〈ディレクTVガイド〉の上に置く。

ノックアウトボディ1とノックアウトボディ2があれほど激烈に争っている当の男が、ステージ右から姿をあらわす。本人がもったいぶった歩き方で出てくる前から、どんな風体の男なのかはだれにだってわかるはずだし、そう、この男にまちがいない――ガソリンスタンドのスタッフか巨大スーパーマーケット〈ターゲット〉の倉庫で段ボール箱を運んでいるスタッフか、そうでなければ〈ミスター・スピーディ〉で車の（下手くそな）整備をしているスタッフといったところ。痩せていて顔は青白く、ひたいに黒髪がかかっている。チノパンと、いかれたような緑と黄色のネクタイという服装――ネクタイは、派手に目立つ喉仏の真下あたりを絞めつけている。チノパンの裾から飛びだしているのはスエードのブーツの尖った爪先だ。さっきのふたりの女に〝トランプ・スタンプ〟があるとわかったように、この男が馬なみの巨根なのはわかるし、射精の勢いが機関車よりも力強く、射出速度は弾丸にも負けないこともわかる――この男がマスをかいた直後のトイレの便座に腰かけたら、まっさらの処女でも一発で妊娠しそうだ。それも、たぶん双子を。顔に浮かんでいるのは、気苦労とは無縁のクールガイならではのわけ知りな薄笑い。だれもがうらやむ身分だ――食いっぱぐれる心配なし。まもなくゴングが鳴って、ふたりの女はまた取っ組みあいをはじめるのだろう。そのあと、この男の口先だけのたわごとをひとしきりきかされたのち、女たちは目と目を見かわして小さくうなずきあい、ともに力をあわせて男に襲いかかる。警備スタッフは先ほどよりも少しだけ長く待ってから、ようやく介入する。なぜなら、この最終決戦バトルこそ、スタジオの観客や自宅にいる視聴者たちがもっとも見たがっているものだからだ――めんどりたちが、いよいよおんどりに襲いかかるシーンこそ。

一九八〇年代後半、市内に住みついた短命だが忌まわしい流行――あるいは汚染――は、〝ホームレス・バトル〟と呼ばれていた。最初に思いついたのは、どこかの卑劣な天才とその仲間あたりだろうが、利益を生むとわかると、さらに数人がこの事業に乗りだしてきてルールを洗練させた。ふたりのホームレスにそれぞれ三十ドルをわたしてから、決められた時間に決められた場所でおたがいに戦わせる、というのがルールだった。ホッジズがいちばんよく覚えている会場は、市のイーストサイドにあった毛ジラミ繁殖施設同然の〈バム・バ・ラム〉といういかがわしいストリップクラブの、そのまた裏手のサービスエリア。対戦カードが決まると、宣伝や告知がおこなわれ（といってもインターネットの普及はまだまだ先だったので、もっぱら口コミが頼りだった）、観客にはひとりあたり二十ドルの入場料が課せられた。ホッジズとピート・ハントリーが手入れに踏みこんだときには、二百人以上の観客がその場にいた――大半が賭け率を設定し、おたがい野放図に賭けあっていた。観客には女たちもいたし、なかにはイブニングドレスで、ごてごてと宝石類で飾り立てた女もいたくらいだ。そんな女たちがなにを見ていたのかといえば、アルコールで脳がすかすかになった飲んだくれのホームレスが取っ組みあい、腕をめちゃくちゃにふりまわして足をさかんに蹴り出し、その場にぶっ倒れては立ちあがって、意味不明のわめき声をあげる場面だ。観客は声をあげて笑い、声援を送り、闘士ふたりをさかんに煽りたてていた。

この番組はあれに似ている。ちがうのは、こちらに金を出しているのがダイエットサプリの会社と保険会社だという点だけだ。だからホッジズは、出場する闘士たち（司会者はかならず〝ゲスト〟と呼ぶが、じっさいには闘士だ）が三十ドルと安酒の〈ナイトトレイン〉以上の報酬を得て帰っていくのだろうとにらんでいる。しかも、熱戦に水をさす警官たちもいない——宝くじ同様に合法的だからだ。

この番組がおわれば、次はやる気満々の女性判事が、トレードマークの短気で独善的な態度であらわれ、前にまかりでてきては、くそつまらないことをいいたてる請願者たちの抑制もへったくれもない怒りの言葉に耳をかたむける。その次は、太ったファミリードクターの精神科医が登場してゲストを泣かせ（当の医者はこれを〝否認の壁を撃破した状態〟とのたまう）、わが方法論にあつかましくも疑問をいだくようならお引き取りを、とうながす。この太ったファミリードクターの精神科医は、ＫＧＢが作成した訓練用ビデオ教材から手口を学んだにちがいない。

ウィークデイの午後には、ホッジズはいつもこの手のフルカラーのクソ番組という食事をむさぼる。〈レイジーボーイ〉に体をあずけ、〈父親の拳銃——〈父が外まわりの警官として携行していた拳銃——を横のテーブルに置いたまま。そしていつも決まって数回は銃を手にとり、銃口から銃身をのぞきこむ。のぞきこみ、そこにある丸い闇を凝視する。さらにこれまで二度ばかり、銃身を上下の唇のあいだにさし入れたこともある——弾薬をこめた銃を舌に載せて上あごに狙いをつけたときの味を確かめたかった。その味に慣れようとしていたのかもしれない、とホッジズは考えている。

もし首尾よく酒を飲めれば、これを先延ばしにできるはずだとも思う。少なくとも年に一回は先延ばしにできる。そのうえ年二回も先延ばしにできれば、いまのこの衝動も過ぎ去っていくかもしれない。そうなればガーデニングやバードウォッチングはもちろん、絵を描くことにも興味がもてるようになるかもしれない。ティム・クィグリーは引っ越し先のフロリダで絵を描くようになった。元警官族があつまっている退職者コミュニティで。ひっくるめていうならクィグリーはあっちでの暮らしを大いに楽しんでいたし、あの州のヴェニスで開催される〈アート・フェスティバル〉で売れた作品もいくつかあった。といっても脳卒中を起こす前の話だ。脳卒中のあとクィグリーは右半身が麻痺してしまい、八カ月だか九カ月だかの寝たきり生活を余儀なくされた。ティム・クィグリーはもう絵を描けなくなった。そしてあいつは旅立った。

じゃ、お先に。

　試合開始を告げるゴングが鳴っている。はたして女はふたりとも、いかれた配色のネクタイを締めた痩せた男に襲いかかる――マニキュアを塗られた爪が閃《ひらめ》き、ふくらませた髪が激しくひるがえる。ホッジズはふたたび拳銃に手を伸ばしたが、指が触れる寸前に正面玄関の郵便受けの差入口がかたんと音をたて、つづいて郵便物の束が玄関ホールの床に落ちて音をたてる。

　メールとフェイスブックの昨今、大事な連絡が郵便受けからやってくることはない。それでもホッジズは立ちあがる。郵便物に目を通し、父から譲られた三八口径のＭ＆Ｐモデルはあと一日放置しておこう。

2

　ホッジズが郵便物の薄い束を手にして椅子に引き返すと、格闘ショーの司会者がＴＶの国の観客に別れの言葉を口にし、来週のゲストはミニサイズだと予告している。ただし体がミニなのか知能がミニなのか、そのあたりはつまびらかにしない。

〈レイジーボーイ〉の横に、ごみ容器がふたつ置いてある。片方はリサイクル可能なガラス瓶や缶、もうひとつは普通の紙くず用だ。**《利益還元セール》**を予告する〈ウォルマート〉のダイレクトメールは後者のごみ箱に直行。**《親愛なるわれらが隣人諸氏》**あての葬儀保険の勧誘も同様。家電量販店〈ディスカウント・エレクトロニクス〉からは、一週間限定でＤＶＤ全点半額の広告。市評議会に一名の欠員が出たためにおこなわれる補欠選挙に出馬中の候補者からは、〝あなたの貴重な一票〟とやらをお願いする葉書。葉書には候補者の写真があり、ホッジズはそれを見て、子供のころにとても怖い思いをさせられた歯医者のオバーリン先生に似ていると思う。スーパーマーケット〈アルバートソンズ〉からのＤＭもある。ホッジズはこれをわきへとりおく（さしあたってのことだが父親の銃を覆い隠すように）。捨てなかったのは、値引きクーポンがどっさりはいっているからだ。

　最後の郵便物は細長いビジネスサイズの封筒で、どうやら本物の手紙のようだ――手で触れた感じではかなりぶあつい手紙だ。《ハーパー・ロード六二三番地》に住む《K・ウィリアム・ホッジズ（退職）刑事さま》あてになっている。差出人の住所氏名の記載はない。普通は差出人の記載がある封筒の左肩部分には、きょうふたつめのスマイリーのキャラクターが描かれている。ただし、〈ウォルマート〉の利益還元セールのキャラクターであるウィンクしているスマイリーではない。メールにつかわれるスマイリーが黒いサングラスをかけ、歯を剝きだして笑っているイラストだ。

ひとつの記憶が呼び覚まされる。決して楽しい記憶ではない。

まさか――ホッジズは思う。よしてくれ。

しかしホッジズは急いで封筒をぞんざいに破ってあける。タイプで打たれた四枚の手紙がこぼれ落ちてくる――いや、本物のタイプではない。タ、イ、プ、ラ、イ、タ、ーで打たれたものではなく、タイプライターの活字に似せたコンピューター用フォントで印字された手紙だ。

一行目は――《親愛なるホッジズ刑事》。

ホッジズは手紙から目を離さずに手を伸ばす。その拍子に〈アルバートソンズ〉のダイレクトメールを床に落としてしまい、指先がリボルバーをかすめる。そのことも意識せずにテレビのリモコンを手にとって電源ボタンを押し、やる気まんまんの女性判事を叱責の途中で黙らせてから、全神経を手紙へむける。

3

親愛なるホッジズ刑事
あんたは半年前に退職したけれど、この肩書で呼びかけても気にしないでほしい。無能な裁判官や金権政治家、それに愚かな軍の司令官といった面々も、退職後に現役当時の肩書を名乗れるのだから、市の歴史上もっとも表彰回数の多い警察官にもおなじことが当然通用する、と思ったしだい。

だからこう呼んでやる——ホッジズ刑事！

サー（あんたは筋金いりの〝バッジと拳銃の騎士〟なのだから、サーの称号も当然だよ）、この手紙を書いている理由はたくさんあるが、本来なら開巻劈頭《へきとう》あんたが警察で40年を過ごしたことや、そのうち27年間を刑事として過ごしたことへの祝辞をおくべきだった。退職行事をいくつかテレビで（多くの人が見過ごしているけれども、有益な情報源であるパブリックアクセス・チャンネル2で）見せてもらったので、退職翌日に空港近くにあるホテル、レインツリー・インでパーティーがひらかれたこともたまたま知っているんだよ。

いやまあ、それこそ本物の退職行事だったんだろうね！

ぼくはもちろん、そんな晴れがましい〝祝宴〟に出席した経験はないけれど、テレビの警察ものドラマは山ほど見てる。そのほとんどがフィクションの世界における〝警官ぐらし〟を描いたものだってことは承知しているけれど、なかにはその種の退職パーティーのシーンが登場するドラマもあるし〈NYPDブルー〉〈ホミサイド／殺人捜査課〉〈THE WIRE／ザ・ワイヤー〉などなど、できれば〝バッジと拳銃の騎士たち〟がお仲間さんに〝じゃあまたな〟と挨拶をする場面を正確に再現したものならいいのに、と思っているんだ。そのとおりかもしれないとも思う。というのも、少なくとも2冊のジョゼフ・ウォンボーの本で〝退職パーティー・シーン〟にお目にかかったし、どちらも似ていたからね。ウォンボーが現場を知っていたのはまちがいない。あの作家も、あんたとおなじく〝元刑事〟なんだから。

想像しているよ……天井から風船がたくさんぶらさがってて、酒がふんだんに用意されて、下品な猥談があっちでもこっちでもかわされて、〝古きよき日々〟や昔の事件にまつわる思い出話にさぞや花が咲いたことだろう。にぎやかで楽しい音楽もたっぷり流されたかもしれないし、ストリッパーもひとりふたり招かれて、〝しっぽの羽根をふりふり〟してダンスでもしたのかも。来場者のスピーチもあったかもしれないね——〝堅苦しい正式行事〟のときよりも愉快で、もっとたくさんの真実をあけすけに語るようなスピーチが。

どうかな、こんな感じで？

わるくない——ホッジズは思う。ああ、まったくわるくない。

ぼくの調査によると、あんたは現役刑事の時代に、文字どおり数百になんなんとする幾多の事件を解決にみちびいたし、そのほとんどがマスコミ（テッド・ウィリアムズにいわせるなら〝キーボードの騎士たち〟）いうところの〝世間を騒がせる大事件〟だ。あんたは、殺人者や強盗ギャングや放火犯や強姦犯を逮捕してきた。ある記事によれば（あんたの退職式にあわせて掲載された記事だよ）、長年パートナーだった男（ピーター・ハントリー1級刑事）はあんたのことを〝規則遵守と抜群の直観をあわせもつ人物〟と評しているそうだ。

すばらしい賛辞じゃないか！

これが事実なら――事実だと思うけれど――あんたはそろそろ、ぼくのことをあんたが現役時代につかまえられなかった数少ない犯罪者のひとりだと見抜いているはずだね。そのとおり、ぼくはマスコミがこんなふうに呼んだ当人だよ。

（a）ジョーカー
（b）ピエロ
はたまた――
（c）メルセデス・キラー

ぼくのお気に入りは（c）だ！

あんたも捜査に〝ベストを尽くした〟んだろうね。でもあいにく（ぼくにとってじゃなく、あんたにとって）力及ばずにおわった。ホッジズ刑事、もしあんたに心底つかまえたい〝ホシ〟がいるとすれば、去年、市民センターでひらかれた就職フェアの開場を待っていた大群集に車をわざと突っこませて、8人の死者とそれ以上の負傷者を出した事件の犯人だろうね（ぼく自身の予想を越える被害だったということは、ぜひともいっておかなくては）。どうかな、公式の退職行事で立派な銘板を授与されたあのとき、ぼくのことが頭にあったんじゃないか？〝バッジと銃の騎士〟のお仲間たちと、文字どおりの意味で〝パンツをおろした現場〟をつかまえた犯罪者たちの話をしているときや（このあたりはただの推測）、昔なつかしき刑事部屋で爆笑必至だったお下劣ジョークを披露しあっているとき、ぼくのことが頭にあったんじゃないか？

ほら、図星だろ！

ぜひいっておきたいけれど、とにかく猛烈に楽しかったよ（そう、この手紙でぼくは正直になっているんだ）。〝アクセルを限界いっぱいまで踏みこみ〟ながら、かわいそうなミセス・オリヴィア・トレローニーのメルセデスを走らせて大群集に突っこんでいったあのとき、ぼくは生まれてこのかた最高最大に〝ギンギン勃起〟してた！　心搏数は毎分２００にまでなってたんじゃないかな？〝そうだよ、そのとおり！〟。

ここにもサングラスをかけたスマイリーの絵文字が挿入されていた。

これから正真正銘、とっておきの〝内部情報〟を教えてやる。笑いたければ笑えばいい。ある意味では笑える話だからね（といっても、これはぼくがどれだけ用心深かったかを物語る逸話でもある）。ぼくはコンドームをつけていたんだよ！　そう、〝ゴム〟をね！　世にいう〝突発性射精〟や、その結果としてＤＮＡを残してしまうことを警戒したんだ！　さいわい射精こそしなかったけど、それ以来何度も何度もオナニーをした――あの連中が逃げようとしても逃げられなかったようすや（だってあいつらは、オイルサーディンみたいにぎっしりくっついていたんだぜ）、みんながどのくらい怖がっていたか（まじで爆笑ものだった）を思い浮かべたり、人の群れのなかを車が〝波を切って進んで〟いたときに体ががっくんと前へ投げだされたことなんかを思いながらね。シートベルトががっちりロックしたほどの勢いだったよ。いやはや、じつに胸躍るひとときだったね。

　ぶっちゃけていうと、ぼくはなにがどうなるのか知らなかった。五分五分で自分がつかまると予想してもいた。でもぼくは、いわゆる〝底抜けの楽天家〟、失敗を覚悟するよりも成功を覚悟してそなえることを選ぶ者だ。コンドームの件は〝内部情報〟だけど、あんたの仲間の鑑識課は（そうそう、ぼくは〈CSI：科学捜査班〉も見ている）、ピエロのマスクの内側からDNAサンプルが見つからなくてがっかりしたことだろうね。技官諸氏は、「ちくしょう！　悪知恵のはたらく犯人はヘアネットをかぶってからマスクをつけたにちがいないぜ！」とでもいったはずだ。

　はい、大正解！　おまけにネットは漂白剤できれいに洗ったんだよ！

　いまでも思い出しては追体験してる――車であいつらを撥《は》ねたときのずしんという鈍い衝撃、人の体を轢《ひ》きつぶしていくときの音、人の体を乗り越えていくときに車体がスプリングで揺れたあのようすを。権力と支配のためならば、われにいつも12気筒エンジンのメルセデスを与えよ！　新聞でぼくの被害者のなかに赤ん坊がいたと知ったときには天にものぼる心地だった!!　とびっきり若い芽を摘んでやれた！　あの赤ん坊がどれだけの前途をうしなったかを考えるといい。パトリシア・クレイよ、安らかに！　ついでに母親も仕留めた！　ふたりまとめて寝袋のなかでいちごジャムにしてやった！　こんなにぞくぞくすることがあるか？　片腕をなくした男のことを思うのも楽しいし、体に麻痺が残ったふたりのことを思うと、もっと楽しくなる。ひとりの男は腰から下の下半身が麻痺しただけだ。でもマーティーン・ストーヴァーは、いまじゃ文字どおりの木偶《でく》の坊《ぼう》ときた！　連中は命拾いしたが、いっそ死ねばよかったと思ってるはずだ。そのあたりへのご感想は、ホッジズ刑事さん？

さて、いまごろあんたは、「こいつはいったい、どこまで頭がいかれた病的な変態野郎なんだ？」とでも思っていることだろうね。そう思うのもじっさい無理からぬこと——ではあるけれど、そのあたりは議論の余地ありだ！　ぼくとおなじことをすれば、心底から楽しい思いをする人間は大勢いると思うし、だからこそみんな拷問とか手足切断とか……とか……とかが出てくる小説や映画を（昨今ではテレビドラマでさえも！）楽しんでいるんじゃないかな。ちがいといえばただひとつ、ぼくは実行したということだけ。ただし、ぼくがいかれているからじゃない（イカれているからでも怒《いか》ってるからでもないよ）。それまで、現実の体験がどんなものかが——胸のすくようなひとときになるだろうということ、世間でいう〝生涯忘れられないひととき〟になるはずだということ以外——まったくわからなかっただけだ。ほとんどの人間はまだ幼いころに〈鉛のブーツ〉を履かされて、そのあと死ぬまでブーツを脱げずにいる。この鉛の靴は**「良心」**と呼ばれている。ぼくはそんなものを履かされていないから、〝平凡な雑魚《ざこ》ども〟の頭上よりもずっと高く舞いあがれるんだ。では、もし連中につかまっていたら？　もしそれがあの現場での出来事だったり、ミセス・トレローニーのメルセデスがエンストを起こすなりなんなりしていたら（といっても、文句ない状態に整備されていたから、その可能性はごくごくわずかだったけれどね）、きっとぼくは大群集に八つ裂きにされていただろうし、そもそもその可能性も織りこみずみであり、だからこそ昂奮がひときわ高められていたんだ。でも、本当に連中がぼくを八つ裂きにするとは思っていなかったのも事実。だって、たいていの人間は羊で、羊は肉を食べないからね（まあ、多少は殴る蹴るの暴行をうけたかもしれないけれど、多少の暴行なら受けとめられる）。おそらくぼくは逮捕されて裁判にかけられただろうね。で、裁判でぼくは心神喪失による無罪を主張するつもりだった。いや、ひょっとしたらぼくは本当に心神喪失、正気ではないのかもしれない（という思いが頭をかすめたことは事実）。しかし、その場合でも特殊な種類の狂気ではある。いずれにしても運はぼくに肩入れし、おかげで逃げおおせることができた。

霧も味方をしてくれたしね！

ここで、またぼくが見たものの話だ。今度は映画の話だよ（ただし題名は忘れた）。登場するのはめちゃくちゃ頭が切れる連続殺人鬼でね、最初のうち警官たち（そのひとりが、まだ髪の毛があったころのブルース・ウィリスだ）にはこいつをつかまえられない。で、そのブルース・ウィリスがこんなことをいう。

「やつはまた殺しをやるね。自分で自分を抑えられないんだよ。で、遅かれ早かれどっかでどじを踏む。そうなれば、やつはこっちのものさ」

いかにも、犯人はつかまる！

でも、ぼくの場合にはそうはいかないよ、ホッジズ刑事。だってぼくには、おんなじことをまたやりたいなんて気持ちがこれっぽっちもないからね。ぼくの場合には、一回やれば充分なんだ。ぼくには記憶がある、くっきり鮮やかな記憶がね。もちろん、事件のあと世間の人々がおびえたようすも知っている。みんな、ぼくがまたやるにちがいないと思っていたね。あのあと、どれだけの集会やイベントが中止されたかを覚えてるかい？　大いに愉快とまではいえずとも、〝かなり楽しい《トレザミュザン》〟思いをさせてもらったよ。

　これでわかったかな、ぼくもあんたも「元なんとか」なんだ。

　その話のついでにいっておけば、ぼくのたったひとつの後悔はレインツリー・インでひらかれたあんたの退職パーティーに出席できず、あんたに乾杯のひとつもできなかったことなんだよ、わが愛しの刑事さん。あんたはたしかに頑張った。もちろんハントリー刑事も。でも、ご立派なキャリアにまつわる新聞の記事だのネットのリポートだのが正しかったら、あんたはメジャーリーグ級だし、ハントリー刑事も同様で、いつだって成績はトリプルAのはず。だからあの事件はいまも〝捜査継続中〟扱いのはずで、ハントリーはいまも昔のファイルをおりおりに引っぱりだしてはながめているはず。でも、それでなにかつかむことは決してない。そのことは、ぼくもあんたもわかっているね。

　さて、いわゆる世間でいう〈気づかいの手紙〉に近づけてもいいだろうか？

　前にあげたテレビドラマのなかには（さらにはウォンボーのある作品だったと思うけれど、ひょっとしたらジェイムズ・パタースンの作品だったかもしれない）、風船とふんだんな酒という大がかりなパーティーのあと、悲しいラストシーンがつづくものがあった。刑事が家に帰り、バッジと拳銃なくしては人生が無意味だと悟るシーンだよ。わからない話ではないね。考えてみたら、引退した老いぼれ騎士以上に悲しい存在がこの世にあるだろうか？　とにかく、刑事は自分を拳銃で（それも官給品のリボルバーで）撃つ。で、ざっとインターネットで調べたところ、この手の話が決してフィクションではないとわかった。現実にあることなんだ！

退職した警察官の自殺率はきわめて高い。

こんな悲しい行動に出る警官たちの大多数には、本来なら〝危険信号〟を目にするはずの親しい家族がいなかった。あんたとおなじように、離婚した者も多い。子供たちがすでに成人し、遠く離れた土地に暮らしている者も多い。そこでハーパー・ロードの家でひとり暮らしをしているあんたのことを思うとね、ホッジズ刑事、だんだん心配になってきたんだよ。〝狩りのスリル〟をうしなったいま、あんたはどんな生活を送っている？　テレビ三昧の毎日かな？　たぶんそうだろう。前よりも酒を飲むようになった？　たぶん。生活が空疎になったせいで、時間の流れが前よりものろくさくなった？　不眠に悩まされている？　どうか、そうではないことを祈るよ。

でもその反面、そのような状態になっているのではないかと恐れてもいてね！

あんたに必要なのは〝趣味〟かもしれない。趣味のことを考えていれば、〝逃げきったやつ〟のことや、ぼくをつかまえられなかったことを考えなくなるかも。あれだけたくさん罪のない人々を殺した犯人が、あんたの〝指のあいだからこぼれて落ちていった〟ことで、警官としてのキャリアすべてが無駄になった……あんたがそんなふうに考えはじめたら厄介だからね。

あんたには、拳銃のことを考えはじめてほしくない。

それでも、やっぱり考えてしまっているんだよね？
さて、この手紙のしめくくりに〝逃げきったやつ〟の最後の本音をおきかせしよう。その本音というのは――
ざまを見やがれ、負け犬。
なーんてね。

とことんあんたに忠実な
メルセデス・キラーより

この下にまたスマイリーの絵文字があり、さらにその下にも文章がつづいていた。

追伸！　ミセス・トレローニーのことはおいたわしや。でも、この手紙をハントリー刑事に引きわたすときには、ついでにこう伝えてくれ――警察はどうせ夫人の葬儀で参列者の写真を撮っていたに決まっているけれど、いまさら写真を調べたって無駄だ。ぼくも参列したよ――ただし想像力の世界でね（いっておけば、わが想像力はパワフルだ）。

追々伸。ぼくに連絡をとりたい？　ぼくに〝フィードバック〟を与えたい？　だったら〈デビーの青い傘の下で〉を試すといい。あんたのユーザーネームも用意してあげた――〝蛙のカーミット〟ならぬ kermitfrog19 だ。リプライは返さないかもだけど、〝さてさて、どうなることか？〟。

追々伸。どうかこの手紙で、あんたが元気を出しますように！

4

ホッジズは腰をおろしたその場所に、なお二分……四分……六分……八分とすわりつづけている。微動だにせず。手紙を片手にもち、壁にかけてあるアンドルー・ワイエスの絵を見つめたままだ。やがて椅子の横のテーブルに手紙を置いて、封筒をとりあげる。消印は市内だが、この点は意外でもなんでもない。ホッジズの文通相手は、自分が近くにいることを知らせようとしている。これもからかいの手段のひとつ。この相手なら、さしずめこんなふうにいうだろう……

これもお楽しみのひとつだよ！

新しい化学薬品やコンピューター利用のスキャン検査をつかえば、手紙の用紙からは文句なしに明瞭な指紋が採取できるだろう。しかし、手紙を鑑識にまわしても自分の指紋しか出ないことくらいはわかっている。この男はいかれ野郎だが、その自己査定――**《悪知恵のはたらく犯人》**――はまったくもって正しい。ただしこの男は、通常〝犯人《パープ》〟と書くべきところを〝犯人《パーク》〟と書いている。それも二回も。さらに……。

ちょっと待って、おい、ちょっと待てよ。

どういう意味だ、《この手紙を引きわたすとき》とは？

ホッジズは立ちあがると、手紙を手にしたまま窓に近づいてハーパー・ロードを見わたす。ハリスン家の娘が原付で走っていく。法律がなにをどう許可していようといまいと、そんなものに乗るにはまだ若すぎるが、少なくともヘルメットは着用している。つづいて、〈ミスター・テイスティ〉のアイスクリーム移動販売車がにぎやかな音とともに走っていく――暖かい季節に、市のイーストサイドで下校時刻から夕暮れのあいだ商売にいそしんでいる車だ。黒い小型のスマートカーがゆっくりと走っていく。運転席にいる白髪混じりの女性は髪をカーラーで巻いたままだ。いや、本当に女か？　かつらをかぶり、女物の服を着た男でもおかしくない。ヘアカーラーはまさに仕上げの一筆といえるのでは？

この男は、わたしにそう考えさせようとしている。

いや、そうではない。正確にはちがう。

考えの中身ではない。自称メルセデス・キラー（いやいや、この男のいうとおり、犯人にその呼び名を冠したのは新聞やテレビのニュース番組だった）はホッジズに、その方向で考えさせたがっているのだ。

アイスクリーム売り《マン》だ！

いや、女装してスマートカーを走らせている男だ！

はたまたLPガスの配達トラックを走らせている男かもしれないし、ガスや水道の検針員かもしれないぞ。

そういった疑心暗鬼の火花を起こすにはどうすればいい？　元刑事について、住所以外にもいろいろと知っているぞ、とさりげなくほのめかすのもひとつの手だ。元刑事が離婚したことは知っているし、元刑事に子供がひとり、あるいはそれ以上いて、いまは実家を離れていることにも少なくとも一回は触れておけばいい。

視線を庭の芝生へむけると、そろそろ芝刈りが必要だと気づく。近いうちにジェロームが訪ねてこないなら、こっちから電話で呼ばなくては……とホッジズは思う。

子供《キッド》がひとり、あるいはそれ以上？　自分相手におふざけ《キッド》は禁物だ。こいつは別れた妻がコリンヌという名前であることや、成人した子供はひとりで、アリスンという名前の娘であることも知っている。アリスンの愛称がアリーで、現在三十歳、サンフランシスコ在住であることも知っている。そればかりか、身長が百六十七センチで、趣味がテニスだということも知っていておかしくない。どれもネット上に公開された情報だ。昨今では、あらゆる情報がネットで入手できる。

次になにをなすべきかというなら、この手紙をピート・ハントリー刑事とその新しいパートナーであるイザベル・ジェインズに引きわたすことだ。ふたりはホッジズの退職にあたって、メルセデス事件をはじめとする進行中のあれこれの事件の捜査を引き継いだ。捜査進行中の事件のなかには、アイドル状態のコンピューターのようなものもある――スリープ状態に移行するのだ。しかしこの手紙があれば、メルセデス事件の捜査は一気に息を吹き返すだろう。

ホッジズは頭のなかで、この手紙の移動経路を思い描く。

郵便受けの差入口から玄関ホールの床へ。玄関ホールの床から〈レイジーボーイ〉へ。〈レイジーボーイ〉から、ここ窓ぎわへ。いま窓の外では、郵便配達の車が来た方向へ引き返していくところだ——きょうの配達担当はアンディ・フェンスター。手紙はここからキッチンへ行き、〈グラッド〉の袋におさめられる。この袋をつかうのは密封用のジッパーがついているからで、なるほど昔からの習慣はしぶとく残る。その次はピートとイザベルの刑事コンビへ。ピートから鑑識にわたり、そこで鵜の目鷹の目、微にいり細をうがって調べられ、〈グラッド〉のジッパーつきポリ袋におさめる必要が最初からなかったことが疑問の余地なく証明されるだろう。指紋なし、毛髪なし、いかなる種類のＤＮＡもなし、用紙は市内にある〈ステープルズ〉や〈オフィスデポ〉といった文具量販店でまとめ買いできる品であり、そして——順序は最後だが、決して重要でなくもない情報として——ごく標準的なレーザープリンターで印字されたものと判明。手紙の作成につかわれたコンピューターが判明するかもしれない（といってもホッジズにはそのあたりがわからない。コンピューターについては不案内で、自分のコンピューター関係でなにかトラブルに直面すればジェロームに頼ると決めているし、好都合にもジェロームは近所に住んでいる）。もしそのとおりになれば、マックかウィンドウズかがわかるだろう。やったぜ、大収穫。

そして手紙は鑑識から、ピートとイザベルへともどされる。ふたりはまずまちがいなく、馬鹿馬鹿しいかぎりの捜査会議とやらをひらくはずだ——そう、〈刑事ジョン・ルーサー〉や〈第一容疑者〉といったイギリスものの刑事ドラマで見られるたぐいの会議（反社会性人《サイコ》格障害《パス》っぽいホッジズの文通相手なら、あの手のドラマも気にいるだろう）。今回の会議は、ホワイトボードと手紙の拡大写真、それにたぶんレーザーポインターまでそろったものになるはず。ホッジズもその手のイギリス製ドラマをいくつか見たことがあるが、ロンドン警視庁は「船頭多くして船、山に登る」という昔からのことわざを知らないにちがいない、という感想をいだいた。

　捜査会議をひらいたところで、どうせ成果はひとつしかあがらないし、ホッジズはそれこそがサイコ野郎の狙いにちがいないと信じている——十人以上もの刑事がその手の会議に出たとなれば、手紙の存在がメディアに洩れるのは避けがたい。自分には犯行をくりかえす意図はないというサイコ男の言葉は真実ではないかもしれないが、ホッジズにもひとつだけ断言できる。犯人は自分がニュースに登場していないことを寂しく思っているのだ。

　芝生のあちこちで、たんぽぽの芽が出てきている。やはりジェロームを呼ぶころあいだ。芝生のことがなくても、そろそろこの近辺でジェロームの顔を見たい。あのクールな若者を。

　それだけではない。ふたたび大量殺人という犯罪に手を染める気はないというサイコ野郎の言葉が嘘いつわりなく本心だとしても（ありそうもない話だが、可能性を完全には除外できない）、サイコ男がいまなお死に過度の関心をいだいていることは確実だ。手紙にこめられた行間の意味は、これ以上明白になりようもない——《自分にかたをつけちまえ。もう考えてるんだろ？　だったらあと一歩進めばいい。ま、その一歩があんたの人生最後の一歩になるんだが》

　もしやサイコ野郎は、わたしが父の三八口径をもてあそんでいる現場を見ていたのか？

　銃身を口に突っこんでいる場面を？

　そうであってもおかしくないことは認めざるをえない。カーテンを閉めようとは考えもしなかったからだ。外から双眼鏡でのぞけるところにいながら、自宅の居間だから安全だと愚かにも思いこんでいただけ。それをいうならジェロームに見られていてもおかしくはない。庭の通路を足早に近づいてきて、なにか雑用はないかとたずねようとしているジェローム――ただしジェロームは雑用《チョアズ》とはいわず、下品な語呂あわせの〝娼婦の雑用《チョアズ・フォー・ホアズ》〟をさらに略し〝チョス・ホー・ホズ〟と訛《なまり》もあらわにいうのを好む。

ただ、もし旧式のリボルバーをもてあそんでいるホッジズを見ていれば、ジェロームは死ぬほど怯えて、ぜったいになにか話していたはずだ。

ミスター・メルセデスは本当に、人々を立てつづけに轢いたときのことを思い出しながらマスターベーションをしているのか？

警察官として過ごした歳月のあいだに見たものには――おなじものを見た者同士ではないかぎり――ぜったいに口外する気のないものもある。その種の毒々しい記憶に導かれて、手紙の主がマスターベーションについて書いていた部分は真実だという確信が芽生え、良心の欠如について語っていた部分も真実にちがいないと思えてくる。以前、アイスランドにあるとてつもなく深い井戸の話をきいた――石を落としても水音がまったくきこえてこないという。そんな井戸のような魂をもった人間も世の中に存在する。〝ホームレス・バトル〟のようなものは、その井戸をせいぜい半分ほど落ちた程度だろう。

ホッジズは〈レイジーボーイ〉に引き返すと、テーブルの抽斗《ひきだし》をあけて携帯電話をとりだす。代わりに三八口径をおさめて、抽斗を閉める。スピードダイヤルで警察署に電話をかける。しかし受付係から電話をどこへつなげばいいかを質問されると、ホッジズはこう答える。

「これは失敬。番号を押しまちがえたようだ。お手数をかけてすまない」

「いえ、お気になさらず」受付係の女性は微笑みの感じられる声で答える。

電話をかけるのはまだ早い。いまはまだ、行動を起こす段階ではない。いまはこの件をじっくり考えなくては。

そう、じっくり本気でとことん考えをめぐらせる必要がある。

ホッジズは椅子に腰かけたままテレビを見つめる——このテレビがウィークデイの午後になんの番組も映していないのは数カ月ぶりだ。

5

おなじ日の夕方、ホッジズは〈ニューマーケット・プラザ〉まで車を走らせ、タイ料理店で食事をとる。ミセス・ブラムクみずからが給仕してくれる。

「ずいぶん久しぶりだね、ホッジズ刑事さん」その呼びかけは〝はっちぇす・けーじさん〟ときこえる。

「警察を辞めてからは自炊していてね」

「料理ならあたしにまかせてよ。ずっとおいしいよ」

ミセス・ブラムクのトムヤムクンをあらためて味わうなり、ホッジズは生焼けのハンバーガーだの、ポール・ニューマンの顔がトレードマークの〈ニューマンズ・オウン〉のソースをかけたスパゲティだのに心底飽きている自分に気づく。ここのかぼちゃプリン《サンカヤファクトン》を食べれば、市販の〈ペパリッジファーム〉のココナッツケーキにどれほど飽きていたかがわかる。この先、あのココナッツケーキをひと切れも食べずに暮らせば、好きなだけ長生きができて、幸せに死ねそうだ。食事のあいだに〈シンハー〉を二本あける——レインツリー・インでの退職パーティーからこっち、こんなにも美味なビールは初めてだ。ちなみにパーティーの趣向は、ほぼミスター・メルセデスが書いていたとおりだった。ストリッパーもやってきて、《**しっぽの羽根をふりふり**》していた。それ以外の一切合財も。

もしやミスター・メルセデスはパーティー会場の片隅にこっそりもぐりこんでいた？〈わんわん保安官〉のポッサムの科白ではないが、「ありえないとはいえないね、マスキー、ありえないとはいえないよ」だ。

自宅にもどると、ホッジズは〈レイジーボーイ〉に体をあずけて手紙を手にとる。次になにをするべきかはわかっているが——手紙をピート・ハントリー刑事に引きわたさなければの話だ——ビールを二本飲んだら次の行動に移らないほうがいいとわきまえてもいる。そこでホッジズは抽斗の三八口径の拳銃にかぶせるように手紙をしまうと（いちいち〈グラッド〉のポリ袋におさめたりしない）、またビールをひと缶とってくる。冷蔵庫にあったのは地元ブランドの〈アイヴォリー・スペシャル〉だが、〈シンハー〉にひけをとらないおいしさだ。

ビールを飲みおわると、ホッジズはコンピューターを起動させてブラウザのファイアフォックスを立ちあげ、検索エンジンに《デビーの青い傘の下で》と打ちこむ。検索結果の下に出てきた説明文は、説明のていをなしていない――《興味深い人々が興味深い意見を交換しあうSNS》。さらに先へ進むことも考えないではなかったが、ホッジズはコンピューターをシャットダウンする。こちらもやめておこう、とりあえず今夜は。

これまでベッドにはいるのはずっと遅い時刻だった――そのほうが、眠れないまま昔の事件や昔のあやまちを思って輾転反側《てんてんはんそく》する時間を減らせる。しかし今夜は早めに床《とこ》につく。たちまちすばやく眠りに落ちることはわかっている。すばらしい気分だ。

眠りに落ちる前に頭を最後によぎるのは、ミスター・メルセデスの手紙がどんなふうに締めくくられていたか、という思いだ。ミスター・メルセデスは、ホッジズに自殺をさせたがっている。しかし手紙を読んだことで、〝バッジと銃の騎士〟は自殺に追いこまれるどころか生きる理由を見つけだしたと知ったら、手紙の筆者はいったいどう思うことか。

ついで眠りがホッジズをとらえる。たっぷり六時間の熟睡ののち、膀胱《ぼうこう》がホッジズの目を覚まさせる。ホッジズは朦朧《もうろう》としたままバスルームへ行って用を足してベッドへ引き返し、さらに三時間の二度寝をする。目を覚ましたときには、日ざしが窓から斜めに射しこみ、外では鳥がさえずっている。ホッジズはキッチンへむかうと、たっぷりとした朝食をこしらえる。ベーコンとトーストを載せてある皿に、卵二個の固焼きの目玉焼きを追加しているとき、驚きにふと手がとまる。

だれかが歌っている。

歌っているのは自分だ。

6

朝食につかった食器を食洗機に入れおわると、ホッジズは書斎で手紙をつぶさに分析する作業にとりかかる。以前に少なくとも二十回は経験している作業だが、ひとりでこなしたことはない。刑事だったころにはピート・ハントリーというパートナーが手伝ってくれたし、ピートの前にもふたりのパートナーがいた。手紙の大半は、離婚した元亭主族が送ってよこした脅迫状だった（離婚した元妻が送ってよこした手紙も一、二通はあった）。そういった手紙の分析はそれほど困難ではなかった。強請《ゆすり》の手紙もあった。恐喝の手紙もあった――要するにこれも強請だ。せせこましくも現実的な額の身代金を要求する誘拐犯の手紙もあった。殺人を自白する犯人からの手紙も三通――いや、ミスター・メルセデスの手紙を入れれば四通だ。うち二通は、だれが見てもただの妄想だった。一通は、世間からターンパイク・ジョーと呼ばれる連続殺人鬼からの手紙だと考えられなくもない。

では、今回の手紙はどうか？　本物か偽物か？　現実か妄想か？

ホッジズはデスクの抽斗をあけて黄色い法律用箋をとりだすと、いちばん上にあった先週の食料品の買物リストを剝ぎとり、コンピューター横のペン立て代わりのカップから水性ボールペンの〈ユニボール〉を手にとる。まず考えをめぐらせたのはコンドームにまつわる詳細な部分。この男が本当にコンドームを装着していたのなら、そのまま持ち去っていた……しかし、それも当然だろう。コンドームには精液だけではなく指紋もつく。ホッジズはほかの詳細な記述に考えをめぐらせる――男が車を群集に突っこませたときにシートベルトがどのようにロックし、人々を轢いていったときにメルセデスの車体がどんなふうにバウンドしたかという部分だ。この手の話は新聞ではいっさい報道されなかったが、その気になればたやすくでっちあげられる。そもそも、この男は自分で……なんと書いていただろうか？

手紙にざっと目を通すと、はたしてこうあった――《**わが想像力はパワフルだ**》。

しかし、でっちあげるのが不可能な詳細情報がふたつある。どちらもマスコミには伏せられていた情報だ。

ホッジズは法律用箋の**事実？**と書いた下に、**ヘアネット**。**漂白剤**と書きつける。

ミスター・メルセデスは――現場からコンドームを（装着していたという話が真実なら、まだペニスからだらりと垂れている状態で）もち去ったように――ヘアネットももち去っていたが、鑑識技官のギブスンは犯人がヘアネットをつかっていたはずだという意見だった。ミスター・メルセデスがピエロのマスクを現場に残していながら、マスクの素材のゴムに毛髪が一本も付着していなかったからだ。ＤＮＡを破壊する漂白剤に特有のプールめいたにおいは疑いようがなかった。漂白剤を大量につかったにちがいない。

しかし、肝心なのはそういった各部分ではない――全体だ。自信満々なトーンだ。ためらいの要素がいっさい見られない。

迷ったのち、ホッジズは書く。**こいつは犯人だ**。

ホッジズはふたたびためらったのちに**犯人**を消し、**人でなし**と書き換える。

7

警官としての考えをめぐらせるのは久しぶりだし、こういった仕事——カメラも顕微鏡も特殊な薬剤も必要としない鑑識仕事——をするのはそれ以上に久しぶりだが、ひとたび覚悟を決めるとウォーミングアップはすばやい。ホッジズはまず、一連の見出しを書きつけていく。

一文だけの段落
強調されている部分
引用符で囲ってある部分
気取ったフレーズ
一般的ではない表現
びっくりマーク

ここでホッジズは手をとめ、ペンで下唇をとんとんと叩き、手紙を《**親愛なるホッジズ刑事**》から《**どうかこの手紙で、あんたが元気を出しますように！**》まで、あらためて全文に目を通す。そのあと、だんだん文字が窮屈《きゅうくつ》になってきた用箋にふたつの見出しを追加する。

野球の比喩をもちいている――ファンか
コンピューター・マニア（五十歳以下？）

この二点は、きっぱりと断言できるほどではない。スポーツの比喩は一般にも――とりわけ政治の専門家たちのあいだに――浸透しているし、昨今では八十代の人間もフェイスブックやツイッターを利用している。ホッジズ自身は自分のマックがそなえるパワーの十二パーセントしか活用していないが（ジェロームはそう主張している）、そんなホッジズが多数派に属しているとはいえない。とにかく、なんにせよとっかかりが必要だ。そもそもこの手紙には若者らしい雰囲気がある。

ホッジズはこの手の仕事では一貫して有能だったし、直観が占めている部分は十二パーセントよりもずっと多い。

ホッジズはすでに十あまりの実例を《**一般的ではない表現**》の欄に書きこんでいたが、いまそのうち二表現を丸で囲む――《**お仲間さん**》と《**突発性射精**》。その横に、《**ウォンボー**》と名前を添える。クソ野郎はクソ野郎だが、こいつは頭が切れる読書家のクソ野郎だ。語彙《ごい》は幅広く、スペリングのミスもおかしてはいない。パソコンの師匠の若者、ジェローム・ロビンスンがこんなふうにいっている場面が想像できる。「スペルチェッカーだよ、ったく。ね、わかるよね」

もちろん、わかっている。昨今ではワープロソフトさえもっていれば、どんな者でもスペルミスのない文章が書ける。しかし、ミスター・メルセデスはこの作家の名前を Wambaugh と正しくつづっていた―― Wonbough ではないし、発音どおりの Wombow でもない。発音に反映されない語尾の gh をきちんと添えているという事実だけでも、書き手の知性がかなりの高レベルであることを示している。ミスター・メルセデスが作成した文書は高踏的な文学ではないかもしれないが、〈NCIS～ネイビー犯罪捜査班〉や〈BONES《ボーンズ》〉といったドラマの会話にくらべればずっとましだ。

自宅教育を受けたのか、公立学校に通ったのか、それとも自学自習か？　この点は重要だろうか？　重要ではないかもしれず、重要だということもありうる。

自学自習ではない、ちがう――とホッジズは思う。それにしては文章があまりにも……なんだ？

「開放的だ」ホッジズはだれもいない部屋にむけていうが、それだけにとどまらない。この文章は……「外をむいている。そう、こいつは外にむけて書いている。この男はほかの面々といっしょに学んだ。そして他人を意識して文章を書いているな」

根拠の薄弱な推理にすぎないが、いくつかの美辞を弄《ろう》している部分がこの推理を補強してもいる――**気取ったフレーズ**の数々だ。たとえばこの男は《**本来なら開巻劈頭《へきとう》……祝辞をおくべきだった**》と書き、《文字どおり数百になんなんとする幾多の事件》と書いている。さらに《**ぼくのことが頭にあったんじゃないか？**》と――二回――書いている。ハイスクールの英語の授業ではずっとAを、カレッジではずっとBという成績だったホッジズは、これがどう呼ばれるものかを覚えている。漸増反復《ぜんぞう》だ。ミスター・メルセデスは自分の手紙が新聞で活字になったり、インターネットに流れたり、チャンネル4の〈ニュース6〉で（不承不承ながらもそれなりの敬意を払われつつ）読みあげられたりすることを想像しているのだろうか？

「そうだろうな」ホッジズは声に出す。「昔々は教室で作文を朗読したりした。それが気にいってもいた。スポットライトを浴びるのが好きだった。ちがうか？　いずれおまえを見つけたら――もし見つけられたら――おまえも英語の授業では、わたし同様にいい成績だったこともわかりそうだ」

いや、この男のほうがいい成績をおさめていたかもしれない。ホッジズ自身は――たまたま意図せずに書いたことはあっても――漸増反復のような文章テクニックを意識してつかったことはない。

この市にある公立ハイスクールはわずか四校、私立は何校あるともわからない。いうまでもなく、それ以外にも私立進学校《プレップスクール》やジュニアカレッジがあり、セント・ジュード・カトリック大学がある。たった一本の毒針を隠すには干し草の山があまりにも多すぎる。しかもそれはこの男がフロリダ州のマイアミやアリゾナ州のフェニックスではなく、この市で教育を受けた場合にかぎった話だ。

さらにこの男は小狡《こずる》くもある。手紙のいたるところに、偽の指紋を貼りつけているからだ――〈鉛のブーツ〉や〈気づかいの手紙〉といった括弧《かっこ》で強調した言葉や引用符でくくった語句、度を越したびっくりマークの多用、文章ひとつだけの単刀直入な段落。文章のサンプルを提出するよう求められても、ミスター・メルセデスはこうした表現テクニックをいっさい含まない文章しか提出しないだろう。ホッジズにはわかる——それこそ自分のファーストネームが、〈セサミ・ストリート〉の蛙とおなじカーミットという残念なものだと知っているように。そう、ユーザーネーム kermitfrog19 の最初の部分だ。

しかし。

このクソ野郎は自分で思いあがっているほど抜け目ないわけではない。この手紙に本物の指紋がふたつ含まれていることは確実だ。片方はこすれてぼやけた指紋、もうひとつはくっきり鮮やかな指紋だ。

ぼやけている指紋というのは、この男が数を文字ではなくアラビア数字で書いていることだ。twenty-seven とはせずに《27》、forty とは書かずに《40》と。《1級刑事》の《1級》の部分は first ではなく 1st 。二、三の例外こそあるが（たとえば《たったひとつの後悔》の部分はアラビア数字ではない）、これもホッジズには一般則の正しさを裏づけるものに思える。アラビア数字の使用もカモフラージュにすぎないかもしれないが、ミスター・メルセデスが無意識に書いてしまった可能性もある。

こいつを第四取調室に閉じこめて、《よんじゅうにんの盗賊がはちじゅっこの結婚指輪を盗みました》という文章を書いてみろといったら……？

そうはいっても、K・ウィリアム・ホッジズはもう二度と取調室に足を踏み入れることはない——お気に入りだった第四取調室、ずっと自分の幸運の部屋だと思っていたあの取調室さえ例外ではない。ただし、このクソみたいな事件に巻きこまれてしまえば話は別だ——とはいえ、金属製テーブルの昔とは反対側にすわらされるだろうが。

よし、それはそれでいい。第四取調室にこいつを閉じこめるのはピートだ。ピートでなければイザベル、あるいはそのふたり。ふたりはこの男に《四十人の盗賊が八十個の結婚指輪を盗みました》という文章を書かせる。で、そのあとは？

次にふたりはこの男に、《警官たちは路地に隠れていた犯人《パープ》をつかまえた》という文章を書けという。ただし、〝犯人《パープ》〟は曖昧に発音する。才気あふれる文章を書く力があるにもかかわらず、ミスター・メルセデスは犯罪実行者をあらわすこの言葉を〝パーク〟だと思いこんでいるからだ。もしかしたらこの男は〝犯人《パープ》〟と〝特権《パーク》〟を混同していて、たとえば《ファーストクラスでの出張は最高経営責任者の犯人《パープ》のひとつだ》などと書くのかも。

そうだとしても意外ではない。なにせホッジズ自身、カレッジ時代までは〝野球の試合でボールを投げる選手〟も、〝ほかの器に注ぐ水を入れる器〟も、さらには〝額縁におさめてアパートメントなどの壁に飾るもの〟も、すべておなじ綴りの単語だと思いこんでいたのだ。それまでもありとあらゆる本で〝絵《ピクチャー》〟という単語は目にしていたが、なぜか意識が記憶にとどめることを拒否していた。母親が《その絵《ピッチャー》をまっすぐに直して、カーム。かたっぽに傾いてるから》とか、おりおりに父親が〝映画館《ピッチャー・ショー》〟へ行くために小づかいをくれたりしていて、その発音が頭に刷りこまれていただけだった。

いざ見つければ、おまえが犯人だとわかるはずだよ——ホッジズは思う。その単語を書きつけ、何度も丸で囲む。そう、おまえは〝犯人《パープ》〟を〝特権《パーク》〟と呼ぶクソ野郎だ。

8

ホッジズは頭をすっきりさせようと自宅のあるブロックをひとまわり散歩しながら、長いあいだ挨拶ひとつしなかった人たちにハローと挨拶をしていく。何週間も声ひとつかけなかった隣人もいる。ミセス・メルボルンが庭仕事をしている。夫人はホッジズの姿を目にとめると、ちょっと家へ寄って自家製のコーヒーケーキを食べないかと誘ってくる。

「あなたのことが心配だったのよ」ふたりでキッチンに腰を落ち着けると、夫人はそう切りだす。叩きつぶされたばかりのしまりすの死体を見つめる鴉《からす》のような、きらきら光る穿鑿《せんさく》がましい目つきで。

「引退生活になかなか馴染めなかったもので」ホッジズはそういってコーヒーをひと口飲む。味はお話にならないが、熱いことはとにかく熱い。

「最後まで馴染めないままの人も世間にはいるわ」夫人はいいながら、きらきら光る目でホッジズを値踏みしつづける。「なかでも、第四取調室でも、わるくない働きをしてくれそうだ。大きなプレッシャーにさらされるようなお仕事だった人たちは」

「最初のうちは多少手もちぶさたでしたが、いまでは元気にやってます」

「それをきいて安心したわ。そういえば、あの感じのいいニグロの男の子はまだあなたのところで仕事をしているの？」

「ジェロームですか？　ええ」ホッジズは笑顔で答えつつ、近所の人から〝感じのいいニグロの男の子〟ととらえられていると知ったら、ジェローム本人はどう反応するだろうかと考える。たぶんにやりと笑って歯を剝きだし、《そうだとも《アイ・ショ・イズ》！》と訛を丸出しにして叫ぶだろう。ジェロームとその〝チョス・ホー・ホズ〟。あの若者はすでにハーヴァード大学を目標に定めている。滑り止めがプリンストン大学。

「あの男の子はちょっとさぼり気味ね」夫人はいう。「だって、おたくの庭の芝生はいささか伸びすぎだもの。コーヒーのお代わりはいかが？」

　ホッジズは笑みをのぞかせて遠慮する。熱さはまずいコーヒーの味をごまかしているだけだ。

9

　ふたたび自宅。足はじんじんして、頭には新鮮な空気がいっぱいに詰まった状態、口には鳥かごに敷いた新聞紙めいた味が残っているが、脳味噌はカフェインでぶんぶんうなっている。

　ホッジズはこの市で発行されている新聞社のサイトにアクセスし、市民センターでの無差別殺傷事件についての記事を検索する。ただし目当ては二〇〇九年四月十一日に恐ろしい見出しとともに掲載された最初の記事でもなければ、四月十二日の日曜版に掲載されたもっと長い記事でもない。その翌日の月曜版に掲載された記事――それも、乗り捨ててあった殺人車のハンドルの写真だ。憤慨もあらわなキャプションは――《**犯人にとっては笑い事か**》というもの。ハンドルの中心には、メルセデスのエンブレムを覆うように黄色いスマイリーマークが貼りつけてある。サングラスをかけ、歯を見せてせせら笑っている例のスマイリーだ。

この写真の件で警察は激怒した。捜査担当の刑事――ホッジズとピート・ハントリー――が、スマイリーの写真の公表を控えてくれとマスコミ各社に要請していたからだ。新聞社のデスクがこびへつらう笑顔で謝罪してきたことを、ホッジズはいまも覚えている。連絡ミスの結果だ――デスクはそういった。二度とくりかえさない。約束する。ボーイスカウトの誓い。

「連絡ミスがきいてあきれるぜ」ピートが頭から湯気を噴きあげていたことも覚えている。「部数がジリ貧で、垂れ下がっていくケツみたいなところへあの写真が転がりこんできたものだから、ステロイド剤代わりにこれ幸いと掲載しただけさ」

ホッジズは、にたにたと笑う黄色い顔がコンピューターのディスプレイ全体を占めるまで写真を拡大していく。黙示録にある〝獣の刻印〟だ――ホッジズは思う――二十一世紀スタイルの。

今回ホッジズがスピードダイヤルで電話をかけたのは警察署の総合受付ではなくピート・ハントリーの携帯だ。昔のパートナーのピートは二回めの呼出音で電話に出る。

「おやおや、昔馴染みの苦虫おやじか。で、引退生活はどんな調子だい？」ピートは心底から電話を喜んでいる口調で、ホッジズの口もとも思わずほころぶ。同時にうしろめたい気分にもなるが、だからといって現場に復帰しようという思いは一度も頭をよぎらない。

「元気でやってるよ」ホッジズはいう。「ただ、高血圧症のおまえの太った顔が見られないのは寂しいな」

「そうだろうよ。それが本当なら、おれたちがイラクで勝ったのも本当だ」

「そりゃもう神に誓って。どうだ、いっしょにランチでも食べながら近況を教えあわないか？　店を選んでくれたら、わたしが奢《おご》ろう」

「うれしい話だが、あいにくきょうはもう昼をすませちまった。あしたでは？」

「こっちも予定が立てこんでいてね。オバマが予算の件でアドバイスをききにくる予定でね。二、三のスケジュールなら調整できそうだ。おまえにあわせられるかどうか調べるよ」

「勝手にほざいてろ、カーミット」

「いつになればもっとましなことをいえるようになる？」この邪気のないジョークは、いってみれば懐メロの単純な歌詞のようなものだ。

「〈ディマジオ〉では？　あの店がご贔屓《ひいき》だっただろう？」

「〈ディマジオ〉でいい。正午？」

「かまわん」

「わたしのような老いぼれに割く時間が本当にあるんだな？」

「水くさいことをきくな。イザベルも連れていこうか？」

　できれば勘弁してほしかったが、ホッジズはこう答える。「連れてきたければ」

　昔のテレパシーの一部がまだ残っていたにちがいない。ピートは一瞬黙ってから、こう答える。「今回は男だけのパーティーとするか」

「どうでもいいさ」ホッジズは内心ほっとしながら答える。「じゃ、楽しみにしてる」

「こっちもだ。おまえの声をきけてうれしかったぞ、ビリー」

ホッジズは電話を切り、歯を剝きだした笑顔のイラストにふたたび目をむける。笑顔はホッジズのコンピューター・スクリーンいっぱいに広がっている。

10

その夜――ホッジズは〈レイジーボーイ〉にすわって夜のニュースを見ている。白いパジャマ姿のホッジズは、まるで太りすぎの幽霊だ。薄くなりかけた髪の毛を透かして、頭皮が控えめな光をはなっている。トップニュースはメキシコ湾におけるBP社の石油掘削施設〈ディープウォーター・ホライズン〉での原油流出事故。原油はいまなお海洋に流出中とのこと。アナウンサーはクロマグロが絶滅の危機に瀕し、ルイジアナの蟹や海老は一世代のあいだ絶望的と見られている、と話している。アイスランドでは噴火がおさまっていない火山（アナウンサーは山の名前をまともに発音できず、〝イーヤ・フィル・クール〟というあたりでお茶を濁している）からの噴煙で、いまなお大西洋を横断する航空機の運航は混乱したままだ。カリフォルニアでは、警察が〈恐怖の誘眠者《グリム・スリーパー》〉なる異名をとった連続殺人犯の事件の捜査で、やっと大きな進展があったかもしれない、と発表していた。氏名は明らかにされなかったが、容疑者

（〝犯人《パーブ》〟ならぬ〝特権《パーク》〟だ、とホッジズは思う）は〝身だしなみのととのった上品な言葉づかいのアフリカ系アメリカ人〟と表現されている。ホッジズは思う——あとはだれかがターンパイク・ジョーをつかまえてくれればいいんだが。いうまでもなく、オサマ・ビン・ラーディンも。

天気予報コーナーになる。担当の若い女のキャスターは、晴天に恵まれた温暖な天候になると約束している。そろそろ水着のご準備を。

「水着姿のきみが見たいよ、お嬢さん」ホッジズはそういい、リモコンでテレビの電源を切る。つづいて抽斗から父親の三八口径をとりだし、寝室へと歩きながら装塡してあった弾薬を抜いて、グロックのある金庫におさめる。過去二、三カ月は多くの時間を三八口径のヴィクトリー・モデルにまつわる妄念にとり憑かれて過ごした。しかし今夜こうして金庫にしまうあいだ、銃にまつわる思いはまったく頭に浮かばない。考えていたのはターンパイク・ジョーのことだが、本気で考えていたのでもない。このところジョーはほかのだれかさんの頭痛の種だ。言葉づかいの上品なアフリカ系アメリカ人のグリム・スリーパーとおなじように。

ミスター・メルセデスもアフリカ系アメリカ人か？　理屈だけにかぎれば、その可能性はある——なにせ、頭からすっぽりかぶるゴムのピエロのマスクと長袖シャツ、それにハンドルを握る黄色い手袋以外を見た目撃者はひとりもいないのだ。それでもホッジズはそう思わない。人殺しをしかねない黒人がこの市にどれほどいるのかはわからないが、武器の件を考えないわけにはいかない。ミセス・トレローニーの母親が住んでいたのは圧倒的に富裕層が多く、圧倒的に白人が多い地域だった。そんなところで駐車中のメルセデスＳＬ五〇〇のそばを黒人がうろついていれば、いやでも人目についたはずだ。

そう。おそらくは。たしかに、人々の目は驚くほどの節穴になりもする。しかしホッジズは経験から、富裕層は平均的アメリカ人よりも観察力が鋭い傾向にある、と信じるようになっていた――連中の高価なおもちゃが関係していればなおさら。それを病的な疑心暗鬼とまではいいたくないが、それでも……。

くそ、そうに決まっている。なるほど、裕福な人々が他者に気前よく接することはある。それどころか、血も涙もない政治信条の金持ちが気前よくなる例もないではない。しかし大多数の富裕層は気前のよさを独特の基準で考えているし、いつも腹の底では（いや、底ほど深くないところでも）、自分たちの誕生日プレゼントをだれかに盗まれ、ケーキをだれかに食べられてしまうのではないか、と怯えている。

だったら、身だしなみがきれいで上品な言葉づかいの人間は？

おなじことだ――ホッジズは断じる。確たる証拠はないが、この手紙はそういった人物像を示唆している。ミスター・メルセデスはスーツを着こんでオフィスで仕事をしているかもしれないし、ジーンズと〈カーハート〉のシャツを愛用し、ガレージでは自分でタイヤバランスの調整をしているかもしれないが、断じてだらしない男ではない。口数は多くないかもしれない――この手の人間は生活のあらゆる側面で注意深く、気楽なおしゃべりの場でもやはり注意を欠かさない。しかし、いざ話をするときには簡潔明瞭に話すのだろう。道に迷って道案内を求める人がいたら、ミスター・メルセデスは巧みな案内ができるはずだ。

歯を磨きながら、ホッジズはこう考える――〈ディマジオ〉か。ピートは〈ディマジオ〉でランチをとりたがっている。

いまも警察バッジと拳銃をもち歩いているピートにとっては問題ではないし、ホッジズにとっても——電話で話しているあいだだけは——問題ではなかった。あのときは標準体重を十三キロもオーバーしている退職刑事ではなく、現役警官のように考えていたからだ。おそらく問題はない——なにせ、まっ昼間の明るい時間だ。しかし〈ディマジオ〉があるのはロウタウンの端で、バカンスに訪れたい地域ではない。レストランから西に一ブロック先にはターンパイクから分岐した道との立体交差があり、その先はつかわれていない空地と廃屋や空家しかない荒涼とした地域だ。街角でドラッグ売買が公然とおこなわれ、新興産業は違法武器の売買、おまけにご近所の娯楽は放火ときている。いや、ロウタウンを〝ご近所〟などと気軽に呼べればだ。ただしレストランは——掛け値なしにすばらしいイタリア料理を出す店で——安全だ。オーナーがその筋とつながっているため、店そのものがモノポリーの無料駐車場《フリーパーキング》のような場所になっている。

ホッジズは口をゆすいで寝室へ引き返し、まだ〈ディマジオ〉のことを考えながら、疑いのまなざしをクロゼットへむける。クロゼットにはスラックスやシャツや、もう着なくなったスポーツコートがかかっていて（二着以外は太りすぎで着られなくなっている）、その下に金庫がある。

グロックをもっていく？　それともヴィクトリー？　ヴィクトリーのほうが小さいぞ。

いや、どちらももっていかない。銃器を人目につかないようにもち歩くための隠匿携行許可証はまだ有効だが、旧友とのランチの場にストラップを装着していく気はない。そんなことをすればいやでも銃を意識してしまうし、そもそもいまの腹案を実行に移そうとしているだけでも自意識過剰になっている。代わりにホッジズはドレッサーに近づき、下着の山をもちあげて下をのぞきこむ。〈ハッピースラッパー〉はまだそこにある——退職パーティーからこっち、ずっとこの抽斗にあるのだ。

〈スラッパー〉があれば用は足りる。街のなかでも危険度の高いところへ行くためのちょっとした保険だ。

満足したホッジズはベッドにはいって明かりを消す。それから両手を枕の下にある神秘の〝ひんやりスポット〟に差し入れて、ターンパイク・ジョーのことを思う。これまでのところジョーは運に恵まれてはいるが、いずれはつかまるはずだ。あの男が幹線道路のサービスエリアを次々に訪れているからではなく、殺人をやめられないからだ。ついで、ミスター・メルセデスの手紙の一節を思う。《**ぼくの場合にはそうはいかないよ。だってぼくには、おんなじことをまたやりたいなんて気持ちがこれっぽっちもないからね**》

この一節は真実を語っているのか？　それとも、**強調されている部分**や**びっくりマークの多用**や**一文だけの段落**で嘘をついたように、ここでも嘘をついているのか？

おそらく嘘だ、とホッジズは思う——K・ウィリアム・ホッジズ元刑事にむけての嘘であるばかりか、筆者自身にもむけられた嘘だ。しかし、こうして横たわって眠りが忍び寄ってきているいまは、それさえどうでもいい。いま重要なのは、この男が自分は安全だと考えているという事実だ。内心そのことで得意になっていると見てまちがいあるまい。退職するまで市民センター事件の捜査指揮をとっていた元刑事にこんな手紙を書き送ったことで、自分をどれほど危うい立場に立たせたかにも、まだ気がついていないのだろう。

こうやって話さずにはいられなかったんだろう、お利口さん？　ビリーおじさんに嘘をつくのは感心しないね。手紙のなかの引用符でくくった言葉の数々とおなじく、例の〈デビーの青い傘の下で〉というSNSサイトも偽の手がかりでないかぎり、おまえは自分の生活に通じるトンネルをみずから穿《うが》ったんだ。おまえは話をしたがっている、話をせずにいられない。わたしをそそのかして、なんらかの行動に駆り立てられれば、おまえにとってはパフェのてっぺんを飾るチェリーみたいなご褒美《ほうび》になる――そうなんだろう？

闇のなかでホッジズは声に出していう。「話ならきいてやるよ。なに、時間はたっぷりある。こっちは退職した身なんだ」

微笑みながらホッジズは眠りに落ちる。

11

翌朝、フレディ・リンクラッターは荷物の搬出入エリアに腰かけてマルボロを吸っている。隣には丁寧に折り畳んだ〈ディスカウント・エレクトロニクス〉の制服があり、その上に同社が従業員に支給する帽子が置かれている。この女性スタッフは、無理難題を押しつけてきた説教野郎の話をしているところだ。人々は決まってフレディに無理難題を押しつけ、本人はそのことを休憩時間にブレイディに話してきかせる。人々の文句と苦情もありのままに話していく。ブレイディが聞き上手だからだ。

「それで、そいつがいうわけ。こんなふうに。ホモセクシュアル連中はひとり残らず地獄へ落ちるに決まってるって。そこからはその話の説明がえんえん。だからきいてたわよ、ったく。お尻が細いゲイの男の人ふたりに一枚の絵を見せてたの——あ、そのふたりは嘘みたいだけどレジャースーツ姿で、おまけに手を握りあってて、ふたりして炎が燃えさかる洞窟の絵をのぞいてた。おまけに洞窟には悪魔も！　ちゃんと三叉《みつまた》をもって！　嘘でもなんでもない。それでも、男と話しあおうとはしたの。対話を求めてる雰囲気だったし。だからいったの、こんなふうに。あなたに必要なのは、ちょっとでいいからラブ記から離れて、科学的な研究の成果を読むことだって。わかるでしょ、ゲイは生まれながらにしてゲイだってこと。でも男はこういうだけ。それは事実ではない、ホモセクシュアルは後天的な学習行動であり、だから克服できる。そんな話って信じられないでしょう？　ったく、馬鹿もいいかげんにして。でも、そうはいわなかった。代わりにいってやったの、じゃわたしを見て、わたしをじっくりとっくり見やがれ、って。恥ずかしがる必要なんかない、頭のてっぺんから爪先までどうぞごらんください、で、なにが見える？　それから男がまたしても与太話をぶつけてくる前に、いってやった。あなたに見えるのは男、そうでしょう？　また世迷い言をわたしにぶつけられるようになって次の科白を口にしはじめるまで、あいつは神さまでも来ないかぎり目をそらせない感じだった。で、それから男がなにをいったかといえば……」

ブレイディはフレディの話を——多少なりとも——耳に入れていたが、それもフレディの口から聖書の〝ラブ記〟が出てくるまでで（正しくは〝レビ記〟だが、面倒なのでいちいち訂正しない）、そのあとはほとんど話をきき流し、ときおり〝へえ・そう〟という生返事をさしはさむ程度につきあうだけだ。ひとり語りをきかされるのは苦でもなんでもない。たまに就眠時にｉＰｏｄできくＬＣＤサウンドシステムなみの鎮静効果がある。フレディ・リンクラッターは女にしては長身――百八十五センチ、いや、百九十近いかもしれない――でブレイディをしのいでいるし、いまその口から出ている話はどれも事実そのものだ。フレディを女らしいといったら、ブレイディ・ハーツフィールドは映画俳優のヴィン・ディーゼルになってしまう。いまフレディはリーバイス五〇一のストレートジーンズにバイク用ヘルメット、無地の白いＴシャツというういでたち。Ｔシャツは申しわけ程度の胸の存在をいっさいうかがわせずに、肩からすとんとまっすぐ垂れ落ちているだけだ。ダークブロンドの髪は五、六ミリの長さで刈りこまれている。〈マックス・ファクター〉はいわずと知れた化粧品だが、この女なら〝父さんの納屋の裏でどこぞの男がどこぞの女にしでかすあれ〟がらみの表現だ、と思っていてもおかしくない。

ブレイディは〝ええ〟とか〝へえ・そう〟とか〝そうだね〟といいながら、頭では老いぼれ元刑事が手紙をどうしたかと思い、〈青い傘〉を通じて連絡をとろうとしただろうかと考えている。手紙を送るのは危険だとわかっていたが、決して大きな危険でないことも織りこみずみだ。ふだんの自分とはまったく異なる文章スタイルをつくった。老いぼれ元刑事があの手紙から有用な情報を抜きだす可能性は、ごくわずか、あるいは皆無だといえる。

危険の要素は〈デビーの青い傘〉のほうが若干大きいが、老いぼれ元刑事がその方向を追ったところで派手に驚かされるのがおちだ。〈デビー〉のサーバーがあるのは東欧で、東欧におけるコンピューターのプライバシーはアメリカの清潔さと同等のもの——つまり、神聖なるものの次に位置しているからだ。

「そしたら男がいうのよ、これは誓って事実だと。自分の教会にはおまえの身なりをまともにする方法を教えられる女たちがたくさんいるし、おまえも髪を伸ばせばきれいになれるぞ、ですって。信じられないでしょう？　だからいってやった。あなたもちょっとばかり口紅でも塗ったら、すっごくきれいになるわって。革のジャケットを着て犬の首輪でもはめて〈コーラル〉あたりのクラブに行けば、運よくホットなデート相手にもありつけるかも。男に掘られて人生初の中出しが体験できるかも、って。男はめちゃくちゃいきりたって、こういってきた。きみがこの件を個人攻撃だと受け止めているのなら——」

ともあれ老いぼれ元刑事がコンピューターの世界で足跡を追いたいのなら、手紙を鑑識セクションに引きわたさざるをえないが、そうはしないだろうとブレイディは予測している。少なくとも、元刑事がすぐに動くことはなさそうだ。あの男は、ほかになにもないままテレビだけを友として部屋にすわりこんでいることに飽きている。もちろん、テレビのほかはリボルバーだけ。あの拳銃をいつもビールや雑誌といっしょに置いている。リボルバーを頭から追い払えない。銃身をくわえた現場こそ見てはいないが、あの男が銃を手にしている場面は何度も見ている。幸せいっぱい夢いっぱいの人間は、ふつうあんなふうに銃を膝に載せたりしない。

「だから男にいってやった。こんな感じで。怒っちゃだめ。大事な持論に反論されて逃げ場がなくなると、人はついかっかしちゃうものよ。やたらお堅いクリスチャンたちがそうなんだけど気がついた？」

　ブレイディは気づいていなかったが、気づいていたと答える。

「ただ、この男にはきく耳があった。ほんとよ。そんなこんなで、結局〈ホッセイニズ・ベイカリー〉までいっしょに行ってコーヒーを飲んだ。そりゃ、なかなか信じられない話だってわかってるけど、嘘じゃなくこの男とのあいだに会話らしきものが成立したの。わたしはあんまり人類に希望をもってない人間よ。でも、こんなふうにときたま……」

　ブレイディにも、あの手紙が老いぼれ元刑事を――少なくとも最初のうちだけは――多少奮《ふる》いたたせるはずだとわかっている。老いぼれは頭がよろしくないので、手紙の意図すべてを読みとれはしなかっただろうが、〝ミセス・トレローニーにならって自殺したらどうか〟という遠まわしのほのめかしは読みとるはずだ。遠まわし？　それほどでもない。むしろかなりあからさまだ。あの老いぼれ元刑事は――とりあえず最初のうちだけは――がむしゃらに張りきるだろう。しかしなんの成果も得られなければ、挫折でこれまで以上の大きなショックを感じるだろう。そのあと――老いぼれ元刑事が〈青い傘〉という餌に食いついたら――いよいよ仕事に本腰を入れる頃合だ。

　どうせ、老いぼれ元刑事はこんなふうに考えているのだろう。《おまえにべらべら話をさせれば、こっちはおまえを駆り立てられるぞ》とかなんとか。

　ただしブレイディは、老いぼれ元刑事がニーチェを読んだことがないはずだと踏んでいる。あの老いぼれ元刑事は、むしろジョン・グリシャム愛読者っぽい。そもそも読書習慣があればだが。

るのだ》

《おまえが深淵をのぞきこむとき》ニーチェは書いている。《深淵もまたおまえをのぞいている

おれがその深淵だよ、老いぼれ。おれこそが。

なるほど、かわいそうに最初から罪の意識を背負っていたミセス・オリヴィア・トレローニーとくらべたら、老いぼれ元刑事はずっと難題だ……しかし、ミセス・トレローニーを仕留めたことが神経システムのホットなつぼを刺激しまくったので、ブレイディはおなじことに手を出さずにいられない。スウィート・リヴィことオリヴィア・トレローニーをつんつんついて転落させるのは、ある意味では職を求めて市民センター前に詰めかけていた人間のクズどもの群れに血まみれの鎌の刈り痕を残す行為よりも刺激的だった。前者には頭脳が求められたからだ。計画が必要とされたからだ。もちろん、警官たちからのちょっとした手助けもありがたかった。警官たちは、オリヴィア・トレローニー自殺の責任の一端が自分たちの見当ちがいの推理にあったと考えただろうか？　ピート・ハントリーは考えなかっただろう——努力だけが取柄のあの単細胞男の頭に、そんな考えが浮かぶはずもない。でも、ホッジズはちがう。あいつなら疑いをいだいてもおかしくない。抜け目ない警官としての脳味噌の奥深くにある回路に、ほんのちょっぴりちょっかいを出す。それがブレイディの狙いだ。それが無理でも、あいつと話をして教えこむチャンスはある。〈青い傘〉で。

ただし、会話の主体はもっぱら自分だ。ブレイディ・ハーツフィールドだ。栄誉は受けてしかるべきものに与えよ。市民センターでは大槌をふるった。オリヴィア・トレローニーにつかったのは鋭利なメスだ。

「ねえ、きいてる?」フレディがたずねる。

ブレイディはにっこり笑う。「ちょっとだけ意識がどこかへ飛んでたみたいだ」

真実を口にしてもいい場合には嘘でごまかすなかれ。真実がつねにもっとも安全なコースとはかぎらないが、おおむねそうだ。ブレイディはぼんやりと思う——いまこの場でフレディに《そういえば、メルセデス・キラーはぼくなんだよ》と話したら、この女はどういうだろう? あるいはこう話したら? 《フレディ、うちの地下室のクロゼットには重さ四キロの手製のプラスティック爆弾があるんだよ》

フレディはそうした思考もお見通しといいたげな目をブレイディにむけていて、ブレイディはつかのま落ち着かない気分になる。ついでフレディがいう。「ふたつの仕事を掛けもちしてるせいよ。そんなことをしてたら、いずれ力尽きちゃいそう」

「そうだね。でも、やっぱり大学に復学したいんだ。でも学費をだれも出してくれないから自分で稼がないと。それに、ほら、母さんもいるし」

「ワインがぶ飲みの」

ブレイディは微笑む。「いや、母はどっちかというとウォッカがぶ飲みだね」

「あなたのうちに呼んでよ」フレディは真剣な声でいう。「わたしがお母さんを引きずって、〈無名のアルコール依存症者たち《アルコホーリクス・アノニマス》〉の会合へ連れてくから」

「効き目があるものか。ドロシー・パーカーの名言を知ってるかい? 売女《ばいた》を文化まで引きずっていくことはできても、売女に考えさせることはできないぞ」

フレディはちょっと考えてから大きく顔をのけぞらせ、マルボロの吸いすぎでしゃがれた笑い声をあげる。

「ドロシー・パーカーがだれかは知らないけど、いまの言葉は覚えておこうっと」それから真顔になって、「本気でいうけど、フロビッシャーにいって、もっと出勤時間を増やしてもらえばいい。あなたのもうひとつの仕事って、ほんとにお給料がしみったれてるんだし」

「その男がフロビッシャーに出勤時間を増やしてくれと頼めない理由なら、おれが教えてやるよ」

名前の出たフロビッシャー本人が荷物の搬出入エリアに出てきながら、そう声をかける。アントニー・フロビッシャーは、おたくっぽい眼鏡をかけた若者だ。その点では〈ディスカウント・エレクトロニクス〉の大多数の店員と似たりよったり。ブレイディもおなじく若いが、トーンズことアントニー・フロビッシャーよりも顔だちは整っている。男前というほどではないが、それは問題ではない。ブレイディの目標は、特徴のない平凡な男になることだ。

「あら、話をきかせて」フレディはいいながら、タバコを揉み消す。この家電量販店の裏手にある搬出入エリアのずっと先、〈バーチヒル・モール〉の南端に接しているあたりには従業員の車がならんでいるほか（大半が古いぽんこつ車）、鮮やかな緑色のフォルクスワーゲン・ビートルが三台ならんでいる。三台はいつもぴかぴかに磨きあげられていて、いまも晩春の日ざしがフロントガラスに反射してきらめいている。車体側面には青い字で**《コンピューターのトラブル？　いますぐ〈ディスカウント・エレクトロニクス〉の〈サイバーパトロール〉にお電話を》**と書いてある。

「〈サーキットシティ〉はつぶれ、〈ベストバイ〉は経営が傾いてる」フロビッシャーは学校の先生然とした声で同業他社の社名をならべる。「〈ディスカウント・エレクトロニクス〉も傾いているのは同様だ。コンピューター革命のあおりで、いまや生命維持装置につながれて生き長らえているも同然になっているあちこちの業界とおなじ——新聞社や出版社、レコード店、アメリカ郵政公社といったあたりとね。たまたま思いついた数例にすぎないけどさ」

「レコード店？」フレディが新しいタバコに火をつけながらたずねる。「レコード店ってなに？」

「そりゃまた大笑いできる発言だ」フロビッシャーはいう。「友だちがいうには、レズのタチ役にはユーモアのセンスがなくて——」

「あんたに友だちがいるの？」フレディがいう。「びっくり。人は見かけによらないものね」

「——でも、きみはその発言がまちがいだという生きた証拠だ。きみたちが労働時間をいま以上に増やせないのは、この会社がいまやコンピューターだけでなんとか食っているありさまだからだ。それも、おおむね中国やフィリピンで製造されてる安価なコンピューターだ。わが社の顧客の最大公約数的大多数は、うちで売っているほかの商品にはもう目もくれなくなってる」

〝最大公約数的大多数〞などという言葉をつかうのはフロビッシャーだけだろうな、とブレイディは思う。

「こんなふうになったのは、ひとつにはテクノロジー革命が原因だけど、それだけじゃなくて、やっぱり——」

フレディとブレイディは声をあわせてお決まりの文句でしめくくる。「——バラク、オバマ、がわが国の歴史上最大の失敗だから！」

フロビッシャーは苦々しい顔でひとしきりふたりを見つめてからつづける。「とにかく、話をきいてくれてはいるんだな。ブレイディ、きみの勤務は二時までだよな？」

「そうだ。もうひとつの仕事が三時からでね」

フロビッシャーは顔の中心にでんといすわるでか鼻に皺を寄せることで、ブレイディのもうひとつの仕事をどう思っているのかを示す。「そういや、きみは以前大学への復学がどうとかと話してなかったか？」

ブレイディはこの質問に答えない。なにをどう話そうと曲解されかねないからだ。トーンズことアントニー・フロビッシャーは知らないはずだが、ブレイディはこの男をきらっている。ただきらっているばかりか蛇蝎のごとくきらっている。ブレイディは、酔いどれの母親を含めて万民をきらっているが、いみじくも昔のカントリーソングの歌詞のとおり、《だからといって、いますぐ知らなくてもいいことさ》だ。

「きみはもう二十八歳だぞ、ブレイディ。そんな年になれば自動車保険をかけるのにプール型保険だけに頼る必要はもうない――これはこれでいいことだ。でも、電気工学の世界で一人前になろうとするには、いささか年が行きすぎじゃないか。それをいうなら、コンピューター工学の世界でもね」

「そんなことをいって自分からクソ男になっちゃだめ」フレディがいう。「名前はトーンズ、苗字はクソオトコ」

「真実を口にすることで人がクソになるなら、おれはクソになってやる」

「それもいいかも」フレディはいう。「きっと歴史に残るわ。トーンズ、別名〝真実を告げるクソ〟。子供たちが学校であんたのことを教わるようになるのね」

「多少の真実なら気にしないよ」ブレイディは小声でいう。

「そりゃいい。だったら、DVDのカタログ作成と値札のシール貼りをやらされても、気にしないでいられるな。さあ、いますぐ仕事にかかれ」

ブレイディは愛想よくうなずくと立ちあがり、スラックスの尻から埃を払う。〈ディスカウント・エレクトロニクス〉では五十パーセントオフのDVD安売セールが週明けからはじまる予定だ――ニュージャージーにある本社が、二〇一一年一月をもってDVDソフトの店頭販売から撤退する決定をくだしたのだ。かつては利益率の高かったDVDも、いまでは〈ネットフリックス〉や〈レッドボックス〉といったネットの動画配信サービスのおかげで息の根をとめられかけている。このぶんではもうじき店内にならぶのはホーム・コンピューター（中国やフィリピンでつくられた製品）と大画面テレビだけになりそうだし、長引く不況で後者を買える余裕ある客はろくにいない。

「ところで」フロビッシャーはフレディにむきなおり、「出張依頼の電話がはいってるぞ」といってピンクの作業発注書を差しだす。「スクリーンがフリーズしたというばあさんだ。いや、客の言葉そのままだが」

「了解、艦長《モン・カピターン》さん！　お客さまの満足こそわが生きがい」フレディは立ちあがると敬礼し、フロビッシャーがさしだしている作業発注書を受けとる。

「シャツの裾はしまっていけ。その珍妙なヘアスタイルに客がドン引きしないように、きちんと帽子もかぶるんだ。くれぐれもスピードを出しすぎるな。あと一回でも違反切符を切られたら、これまでの〈サイバーパトロール〉暮らしは二度とないものと思え。ああ、出ていくついでにクソったれな吸殻を片づけていけ」

投げつけられた言葉をフレディが打ち返す間もなく、フロビッシャーは店内に姿を消している。

「じゃ、あなたはDVDの値札つけ、わたしはどうせCPUがグラハムクラッカーのくずだらけになってるおばあさん相手の仕事ってわけね」フレディはそういうと積み降ろし口からひらりと飛びおりて、帽子をかぶる。帽子のつばをギャングスタふうに小粋にかしげ、自分が捨てた吸殻には目もくれず小走りでワーゲンへとむかいはじめる。それからいったん足をとめ、ほとんどくびれのない少年めいた腰に手をあててブレイディをふりかえる。「こんなの、五年生のときに想像していた未来の自分の暮らしじゃないな」

「ぼくもだよ」ブレイディは静かにいう。

ブレイディは、年配のご婦人を救うために速足で去っていくフレディを見送る——どうせご婦人はお気に入りのイミテーション・アップルパイのレシピがダウンロードできず、気が変になりかけているのだろう。そしていまブレイディは、自分が子供のころに送っていた生活の話をしたらフレディがなにをいうだろうか、と考えている。弟を殺したころの話を。しかもその件を母親が隠蔽したころの話を。

隠蔽したのも当然ではないか？

ある意味で、母親の思いつきだったのだから。

12

ブレイディがクェンティン・タランティーノの旧作DVDに五十パーセントオフの黄色い値札シールを貼り、フレディが市のウェストサイドで高齢のミセス・ヴェラ・ウィルキンズのPCトラブル解決に手を貸しているそのとき（結局、クッキーのかけらが詰まっていたのはキーボードだと判明した）、ビル・ホッジズはロウブライアー・アヴェニュー（市を二分する四車線の大通りで、ロウタウンという地名の由来でもある）からはずれて、イタリア料理のリストランテ〈ディマジオ〉に隣接する駐車場に車を乗り入れるところだ。ホッジズは、ピート・ハントリーが先に来ていることはシャーロック・ホームズでなくてもわかる。ブラックウォールのタイヤを装着した地味なグレイのシボレーのセダン――市警察の車だと金切り声で叫んでいるも同然の車だ――の隣に愛車を入れ、古いトヨタ車――こちらは老いぼれ退職者が乗っているぞと叫びだしそうな車だ――から外へ降り立つ。シボレーのボンネットを手で確かめると、まだ熱い。ということは、ピートはホッジズにそれほど先んじていたわけではあるまい。

ホッジズはつかのま足をとめ、まぶしい日ざしとくっきりした影が織りなす正午近くの雰囲気を楽しみつつ、一ブロック先の立体交差へと目をむける。立体交差はどこもかしこも一面ギャング連中のロゴをはじめとする落書きで覆われている。人影は見えないが（ロウタウンの若者たちにとって正午はまだ朝食の時間だ）、いま立体交差の下へはいっていけば安ワインとウィスキーの鼻を刺す刺激臭を感じることはまちがいない。足の下からはガラス瓶の破片がさらに小さく砕ける音がするだろう。排水溝にも空き瓶が転がっているはず。それも茶色い小さな瓶が。

それもこれもホッジズの問題ではない。そもそもいま立体交差の下の闇は無人だし、ピートを待たせている。店にはいったホッジズは、入口カウンターにいた女主人のエレインが笑顔をのぞかせ、名前を呼んで歓迎してくれたことをうれしく思う——もう何カ月も足を運んでいなかったというのに。いや、かれこれ一年ぶりになるかもしれない。もちろんピートはボックス席についていて、早くも片手をあげて合図をしている。ひょっとしたらピートが——弁護士たち定番の文句にならうなら——エレインの〝記憶をリフレッシュ〟させたのかもしれない。

ホッジズはお返しに手をあげる。ボックス席にたどりつくころには、ピートがテーブルの横に立っていて、ベアハグでホッジズを抱きしめる。ふたりは必要とされている回数だけ背中を叩きあい、ピートがホッジズに元気そうだと話しかける。

「人間の一生を三段階にわけるとどうなるか知っているかい？」ホッジズはたずねる。

ピートは早くも相好を崩しながら、かぶりをふる。

「若者段階、中年段階、最後が〝お元気そうですね〟段階だ」

ピートは大声で笑ってから、シリアルの〈チェリオス〉の箱をあけたブロンド女がなんといったかを知っているか、とたずねる。ホッジズが知らないと答えると、ピートは驚きに目をまん丸にする演技をしながら、こういう。「すごい！　ほら、かわいいドーナッツの種がたくさん！」

　ホッジズは求められている笑い声をお義理であげ（とはいえ、ブロンド族がらみのジョークとしてはとりわけ鋭いと思っているわけではない）、こうして必要な儀式をすませたふたりは席に腰をおろす。ウェイターがやってきて――〈ディマジオ〉にはウェイトレスはいない、いるのはしみひとつない純白のエプロンを、鶏のように細い胸のあたりで締めている年配の男たちだけだ――ピートがビールをピッチャーで注文する。〈アイヴォリー・スペシャル〉ではなく〈バドライト〉だ。ビールが運ばれてくると、ピートがグラスをかかげる。

「おまえさんと退職後の暮らしぶりに乾杯だ、ビリー」

「ありがとう」

　ふたりはグラスを触れあわせて音をたて、それぞれビールを飲む。ピートはアリーのようすをたずね、ホッジズはピートの息子と娘の近況をたずねる。おたがいの妻――といっても、どちらも離婚した元妻だが――の話題をいちおうすませると（あたかも、元妻の話題に怖じけづいていないことを相手に――自分自身にも――証明しようとしているかのよう）、妻たちは会話の場から退場させられる。料理の注文をすませる。料理が運ばれてくるころには、ホッジズのふたりの孫の話題をおわらせ、たまさか本拠地がいちばん近いメジャーリーグ・チームであるクリーヴランド・インディアンズの今季の可能性についての分析をすませている。ピートはラビオリ、ホッジズはオリーブオイルとガーリックのスパゲティ――この店ではこれと決めている。

　それぞれのカロリー爆弾を半分ほど食べたところで、ピートが胸ポケットから折り畳んだ紙を抜きだし、いささか儀式ばった手つきで自分の皿の横へ置く。

「なんだ、それは?」ホッジズはたずねる。

「おれの捜査官としての能力がこれまで以上に鋭く、かつ研ぎすまされていることを示す証拠だよ。おまえさんの顔を見るのは、あのホラーショーみたいなレインツリー・インでのパーティー以来だな——ちなみにあのときは、ふつか酔いが三日もつづいたぞ。で、そのあとおまえさんと話をしたのは……ええと……二回? いや、三回か? それからいきなり……ランチをつきあえって誘いだ。驚いたかって? 全然。なにやら魂胆があると勘づいた? もちろん。さて、おれの見立てが正解かどうかを確かめようか」

ホッジズは肩をすくめる。「わたしは、ことわざにいう好奇心が強い猫さ——ほら、好奇心の強い猫は死んでも生き返るとかなんとか」

ピート・ハントリーは満面の笑みをのぞかせるが、ホッジズがテーブルの上の紙に手を伸ばすと、すかさず紙を手で押さえる。「おっと、だめ・だめ・だめ。まずおまえさんが話をしてからだ。なに、恥ずかしがるな、カーミット」

ホッジズはため息をつき、指を折って四つの事件を数えあげる。それをすませると、ピートがテーブルの反対から紙を滑らせてよこす。ホッジズは紙をひらいて目を通す。

1　デイヴィス
2　公園強姦魔
3　質屋

4　メルセデス・キラー

ホッジズはすっかり見通されて落胆したふりをする。「おまえにはかなわないな、保安官。話したくなければ口を閉じていろよ」

ピートは真顔になる。「おいおい。警察を辞めた時点でまだ解決していなかった事件への興味をすっかりなくしてたら、おまえさんに失望したところだぞ。なんていうか……ま、おまえさんのことがちょっと心配だった」

「現役連中に手や口を出そうなんて気はないさ」ここまでまっ赤な大嘘がすらすらと口をついて出たことに、ホッジズはわれながらいささか驚かされている。

「おや、鼻がぐんぐん大きく伸びてるぞ、ピノキオ」

「いや、本気だ。わたしの望みは最新情報を仕入れることだけでね」

「喜んでおおせに従いましょうか。まずドナルド・デイヴィス。筋書きはご承知のとおり。デイヴィスは、とにかく手をつける商売という商売で片はしからしくじりつづけてきた——いちばん最近はデイヴィス・クラシックカー社だな。借金の海にあれだけ深く沈みこんでるんだから、そろそろネモ艦長とでも改名するべきだ。で、こっそり遊んでる若い子猫ちゃんが二、三人ってところか」

「おれが辞めたときには三人いたっけ」ホッジズはそういい、またパスタを食べはじめる。ここへ来たのはドナルド・デイヴィスの話をききたかったからではないし、市公園の強姦魔の話でもない。過去四年のあいだ市内の質屋や酒屋で強盗をくりかえしている犯人の話でもない。

どれもただのカモフラージュ。しかし興味はおさえられない。

「あいつの奥さんは借金と愛人にうんざりしてた。で、離婚に必要な書類を準備しているさなかに……行方不明になった。ま、世界最古の物語だ。デイヴィスは奥さんの失踪を警察に届けでて、おなじ日に破産宣告をした。テレビのインタビューに応じて、バケツで汲めるほどの空《そら》涙《なみだ》を流した。あいつが奥さんを殺したのはわかってる。でも、死体がなければ……」ピートは肩をすくめる。「おまえさんも〈節穴ダイアナ〉との会議には出ていたよな？」ピートのいうダイアナとは、市を担当する地区首席検事だ。

「あいかわらず、デイヴィスを起訴するようにあの検事を説得できないのか？」

「罪 体《コーパス・デリクティ》——つまり他殺死体の現物がないかぎり起訴は無理だ。カリフォルニア州モデストの警官連中だって、スコット・ピーターソンがまっ黒けの有罪だとわかってはいたが、奥さんと子供の遺体を発見するまでは起訴できなかった。知ってるだろうが」

知っている。シーラ・デイヴィス失踪事件の捜査中も、スコット・ピーターソンとその妻ラシの事件についてピートと何度となく話しあったものだ。

「ところが、なにがあったと思う？　湖畔にあるデイヴィス家の夏別荘から血痕が出てきたんだよ」ピートはわざと言葉を切って劇的効果を高めてから、締めのひとことを投下する。「奥さんの血だ」

ホッジズはさしあたって料理のことも忘れて身を乗りだす。「いつ？」

「先月」

「なのに、わたしには知らせずじまいか？」

「だからいま話してる。いまきかれたからだ。現地ではいまも捜査が進行中だよ。ヴィクター郡の警察が捜査にあたってる」

「奥さんのシーラは、行方不明になる前あたりに別荘界隈《かいわい》で姿を目撃されてなかったのか？」

「目撃者はいる。子供がふたり、姿を見てるんだ。デイヴィス本人はきのこ狩りをしていたと主張した。ユール・ギボンズなんかクソ食らえ――ギボンズってのはアウトドアだの自然食だので有名なやつだ。で、奥さんの遺体が見つかれば――もし見つかったらの話だが――ドナルド・デイヴィスくんは裁判所に奥さんの死亡宣告を出してもらって保険金を受けとるのを七年も待つ必要がなくなる」ピートはにんまりと笑う。「どんだけあいつの時間を節約してやれることか」

「公園強姦魔のほうは？」

「嘘じゃなく時間の問題だ。犯人は白人、十代から二十代とまではわかってるし、お上品な熟女のプッシーをいくら食っても満足しないやつだってこともわかってる」

「で、囮《おとり》を泳がせてるんだな？　この強姦魔は暖かい日が好きなことだし」

「そのとおり――ま、そのうちきっとつかまえてやるさ」

「できれば犯人が、また仕事帰りの五十代の女を毒牙にかける前につかまえてほしいね」

「こっちも全力を尽くしてるさ」ピートはいささか気分を害した顔になり、ウェイターが近づいてきて不満はないかとたずねても、手をふって追い払うだけだ。

「わかってるさ」ホッジズはいう。なだめる声で。「質屋事件の犯人は？」

ピートはぱっと顔を輝かせる。「ヤング・アーロン・ジェファースン」

「はあ？」

「だから、そういう名前の男だよ。だが、市立ハイスクールでアメリカンフットボールをやっていた当時はＹＡと自称してた。有名な選手のＹ・Ａ・ティトルみたいにね。ただしやつの恋人――三歳になるやつの子供の母親でもある――がいうには、あの選手のことをやつは〝Ｙ・Ａ・おっぱい《ティティーズ》〟と呼んでいたらしい。ジョークだったのか、それとも素《す》でまちがえていたのかとたずねたが、さっぱりわからないという答えだった」

これもまたホッジズが知っている物語、もともと聖書にあってもおかしくないほど古くさい物語だ……いや、聖書にあるのはさらに古い物語の変形かもしれない。

「話の先を当ててやる。ＹＡとやらは十軒ばかりの店に押しこみ強盗をやらかして――」

「いまじゃ十四軒だ。ドラマの〈THE WIRE／ザ・ワイヤー〉のオマールよろしく、銃身を短く切り詰めたショットガンをふりまわしてる」

「――そのたびに、うまく逃げおおせる。悪運が強いおかげだ。そしてＹＡはちっちゃな子供の母親を裏切って浮気をする。女は頭にきて、ＹＡを蹴りだす」

ピートは指で拳銃のかたちをつくって、昔のパートナーに突きつける。「ホールインワン。この次ヤング・アーロンが銃身の短い銃を隠して質屋なり小切手換金屋なりに行けば、こっちにはひと足早くわかるし、そうなれば〝天使よ天使、おれたちいっしょに舞いおりる〟ってわけだ」

「なんですぐやらない？」

「これも検事がらみさ」ピートはいう。「〈節穴ダイアナ〉にステーキ肉をもっていくだろ？

するとあの女はいうんだ——ちゃんと焼いてきなさい、でもミディアムレアでなかったら突き返すわ、ってね」

「でも、やつの尻尾はおさえた、と」

「Y・A・おっぱい《ティティーズ》が七月四日の独立記念日までには州刑務所に、クリスマスまでには連邦刑務所に収容されていることに、ホワイトウォールタイヤの四本セットを賭けてもいい。デイヴィスと公園強姦魔のほうは、もうちょっと時間がかかるかもしれないが、かならずつかまえる。ところでデザートは？」

「いらない。いや、もらう」ホッジズはウェイターにいう。「例のラムケーキはまだあるかな？　あの黒っぽいチョコレート色のケーキだよ」

ウェイターは侮辱されたような顔になる。「ございます。決して切らしません」

「では、それをもらおう。コーヒーもだ。ピートは？」

「おれは残ったビールをもらうことにするさ」ピートはそういいながら、ピッチャーに残ったビールをグラスにそそぐ。「ケーキを食べてもいいのかい、ビリー？　前に見たときとくらべても、何キロか太ったみたいに見えるぞ」

そのとおり。警察を辞めて以来ホッジズはかなりの大食になっている——しかし、食べ物が本当においしく感じられたのはようやく二、三日前からだ。

「〈ウェイト・ウォッチャーズ〉ダイエットを検討中だよ」

ピートはうなずく。「なるほど。じゃ、おれは聖職者になることを考えるとするか」

「うるさい。で、メルセデス・キラーについては？」

「あいかわらずトレローニー家の周辺一帯をつぶさに調べてる――というか、おれとイザベルがいままさに進めてるわけだ。そうはいっても、イザベルでもだれでもいいが、本物の手がかりをひとつでも見つけられたら、おれはぶったまげるだろうね。イザベルは聞きこみをつづけちゃいるが、どの家もすでに五、六回は足を運んでる。犯人はトレローニー家の高級車を盗んで霧にまぎれて走りでていき、やることをすませ、また霧にまぎれて引き返し、車を乗り捨てて、それから……どろん。ムッシュ・Ｙ・Ａ・おっぱい《ティティーズ》にはわるいが、本当に悪運に恵まれていたのはメルセデス野郎だ。やつが犯行をあと一時間でも遅らせてくれていれば、現場には警官たちがいたはずなんだ。群集整理のために」

「知ってる」

「犯人も知っていたと思うかい、ビリー？」

ホッジズは片手をシーソーのように揺らして、なんともいえないという意を伝える。もし〈青い傘〉でミスター・メルセデスと会話できたなら、ぜひとも本人にたずねてみよう。

「人を撥ねたり轢いたりしはじめた時点で、あの人殺しの豚野郎は車のコントロールをうしなっていてもおかしくなかったのに、現実にはそうならなかった、イザベルは、世界最高レベルにあるドイツの重工業製品のおかげだといってる。だれかがボンネットに飛び乗って犯人の視界をふさいでいてもおかしくなかったのに、そうするやつはいなかった。《割込禁止》のベルトがついたガイドポールの一本が車体の下で撥ねあげられて車体のフレームにひっかかってもおかしくなかったのに、そんなことにもならなかった。やつが例の倉庫の裏で車をとめて、マスクをはずした姿で外に降り立ったところをだれかが目撃していてもおかしくなかったのに、目撃者はひとりもいなかった」

「まだ朝の五時二十分だったんだぞ」ホッジズは指摘する。「たとえ正午でも、めったに人がいない地域でもあることだし」

「不況のあおりさ」ピート・ハントリーはむっつりとした声でいう。「わかってる、みなまでいうな。あのあたりの倉庫街の仕事をなくした連中の半分くらいが、あの日の朝、就職フェアとやらがはじまるのを待っていたかもしれない。その手の皮肉をめしあがれ――血液サラサラ効果がございます」

「つまり、収穫はゼロか？」

「足踏み手づまり、どんづまり」

ホッジズのケーキが運ばれてくる。おいしそうな香りをただよわせているが、じっさいに食べるとそれ以上の美味だ。

ウェイターが離れると、ピートはテーブルに身を乗りだしてくる。「おれの悪夢は、この犯人がまたあんな事件を引き起こすことなんだ。また湖のほうから市内に濃霧が流れこみ、やつがおなじことをしでかすことがね」

犯人は二度とおなじことはしないといっていた――ホッジズはそう思いながら、フォークですくった美味なるケーキを口へ運ぶ。そう、犯人は《おんなじことをまたやりたいなんて気持ちがこれっぽっちもない》といっていた。犯人は《一回やれば充分なんだ》ともいっていた。

「そうなるか、またほかのことになるか……」ホッジズはいう。

「三月に娘と派手な喧嘩をやらかしちまってね」ピートがいう。「モンスター級の親子喧嘩だ。

四月はいっぺんも娘と会わなかった。週末の面会を娘に全部キャンセルされたよ」

「そんなことが?」

「まあね。あの子はチアリーディングの競技会を見にいきたがってた。〈ブリング・ザ・ファンク〉とかいう名前の催しだったかな。州内のほとんどの学校が参加していた。ほら、キャンディが昔からどれだけチアリーディングに入れあげていたかは知ってるだろう?」

「ああ」ホッジズは答える。じっさいには知らなかったが。

「四歳か六歳……まあ、そのくらいのころには小さなプリーツいりのスカートをもってて、おれたち両親がなにをいっても脱ごうとしなかったよ。母親ふたりがそれぞれの娘さんとうちの子を連れていってくれるという話だった。でもおれは、キャンディに行くなといった。どうしてだかわかるか?」

ホッジズにはわかっている。

「競技会の会場が市民センターだったからだ。心の目に見えてきたんだよ……十代の女の子とその母親たちがあわせて千人ばかり、センターの外に群れあつまっていて、ドアがあくのを待っている光景が。今度は夜明け前じゃなく夕暮れだ。でも、湖のほうから霧が流れこんでくる。そして見えてくるのさ——あの外道めが、またメルセデスを盗んで人々にむかって走ってくるのが——いや、今度はもっとごついハマーあたりか。子供たちも母親たちも、みんなヘッドライトに照らされた鹿みたいに立ちすくんでいるだけだ。だから、行くなとあの子にいった。あの子があげた金切り声ときたら、おまえさんにもきかせたかった。それでも、おれはだめだといった。そのあとあいつは一カ月も、おれに話しかけようともしなかった。いや、モーリーンが連れてこなかったら、いまだっておれには話しかけないな。モーリーンにも、ぜったいにだめだ、なにがなんでもだめだ、といった。するとあの女、それこそが離婚を決めた理由だといいやがる。おれの〝ぜったいにだめ〟と〝なにがなんでもだめ〟という言葉にうんざりしたのが理由だ、とさ。で、もちろん結果的に競技会ではなにごともなかったわけだ」

　ピートはビールを飲み干し、ふたたび身を乗りだしてつづける。

「いざおれたちが犯人をつかまえるときには、できたらまわりに大勢の人にいてほしい。ひとりで犯人をつかまえたら……娘と仲たがいする原因になったというだけの理由で、やつを殺しかねないからね」

「だったら、どうして大勢の人にいてほしいなんて思う？」

　ピートはこの言葉の真意に思いをめぐらせてから、ゆっくりと微笑む。「おまえさんの言葉にも一理あるな」

「ミセス・トレローニーについて考えたことはあるかい？」ホッジズはさりげない口調で質問する。しかしホッジズ個人は、例の匿名の手紙が郵便受けの差入口から落ちて以来、オリヴィア・トレローニーのことをずいぶんたくさん考えてきた。いや、それ以前も考えていた。退職してからの昼とも夜ともつかぬ灰色の時間に、夢で見たことすらある。あの面長《おもなが》の顔――悲しみに沈む馬を思わせる顔。《だれもわかってくれない》、《世界じゅうがわたしの敵だ》と語っている顔。あれだけ金をもっていながら、自分の生活の恵まれた点を数えあげることひとつできなかった――給与小切手をおしいただく身分から解き放たれていることを筆頭に。何年も前から口座の赤字を解消する必要も、借金の取り立て人が留守番電話に残したメッセージを逐一きく必要もなかった反面で、自分の不幸を――下手くそな美容師から各種サービスマンの無作法なふるまいにいたるまでの長大なリストを――足し算で数えあげることしかできなかった女性。ミセス・オリヴィア・トレローニー――形がないようなボートネックのワンピースを着ていて、その襟のボートの形がいつも右舷《げんそく》側か左舷側のどちらかに傾いていた女性。うるみがちな目は、いつも涙があふれる寸前に見えた。あの女性に好意をもっている者はひとりもいなかったし、カーミット・ウィリアム・ホッジズ一級刑事も例外ではなかった。そんなミセス・トレローニーが自殺したときにも驚く者はひとりもいなかったし、前述のホッジズ刑事も例外ではなかった。ひとつの事件で死者が八人も出れば――くわえて多数の負傷者が出たことはいうまでもない――そのことが良心に重くのしかかるものだ。

「考えるというのはどういう意味だ?」ピートがたずねる。

「結局あの女性は本当のことを話していたのかどうか、という点だよ。車のキーについて」ピートは両眉を吊りあげる。「とにもかくにも夫人は自分が真実を話している、とは思ってたな。おまえさんだって知ってるはずだ。あれだけ完璧に自分で自分を説得していたんだから、嘘発見器にかけたってパスしただろうね」

そのとおり。さらにいえばオリヴィア・トレローニーはふたりにとって驚きでもなんでもなかった。そう、ふたりはその同類をそれまでにも数えきれないくらい見ていた。常習的な犯罪者たちは、たとえやってもいない犯罪の容疑で警察にひっぱられてきても、いかにも有罪のようにふるまう――なにがしかの罪を犯していることだけはまちがいないからだ。一方まっとうな市民諸氏はそんな事態を単純には信じないし、彼らが訴追前に事情聴取される場合は――ホッジズも知っているように――銃器がらみの事件が理由であることはめったにない。決まって車がらみだ。

《うっかり犬を轢いてしまったと思ったんです》彼らは異口同音にそういう。前輪と後輪がつづけてなにかを轢くときの不気味な二回の衝撃を感じたあと、バックミラーにどんな光景が見えていても、彼らは固く信じこむ。

ただの犬だ、と。

「でも、考えてしまうんだよ」ホッジズはいう。自分の口調が押しつけがましく感じられず、むしろ思慮をめぐらせているように響くことを祈りつつ。

「いっちまえよ、ビル。おまえさんはおれとおなじものを見た。記憶をリフレッシュさせる必要があるなら、警察署に来て写真を見たっていいぞ」

「それもいいかな」

ピートが着ている〈メンズ・ウェアハウス〉のジャケットのポケットから、〈禿げ山の一夜〉の最初のフレーズが流れはじめる。ピートはポケットから携帯をとりだして画面に目をむけていう。「おっと、これは出なくちゃ」

ホッジズは手ぶりで、遠慮するなと伝える。

「はい？」ピートは相手の話に耳をかたむける。ついで目を大きく見ひらき、椅子がうしろへ倒れそうになるほどの勢いで立ちあがる。「なんだって？」

レストランのほかの客が食事の手をとめて、きょろきょろ見まわしている。ホッジズは関心とともにピートを見まもる。

「よし……いいぞ！　すぐそっちへ行く。は？　ああ、わかった、わかった！　待ってなくていい、すぐ行け」

ピートはぱちんと携帯を閉じて、また椅子に腰をおろす。先ほどとは一転、全身に生気がみなぎっている。この瞬間にかぎっては、息苦しくなるほどピートがうらやましい。

「もっとちょくちょく、おまえさんと食事をするべきだな、ビリー。まったく、おまえさんはおれに幸運を呼ぶお守りだ――昔っからね。おまえさんと話をすると、それが現実になるんだから」

「なにがあった？」いいながら、ミスター・メルセデスだ、と考える。つづいてこみあげてきたのは、理不尽で、侘《わび》しくもなる思いだった――あの犯人はおれのものになるはずだったのに。

「イザベルからだよ」ピートが答える。「あいつのところに、ついさっきヴィクター郡警察の警視監から電話があった。一時間ばかり前に、猟区管理官が砂利採取場の跡地で人骨を発見したらしい。採取場跡はドナルド・デイヴィスの湖畔の夏別荘から三キロも離れていないし、おまけになにがあったと思う？　衣服の一部とおぼしきものが、人骨にまとわりついたままだそうだ」

ピートはテーブルの上に両手を差しだす。ホッジズはその手にハイタッチをする。

ついでピートは垂れ落ちているポケットに携帯をしまいこみ、財布を抜きだす。ホッジズは頭を左右にふる――いま自分が感じている気持ちは、自分自身にさえごまかせない。安堵《あんど》だ。それも大きな安堵。「いや、ここはわたしが奢る。おまえは現地でイザベルと落ちあうことになってるんだろう？」

「まあね」

「ぐずぐずするな」

「オーケイ。ランチをごちそうさま」

「あともうひとつ――ターンパイク・ジョーについて、なにか話をきいたか？」

「あれは州警察の事件だよ」ピートはいう。「いまじゃＦＢＩも噛んでる。ようこそいらっしゃいました、さ。きいた話だと、手がかりはゼロだとよ。だからいまはジョーがまたぞろ犯行に及んで、うまいこと幸運が降ってくるのを待ってるだけだ」ピートはちらりと腕時計を見る。

「さあ、もう行け」

ピートはいったん歩きだし、すぐ足をとめてテーブルへ引き返すと、ホッジズのひたいに派手な音をたててキスをする。「顔を見られてうれしかったぜ、スイートハート」

「失せろ」ホッジズはピートにいう。「人が見たら、愛しあっている恋人同士に思われちまう」

ピートは満面の笑みをのぞかせたまま店を出ていき、ホッジズは以前に自分たちがおりおりにどう自称していたのかを思い出している――〈天国の猟犬たち〉だ。

昨今、おれの鼻はどのくらい鋭いのだろうか？

13

ウェイターがまたやってきて、ほかに用はないかとたずねる。ホッジズはなにもないと答えかけて思い直し、コーヒーをもう一杯注文する。いましばらくはこのまま店に腰を落ち着けて、二重の幸せを嚙みしめていたい——ピートにかかってきた電話がミスター・メルセデスの件ではなかったことと、電話がドナルド・デイヴィスの件だったこと。善人ぶった豚野郎のデイヴィス——妻を殺害し、そのあと妻の所在についての情報提供者に謝礼を支払う段取りを弁護士につけさせていた。なぜかというなら……ああ、神よ、わたしは妻を深く深く愛していますし、いまの望みは妻がふたたびわが家に帰ってきてくれること、ふたりですべてを一からやりなおすことだけです。

さらにオリヴィア・トレローニーと、オリヴィア・トレローニーの盗まれたメルセデスのことも考えてみたい。あの車が盗まれた点は、だれも疑わなかった。しかし——本人は断固として異をとなえつづけてはいたが——車が盗まれる情況をつくったのがミセス・トレローニーその人であることを疑う者もいなかった。

ホッジズはいま、イザベル・ジェインズからきかされたある事件を思い出している。イザベルがサンディエゴから当地へ来たばかりのころ、ホッジズたちが市民センターでの無差別殺傷事件の話をイザベルに語りきかせたあとのことだった。イザベルが話してくれた事件は拳銃がらみだった。イザベルの話によれば、通報によってパートナーともども一軒の民家に急行したところ、その家に住む九歳の少年が四歳の妹を拳銃で射殺していた、という。ふたりは父親がドレッサーにうっかり置き忘れたオートマティックの拳銃をおもちゃ代わりにして遊んでいたのだ。

「父親は起訴されなかったけれど、死ぬまでその重荷を背負いつづけていくでしょうね」イザベルはそのときいった。「こっちの事件もいずれおなじようなものだということになりそう……まあ、展開を見まもっていましょうか」

そしてその一カ月後――いや、もっとすぐだったか――ミセス・トレローニーは服薬自殺を遂げた。メルセデス・キラー事件の関係者のだれひとり、心を動かされなかった。捜査関係者にとって――ホッジズにとっても――あの女性は事件に一定の役割を果たしたことを頑として認めず、自己憐憫《れんびん》にひたっているばかりの金持ちのご婦人にすぎなかった。

盗まれた時点でメルセデスSLはダウンタウンにあったが、資産家の夫を心臓発作で亡くしていた未亡人のミセス・トレローニーが住んでいたのはシュガーハイツ地区。名前から連想されるとおり富裕層の多く住む郊外住宅地で、ゲートつきドライブウェイの奥に十四から二十は部屋がある新興成金御用達の悪趣味な大邸宅がたくさん建っている。アトランタ育ちのホッジズはシュガーハイツを通りかかるたびに、故郷で金持ち階級の地域として通っているバックヘッド地区を連想する。

ミセス・トレローニーには高齢の母親がいた。名前はエリザベス・ウォートン、レイク・アヴェニューぞいにあつまっている高級コンドミニアムの一室に住んでいた――選挙で候補者がかかげる公約なみに大きな部屋がいくつもある最高級物件だ。住みこみのハウスキーパーを雇えるだけの広さがあり、週三日は訪問看護師が来ていた。ミセス・ウォートンは進行した脊柱《せきちゅう》側彎《そくわん》症をわずらっていた。この世からの退場を決意したミセス・トレローニーは、母親に処方された麻薬系鎮痛薬のオキシコンチンをコンドミニアムの薬品戸棚から失敬していった。

自殺は有罪の証明だ。モリッシー警部補の言葉を覚えてはいたが、ホッジズは前々からいまにいたるまで疑いを捨てきれずにいたし、最近では疑念は強まる一方だ。いまなら、人は有罪だから自殺するとはかぎらないとわかってもいる。

なかには、午後のテレビに飽きただけで自殺する者もいるのだ。

14

殺傷事件の一時間後、パトカーで巡回中の警官ふたりがメルセデスを発見した。メルセデスは湖畔にごみごみと立ちならぶ倉庫群の裏にとめてあった。

舗装された広大な集積場には、イースター島のモノリスのようにそびえる錆《さび》だらけのコンテナボックスがところ狭しと置いてあった。グレイのメルセデスはふたつのボックスのあいだに無造作に突っこまれたまま、斜めにとめてあった。ホッジズとピート・ハントリーが到着したときには、すでに五台のパトカーが集積場にとめられていた。そのうち二台は、メルセデスの後部バンパーに接するほど近くまで迫っていた――昔のホラー映画に出てきたプリマスのようにグレイの大型セダンがひとりでに動きだし、その場から逃げだすとでも思っているかのように。それまでの濃霧がいつしか小雨に変わっていた。パトカーのルーフの回転灯が、ぶつかりあっては明滅する青い光で雨のしずくを光らせていた。

ホッジズとピートはあつまっているパトカー乗務の巡査たちに近づいていった。ピートがメルセデスを発見したふたりから事情をきいているあいだ、ホッジズは近くをひとととおり歩くことにした。ＳＬ五〇〇の前部バンパーはわずかに凹んでいるだけだった――高名なるドイツ重工業の産物――が、ボンネットとフロントガラスには血糊が飛び散っていた。グリルには、乾きかけた血でごわごわになりつつあるシャツの袖がひっかかっていた。のちにこの袖は、被害者のひとりであるオーガスト・オデンカークが着ていた服のものだと判明した。それだけではなかった。早朝の薄明かりのなかでも光るものがそこにあった。ホッジズは片膝をついて、さらに顔を近づけた。ピート・ハントリーがすぐ横にやってきたときにも、ホッジズはその姿勢のままだった。

「ありゃいったいなんだ？」ピートがたずねた。

「結婚指輪じゃないかな」ホッジズはいった。

そのとおりだと判明した。無地の金の結婚指輪はスカーレルリッジ・ロード在住の三十九歳の女性、フランシーン・リースの所持品と判明し、やがて遺族のもとへ返却された。フランシーンは埋葬にあたって、この指輪を右手の薬指にはめてもらったにちがいない――左手の人差し指と中指と薬指は、三本とも引きちぎられていたからだ。監察医は、いままさにのしかかろうとしているメルセデスをフランシーンがとっさに手で押しのけようとした結果ではないか、と推測した。引きちぎられた指のうち二本は、事件発生から間もない四月十日の正午前に現場で発見された。人差し指は見つからずにおわった。ホッジズは、もしかすると鷗《かもめ》が——いつも湖畔をパトロールしている大きめの鷗の一羽が——見つけて、もち去ってしまったのかもしれない、と考えた。もうひとつ、陰惨なシナリオも考えられないではなかったが、鷗であってほしかった——市民センター事件の生存者のひとりが記念品としてもち帰った、というシナリオにくらべれば。

ホッジズは立ちあがり、パトカー乗務の警官のひとりに合図した。「こいつにブルーシートをかけておきたいな。ほら、雨がいろんなものを流してしまわないうちに——」

「いまこっちに運ばせてます」警官はそう答え、突き立てた親指でピートを示した。「あの人に真っ先にいわれました」

「あら、あなたのお手柄ね」ホッジズは、それほどわるくない〝教会通い女〟風の声色をつかったが、笑みを返してきたピートの顔は青ざめていた。ピートは血しぶきが飛び散っているメルセデスのずんぐりした鼻面やクロームめっきのグリルにひっかかっている結婚指輪を見つめていた。

別の警官が手帳をひらいて近づいてきた。手帳のページは湿気で早くもめくれあがっていた。名札を見ると、《**F・シャミントン**》という警官だとわかった。「この車の登録者はミセス・オリヴィア・アン・トレローニー。住所はライラック・ドライブ七二九番地です。シュガーハイツですね」

「そここそ、多くの高級なメルセデスが長き一日の激務をおえたのち、眠りにおもむく場なれば」ホッジズはいった。「では、所有者が在宅しているかどうかを調べたまえ、シャミントン巡査。もし不在なら所在を調べてみるように。できるか？」

「ええ、かならず」

「定例捜査だ。盗難車捜査の」

「まかせてください」

ホッジズはピートにむきなおった。「運転席だ。なにか気がついたか？」

「エアバッグが膨らんでいない。犯人が解除していたんだ。これは犯行が計画的だったことを物語っている」

「同時にエアバッグの解除方法を知っていたことも語っているな。で、あのマスクについてはどう解釈する？」

ピートは運転席側のガラス窓の水滴ごしに、車内へ目をむけた。革ばりのシートの上に、頭からすっぽりかぶるタイプのゴムのマスクが残されていた。こめかみ部分から、ピエロのボゾを思わせる赤毛が角のように左右に伸びている。鼻は赤いゴムボール。まっ赤な唇は、頭にかぶってゴムが引き延ばされれば微笑みの形になるのだろうが、いまはせせら笑っているようにしか見えない。

「薄気味がわるいな。そういえば下水道にひそんでいるピエロの話のテレビ映画、あれを見たことがあるかい？」

ホッジズはかぶりをふった。そのあと——退職のわずか数週間前に——その映画のＤＶＤを買った。なるほど、ピートのいうとおりだった。置き去りにされていたゴムマスクの顔は、映画に出てきたピエロのペニーワイズそっくりだった。

そのあとふたりでもう一度メルセデスのまわりを一周すると、タイヤやロッカーパネルに血がついているのが目にとまった。血は、ブルーシートや鑑識技官が到着する前に雨であらかた流されてしまいそうだった——このときもまだ時刻は朝七時の四十分前だった。

「おおい、みんな」ホッジズは巡査たちに声をかけ、一同があつまるとこういった。「カメラつきの携帯をもっている者は？」

全員がもっていた。ホッジズは巡査たちに指示を出し、早くも頭のなかで〝死車《デスカー》〟と——〝死の車《デス・カー》〟と二語ではなく、あくまでもひとつの単語として——呼んでいたメルセデスのまわりを囲ませた。巡査たちがそれぞれの位置から写真を撮りはじめた。

シャミントン巡査ひとりはすこし離れたところに立って、携帯で話をしていた。ピートが巡査を手招きした。「所有者のミセス・トレローニーだが、年齢はわかったのか？」

シャミントンは手帳に目を落とした。「運転免許証記載の生年月日は一九五七年二月三日です。ということは……今年で……ええと……」

「五十二歳」ホッジズはいった。ピート・ハントリーとコンビを組んで捜査にたずさわるようになってすでに十年以上、いまではいちいち口に出さずともわかりあえることも多い。オリヴィア・トレローニーは、性別といい年齢といい公園強姦魔の格好の標的だが、やりたい放題の大量殺人者にはまるっきりそぐわない。もちろんふたりとも、ドライバーが車のコントロールをうしなって人ごみに車を突っこませた前例があることは知っていた——つい五年前にもほかならぬこの市内で、認知症になりかけていた八十代の男性が運転していたビュイック・エレクトラが歩道のオープンカフェに突っこみ、死者ひとりにくわえて十人以上もの重軽傷者を出すという事件があった。しかし、オリヴィア・トレローニーはその種の人物像には合致しない。まだ若すぎる。

それに、運転席のマスクもある。

しかし……。

いかい、
しかし。

15

勘定書が銀のトレイで差しだされる。ホッジズは伝票の上にクレジットカードを置き、ウェイターがカードをもどしてくるのを待ちがてらコーヒーのカップに口をつける。腹がくちくなって、いい気分だ——昼日中《ひるひなか》にこういった状態になれば昼寝をする習慣だが、きょうの午後は昼寝をしない。きょうの午後は、これまでになく目が冴えわたっている。

あのときの〝しかし〟はあまりにもあからさまで、ふたりのどちらもあえて口に出す必要はなかった——パトカー乗務の巡査たちにいう必要もなかったし（ちなみに巡査の数はどんどん増えていたが、忌ま忌ましいブルーシートは七時十五分になるまで運ばれてこなかった）、またおたがいにいう必要もなかった。ＳＬ五〇〇のドアはロックされ、イグニションにはキーが挿《さ》さっていなかった。ふたりの刑事が目視した範囲では不正工作の痕跡はなかったし、その日のうちにやってきたメルセデスの正規代理店所属の主任整備士もその点を裏書きしてくれた。

「スリムジムを隙間に突っこんで窓を不正にあけるにはどのくらい手間がかかる？」ホッジズは整備士にたずねた。「ちゃんとした鍵をつかわずにロックを解除するのは？」

「そんなことはほぼ不可能といえます」整備士は答えた。「こういったメルセデスはぴっちり組み立てられてます。そんな試みをする者がいれば、かならず痕跡が残ったはずです」そういって整備士は頭にかぶっていたキャップをぐいっと押しあげた。「なにがあったのかは明らかですよ。あのご婦人はキーをイグニションに挿したまま、警告音も無視して車から降りたんです。なにか考えごとでもしていたんじゃないですかね。で、泥棒がキーを目にして車を盗んだ。だって、泥棒はキーをもっていたはずですよ。でなければ車を降りたあとで、どうやってドアロックできるんです？」

「きみは〝あのご婦人〟といったね」ピートがいった。ふたりはこれまで車の所有者の名前を話に出してはいなかった。

「なにをおっしゃいますか」このころには整備士はうっすらと微笑んでいた。「これはミセス・トレローニーのメルセデスです。オリヴィア・トレローニー。うちの代理店でお買いあげになって、それからも時計仕掛けみたいにかっきり四カ月ごとに整備点検をさせてもらってます。Ｖ型十二気筒のモデルは数もそれほどないので、ぜんぶ覚えてましてね」つづけて整備士が口にしたのは、あられもない恐怖の真実だった。「こいつはまさに戦車です」

大量殺傷犯はコンテナボックスのあいだにメルセデス・ベンツを乗りこませてエンジンを切り、マスクをはずして漂白剤をまぶし、車を降りた（おそらく手袋とヘアネットをジャケットのポケットにしまって）。そのあと霧のなかへと歩み去りながら、犯人はいたちの最後っ屁《ぺ》をくれていった——オリヴィア・アン・トレローニーのスマートキーで、メルセデスをロックしたのだ。

〝しかし〟が介在する余地が、そこにあった。

16

そういえばあの女性は、母親が寝ているから静かにしてほしいとわたしたちにいったっけ——いまホッジズはそのときのことを思い出す。そのあと夫人はクッキーとコーヒーをふるまった。〈ディマジオ〉のテーブルについたまま、ホッジズはクレジットカードが返却されるのを待ちつつ、目の前のカップに残っているコーヒーを飲む。いま思い出しているのは、コンドミニアム内のとんでもなく広いアパートメントの居間の光景だ——窓からは息をのむような湖の絶景がのぞめた。

コーヒーとクッキーにくわえて、夫人は目を大きく見ひらき〝あらまあ・そんなこと・めっそうもない〟という表情で、ふたりをもてなしていた――ずっと警察沙汰と無縁で過ごしてきた善良な市民だけに許される表情だ。そんなこと、だれに想像できましょうか。さらに夫人はその思いを口に出しさえした――母親が住むコンドミニアムからレイク・アヴェニューぞいに数軒ほど離れた場所にメルセデスを駐車したさい、キーを抜き忘れた可能性はあるか、とピートにたずねられたときのことだ。

「もちろん、そんなことはないわ」その返事は引き攣《つ》った淡い笑みから押し出されてきた――その笑みは《考えるだけでも馬鹿馬鹿しいし、そもそもわたしを侮辱するものにも思えます》と語っていた。

ようやくウェイターがテーブルへ引き返してくる。ウェイターが銀のトレイを置き、ホッジズはウェイターがふたたび背すじを伸ばす前に、すばやくその手に十ドル札と五ドル札を握らせる。〈ディマジオ〉では客からのチップをウェイター全員で分配することになっているが、ホッジズはこの習慣に断固反対である。反対することで旧世代に分類されても、かまうものか。

「ありがとうございます。すてきな午後をお過ごしください《ブォン・ポメリーッジョ》」

「ああ、そちらこそ」ホッジズはそう応じ、領収証とアメックスをしまいこむが、すぐには席を立たない。デザート皿にはまだ小さなかけらが残っている。ホッジズはフォークで丹念にかけらをあつめる――まだ小さな少年だったころ、母親のつくったケーキでもおなじことをしていたものだ。フォークの歯のあいだからゆっくりと舌の上へ吸いあげる最後に残った小さなかけらこそ、ホッジズにはいつもケーキでいちばん甘い部分に思える。

17

この重要な最初の事情聴取は、事件発生からわずか数時間後におこなわれた。からまりあった遺体の身元確認がまだ進んでいるなかでのコーヒーとクッキー。どこかでは家族や親戚が泣き濡れ、悲しみに服を引きちぎっていた。

ミセス・トレローニーは玄関ホールへと歩いていった。ホールには補助テーブルがあり、ハンドバッグが置いてあった。夫人はバッグを手にして引き返してくると、なかをさぐりはじめ、いぶかしげな顔になった。さらにバッグをかきまわすうちに、わずかに憂慮の色がにじみはじめた。ついで笑顔になって――

「ほら、ここに」夫人はそういって見つけた品を手わたした。

ふたりの刑事はスマートキーを見つめた。ホッジズは、あれほど高価な車に付随するものとしては、なんと見た目のありきたりな品なのだろうか、と思った。基本的には黒いプラスティックの棒で、片側がずんぐり膨らんでいた。膨らんだ部分の側面にメルセデスのロゴがあった。反対側にはボタンが三つ。ひとつは、掛け金が閉まっている錠前のアイコンつき。その隣には掛け金がひらいている錠前のアイコン。三つめのボタンには《**パニック**》とあった。ドアロックの解除操作をしているときに強盗が襲ってきたら、このボタンを押すことで車自体が大声で助けを呼ぶのだろう。

「ハンドバッグのなかでキーを見つけるのに手間どられていましたが、その理由がわかりましたよ」ピートは、とっておきの〝ただの・時間つぶし・ですよ〟という声で話した。「たいていの人は車のキーになにかアクセサリーをつけます。うちの妻の場合は、大きなプラスティックのひよこです」ピートは愛想よく微笑んだ――まるでモーリーンとはまだ夫婦のままであるかのように。その元妻が最新流行の服で着飾っていて、ハンドバッグからひよこのキーホルダーをとりだす現場を人にぜったいに見られたくないと思っていたかのように。

「奥さまはいい趣味をしてるのね」ミセス・トレローニーはいった。「それで、わたくしの車はいつ返してもらえるの？」

「わたしたちの一存では決められません」ホッジズはいった。

ミセス・トレローニーはため息をつき、着ていたワンピースのボートネック型の胸もとをまっすぐにととのえた。これを最初として、ふたりはあとあとおなじ動作を何十回と見ることになる。「もちろん売り払ってしまわなくては。こんなことがあったあとでは、もうあの車には乗れないもの。心穏やかではいられないわ。わたくしの車が……そう考えるだけでも……」ハンドバッグを手にしたままの夫人は、ふたたび手でなかをさぐり、パステルカラーの丸まったクリネックスをとりだすと、目もとに軽く何度か押しつけた。「ほんと、とてもじゃないけど、心穏やかでいられるものですか」

「それでは恐縮ですが、もう一度最初からお話をうかがわせていただけますか？」ピートがいった。

ミセス・トレローニーは、あきれたように目だけをぎょろりと天井へ向けた――目の縁は赤くなり、白目の部分は充血していた。「本当に必要なこと？　わたくしはもうくたくた。ゆうべも母のせいで、ほとんど眠れなくて。やっと寝てくれたのが朝の四時。母はそのくらい痛みに苦しんでて。だからミセス・グリーンが来る前に、少し昼寝をしたいの。ミセス・グリーンというのは訪問看護師よ」

　ホッジズは思った――あんたの車がついさっき八人の人々を殺すのにつかわれたんだぞ。八人というのは、いま息がある人たちが一命をとりとめればの話で、それなのにあんたは昼寝がしたいのか。のちのちホッジズはミセス・トレローニーに反感をいだきはじめたのがこの時点かどうかがわからなくなるが、おそらくそうだろう。悲嘆にくれる人を前にすると、そんな人を抱きしめて、〝さあ、よしよし〟といいながら背中をやさしくさすってあげたくなることがある。相手によっては頰を思いきり強く張りとばして、〝しっかりしろ《マン・アップ》〟とどやしつけたくなる場合もある。あるいはミセス・トレローニーの場合でいうなら、〝しっかりしろ《ウーマン・アップ》〟とでも。

「なるべくお時間をとらせないようにします」ピートは約束した。ただし、これがその後何回も重ねられる事情聴取の第一回にすぎないことは伝えなかった。完全に用ずみとなるころには、ミセス・トレローニーは自分の話を寝言でもくりかえせる状態になっているだろう。

「ええ、そういうことならけっこう。わたくしがこの母の家に到着したのは木曜の夜、七時をまわったころで……」

　ミセス・トレローニーの話によれば、母親のすまいを週に四回は訪ねているが、木曜日はそのまま泊まりこむことになっている日だという。途中で〈バーチヒル・モール〉内にある高級ヴェジタリアン料理のレストラン〈ブ・ハイ〉に寄って、ふたりぶんの夕食をテイクアウトで買い、オーブンで温めた（「ただし、もちろん母はもうほとんど食べなくなっているの、痛みのせいでね」）。それから夫人は、毎週木曜日には午後七時過ぎにここに着くようスケジュールを調整している、と話した。終夜駐車が可能になるのが午後七時からだし、七時なら歩道ぎわのパーキングスペースの大部分がまだ空いているからだ、とも。

「縦列駐車用のスペースにはとめないの。車を入れられないんですもの」

「一ブロック先の屋内駐車場はどうなんです？」ホッジズはたずねた。

ミセス・トレローニーは、頭のおかしな人間を見る目をホッジズにむけた。「あそこに朝まで車をとめたら十六ドルとられる。でも道ばたのスペースなら無料よ」

ピートはこのときもまだスマートキーを手にもっていたが、そのまま拝借して署までもっていくことは夫人に話していなかった。「あなたは〈バーチヒル・モール〉に寄って、ご自身とお母さまの夕食をテイクアウトで注文した。店名は——」いったん手帳に目を落として、「〈ブ・ハイ〉ですね」

「いいえ、前もって注文しておいたの。ライラック・ドライブの自宅から電話で。わたくしの注文をいつも歓迎してくれるのよ。昔からの上得意客というところかしら。ゆうべは母のためにククサブジ——ほうれんそうとコリアンダーをつかったハーブ風味のオムレツのことだけど、それを注文して、自分用にゲイメを注文したわ。ゲイメっていうのは、豆とポテトとマッシュルームがはいっている、とってもおいしい煮込み料理。おなかにすごくやさしいの」ミセス・トレローニーはボートネックの襟をまっすぐに直した。「わたくしは十代のころから、ずっとひどい逆流性食道炎に悩まされてる。人は共存を学ぶのよ」

「たしか、あなたが注文したのは――」ホッジズはいいかけた。

「デザートにショレザードも注文したわ」夫人はいい添えた。「シナモン風味のライスプディング。サフランもつかってるの」そういって、奇妙にも悩みがあるような笑みをちらりとのぞかせる。ボートネックの襟ぐりをまっすぐに直さずにいられない衝動と同様、この笑みも近々いやというほど見せつけられるトレローニーしぐさだ。「サフランの風味がくわわって特別な味になるのね。母でさえ、ショレザードはいつもきれいに食べるわ」

「おいしそうですな」ホッジズはいった。「あなたの注文した品ですが、お店についた時点ではすでに箱に詰められて、すぐもち帰れる状態でしたか？」

「ええ」

「箱はひとつ？」

「いいえ。三つにわけてありました」

「袋が三つ？」

「いえ、箱だけです」

「三つの箱をおひとりで車から運びだすのはさぞや大変だったでしょうね」ピートがいった。

「テイクアウトの箱が三つあるうえにハンドバッグもあって――」

「それにキーもだ」ホッジズはピートにいった。「キーを忘れちゃいけないぞ」

「しかもあなたは、その荷物すべてをできるだけ早く上の部屋まで運ぶ必要もあった」ピートはいった。「せっかくの料理なのに、冷めたら味が台なしですからね」

「おふたりが話をどこへもっていこうとしているかはわかってます」ミセス・トレローニーはいった。「ここでおふたりに……」わずかな間をはさんでから、「おふたりの紳士にはっきり断言しておきますが、見当はずれの推理もいいところ。だって、エンジンを切るとすぐにキーをハンドバッグに入れたんですもの。いつもまっ先にキーをしまうの。箱のことをいっておくと、三つ重ねて紐で縛ってあったから……」いいながら四、五十センチ離した両手を差しだして話を強調する。「……それほど扱いに苦労しなかったわ。ハンドバッグは腕にかけていたし。ほら、こんなふうに」そういって夫人はハンドバッグをかけているていで肘を曲げ、〈ブ・ハイ〉の料理がはいっている箱をかかえているふりをしながら、広大な居間を歩きまわった。「おわかり？」

「ええ、マダム」ホッジズはいった。それ以外のものも見えてきた気がした。

「急いでいたかという話だけど――いいえ。その必要はなかったの。どのみち、料理は温めなおさないといけなかったし」ミセス・トレローニーは言葉を切った。「もちろんショレザードは温めないわ。ライスプディングをあっためる必要はないものね」

そういって、小さな笑い声を洩らす。含み笑いではなく、忍びやかなくすくすという笑い声。夫に先立たれた身であることを思えば、〝未亡人の盗み笑い〟と呼んでもいいのではないか。こうして夫人への嫌悪がまた一枚積み重なった――反対側が透けて見えるほど薄い膜だったが、完全に透き通っているわけではない。そう、決して透明ではなかった。

「では、あなたがレイク・アヴェニューに到着してからの行動をふりかえってみましょう」ホッジズはいった。「この通りに到着したのは七時を少しまわった時刻とのことでした」

「ええ。五分すぎ……ことによったら、もうちょっとあとだったかも」

「なるほど。で、あなたは……車をどこにとめたんでしょう？　三、四軒先ですか？」

「離れていたとしても四軒ね。バックをせずに入れられるように、最低でも二台ぶんの空きスペースが必要なのよ。バックはきらい。いつだって曲がりたい方向と逆になっちゃうから」

「そうですね。うちの妻もおなじような不平をこぼしてますよ。で、あなたはエンジンを切った。キーをイグニションから抜いてハンドバッグにしまった。ハンドバッグを腕にかけて、料理のはいっている箱をもちあげ――」

「積み重なった箱をね。それも、しっかりした丈夫な紐で縛られていた箱を」

「積み重なっている箱。ええ。で、そのあとは？」

ミセス・トレローニーがむけた視線は、総じて愚かしいこの世界の愚か者全員のなかでも、ホッジズこそならぶもののなき愚か者の王者だ、と語っていた。「そのあと、母が住んでいるこの建物にむかいました。ミセス・ハリス――というのは、ご存じのようにハウスキーパーですけど――が正面エントランスを解錠してくれました。木曜日には、ミセス・ハリスはわたくしと入れちがいに帰ります。それからわたくしはエレベーターで十九階まであがりました。ええ、いまおふたりがわたくしに根掘り葉掘り質問をしているこのフロアです――まったく、車をいつ返してもらえるのかも話してもらっていないのに。盗まれたわたくしの車を」

帰りぎわにミセス・トレローニーのメルセデスを見た覚えがあるかどうかを、忘れずにハウスキーパーに質問すること――ホッジズは頭のなかのメモにそう書きつけた。

ピートが質問した。「では、いったんしまったキーを次にバッグから出したのはいつのことでしたか？」

「また出した？　なんでそんな必要が――」

ピートはキーをかかげた――証拠物件A。「この建物にはいる前に車のドアをロックするためです。ロックしたのはまちがいない――そうですね？」

夫人の目につかのま、心もとなげな不安の光がかすめた。ふたりの刑事はその光を目にした。しかし、光はたちまち消えた。「ええ、もちろんロックしましたとも」

ホッジズは目でミセス・トレローニーの視線をとらえた。視線は横へ……大きなはめ殺しの窓からのぞめる湖の景観のほうへ移動していったが、ホッジズはふたたび視線をとらえた。

「じっくり考えてください。人が何人も死んでいるのですから、きわめて大事なことです。料理の箱をジャグリングのように扱いながら、ハンドバッグからキーをとりだしてロックボタンを押したことを確実に覚えていますか？　ボタンを押したあと、ヘッドライトが点滅してドアロックされたことを示すのを、まちがいなく見たと断言できますか？　たしか、ドアロックされるとライトが点滅するんですよね？」

「ええ、もちろん知っていますとも」ミセス・トレローニーは下唇を嚙み、嚙んでいることに気づいてやめた。

「その点を確実に覚えていると断言できますか？」

一瞬、あらゆる表情がミセス・トレローニーの顔から消えた。ついでその顔に例の高慢な微笑みが優越感もあらわに一気に出現した。「待ってちょうだい。ええ、思い出しました。まず箱をもちあげて車から降り立ち、そのあとキーをハンドバッグにしまいました。もちろん、キーのボタンを押して車のドアをロックしたあとで」
「断言できますか？」ピートがいった。
「ええ」ミセス・トレローニーは本気でそう思っているのだろうし、この先も確信が揺らぐことはなさそうだ、とふたりにはわかった。轢き逃げをした善良なる市民がついに尻尾をつかまれたときとおなじ流儀——そういう市民は決まって、自分が轢いたのはただの犬に決まっている、と主張する。

ピートは手帳をぱたんと閉じて立ちあがった。ホッジズもそれにならった。ミセス・トレローニーは、一秒でも早くふたりを玄関までエスコートしていって厄介払いしたい顔を見せていた。

「あとひとつだけ質問させてください」玄関にたどりつこうとするころ、ホッジズはそういった。

ミセス・トレローニーは丹念に抜いて形をととのえた眉を吊りあげた。「なんでしょう？」
「スペアキーはどこですか？　そちらも警察でお預かりする必要がありまして」

今回は、一瞬の空白の表情がのぞくこともなかった。視線を急いでそらすこともなく、ためらいも見られなかった。夫人は答えた。「スペアキーはありませんし、そんなものの必要もありません。所持品にはつねに注意を払っていますのよ、刑事さん。あの〈灰色の貴婦人《グレイ・レイディ》〉——わたくしはあの車をそう呼んでます——に乗るようになってからもう五年になりますけど、これまでにつかったのは、いまあなたのパートナーのポケットにはいっているキーだけです」

18

ピートとふたりでランチをとったテーブルはすでにすっかり片づけられ、飲みかけの水のグラスだけになっているが、ホッジズはなおも席に腰をすえたまま窓の外に目をむけ、駐車場やロウタウンとの非公式な境界線になっている立体交差を見るともなしに見つめている。ロウタウン——故オリヴィア・トレローニーに代表されるシュガーハイツ住民たちが決して足を踏み入れない地域。足を踏み入れる理由があるだろうか？　シュガーハイツにもドラッグをやっている者はいるはずで、それもかなりの数にのぼるとホッジズはにらんでいる。しかし、ああいった地区に住んでいれば、ドラッグの売人は訪問販売をするものだ。

ミセス・トレローニーは嘘をついていた。嘘をつくほかなかった。そう、嘘をつくか、一瞬のうっかりミスが恐ろしい惨劇を招いたという事実に直面するかという二者択一だった。

ただし——純然たる理屈のうえの話として——あの女性が真実を告げていたと仮定したらどうなるか。

オーケイ。そう仮定してみよう。しかし……夫人がキーをイグニションに挿したまま、ドアをロックしないでメルセデスのもとを離れたというわたしたちの仮説がまちがっていたとして……どこがどうまちがっているのか？　そしてその結果、なにが起こったのか？

ホッジズはすわったまま窓の外に目をむけて、過去を思い出している。落ち着かない視線をむけはじめているウェイターもいるが——太りすぎの退職刑事が電池の切れたロボットのようにぐったり椅子に沈みこんでいるからだ——ホッジズはまったく気づいていない。

19

〈死車《デスカー》〉はあいかわらずロックされたままカーキャリーに載せられて、警察の押収車用駐車場へ運ばれた。ホッジズとピート・ハントリーがこの情報を受けとったのは自分たちの車にもどったときで、ちょうどロス・メルセデス社の主任整備士が駐車場に到着したとのことだった。整備士は車のロックの解除に自信をいだいているという。ただし、それなりに時間はかかる。

「整備士には、その必要はないと伝えてくれ」ホッジズはいった。「車のもちぬしからキーを借りてきたよ」

電話の反対側でわずかな間があった。ついでモリッシー警部補がいった。「本当か？　まさか、メルセデスのもちぬしの女が——」

「いや、そうじゃない。ところで整備士は電話のそばにいるのかな、警部補？」

「いや、駐車場で車の損傷具合を確かめてる。きいた話だと、なんでもいまにも泣きそうになっているらしい」

「被害者のためにも、ひと粒やふた粒は涙をとっておいてくれてもいいのに」ピートが車を運転しながらいった。フロントガラスのワイパーが規則ただしく左右に動いていた。雨はしだいに激しくなってきた。「ま、いってみただけだ」

「ディーラーに連絡して確かめてほしいことがある、と整備士に伝えてくれるか?」ホッジズはいった。「そのあとで、整備士からわたしの携帯に電話をかけてほしい」

ダウンタウンの道路は渋滞していた。ひとつには雨のせいだったし、もうひとつにはマルボロ・ストリートが市民センターのところで閉鎖されているからでもある。わずか四ブロック進んだところで、ホッジズの携帯の着信音が鳴った。整備士のハワード・マグローリーだった。

「わたしが知りたかった点について、ディーラーのだれかに確認してもらえましたか?」ホッジズはたずねた。

「確かめる必要もありませんよ」マグローリーは答えた。「わたしは一九八七年からロス社で働いています。そのあいだお買いあげいただいたメルセデスはざっと一千台になるはずですが、はっきり断言できます——すべてのメルセデスに標準でキーを二本おつけしてきました」

「ありがとう」ホッジズは答えた。「じきにそっちへ着きます。まだいくつかおたずねしたいことがありまして」

「お待ちしてます。それにしても恐ろしい。本当に恐ろしい事件です」

ホッジズは電話を切り、マグローリーの話をパートナーに伝えた。

「意外かい?」ピートはたずねた。前方にはオレンジ色の《**迂回路**》の標識があり、それに従えば市民センター周辺を迂回して進める。もちろん青い警告灯をつければ直進できるが、ふたりのどちらもそれを望まなかった。ふたりがいま望んでいるのは話しあいだった。

「まったく」ホッジズは答えた。「ごく一般的な自動車の販売手順じゃないか。イギリス人たちがロイヤルファミリーの赤ん坊についていってる語呂あわせがある——〝王位継承者《エア・》とその《アンド・》予備《スペア》〟っていうあの言葉どおりだよ。新車を買えばキーは二本ついてきて——」

「——いつも携帯しているキーをなくした場合にそなえて、もう一本はすぐとりだせる安全な場所にしまっておけ、といわれるんだな。ただし一、二年たってスペアが必要になったときには、どこへしまったかが思い出せない者もいる。大きなハンドバッグを——ミセス・トレローニー夫人がもってるようなスーツケースみたいなバッグを——愛用している女だと、キーを二本ともバッグにしまいこんで、ふだんはスペアの存在を忘れている者もいる。キーホルダーやアクセサリーをつけない話が真実なら、あのご婦人は二本のキーをとっかえひっかえつかっていたのかも」

「そうだな」ホッジズは応じた。「母親の住むコンドミニアムに到着した……これからまたひと晩、痛みに苦しむ母親の相手を強《し》いられることを思って頭がお留守になりながら、三つの料理の箱とハンドバッグを相手に軽業《かるわざ》を強いられて……」

「キーをイグニションから抜くのを忘れた。そんなことは——おれたちにも、自分自身にさえも——認めたくないんだろうが、まあ、事実はそんなところだな」

「ただし警告音が鳴るはずだぞ……」ホッジズは疑わしい思いでいった。

「なに、車を降りたとき、ちょうどでかいトラックでも横を通って警告音がきこえなかったんだろうよ。あるいはパトカーがサイレンをわんわん鳴らして走っていたのかも。そうでなければ考えごとに深く没頭していて、警告音をきき流してしまっただけかもしれないし」

　このときには筋の通った話に思えたし、そのあとマグローリーが〈死車〉には不正な手段でドアロックを解除した形跡はなく、回路に細工をほどこしてエンジンをスタートさせてもいなかったと報告したときには、さらに筋の通った推理に思えた。ホッジズを悩ませていたのは——実のところホッジズを悩ませていたのはその点だけだった——自分がこの推理をどこまで筋の通ったものだと思いたがっているのか、という点だった。ふたりともミセス・トレローニーのことが——ボートネックの服を着て、非の打ちどころない眉の吊りあげ方を心得ていて、耳ざわりな〝未亡人の盗み笑い〟をあげるあの女性が——好きではなかった。事件の死者や負傷者についての新情報をたずねもせず、そればかりか事件の詳細を一度もたずねようとしなかったミセス・トレローニー。実行犯ではなかった——そんなはずはなかった——が、責任の一端でも押しつけられるに越したことはなかった。なんとかして、〈ブ・ハイ〉のヴェジタリアン用料理以外にも考える材料を与えてやりたかった。

「単純なことをあえて複雑にするのは禁物だぞ」パートナーのピートはくりかえしそういった。渋滞が解消され、ピートがアクセルを踏みこんだ。「あの女には二本のキーがわたされた。で、いまは手もとに一本しかないと主張している。そう、それが真相だよ。あそこでどっさり人を殺したクソな野郎は、歩いて姿をくらますあいだに、ミセス・トレローニーがイグニションに挿したまま忘れたキーを、手近な下水溝あたりに捨てたんだ。あの女がおれたちに見せたのはスペアキーだったんだよ」

　それが真相にちがいなかった。蹄《ひづめ》の音をきけば普通は馬だと思う——縞馬《しまうま》だとは思わないものだ。

20

だれかがそっと体を揺さぶっている。熟睡中の人を揺り起こすような手つきだ。それでホッジズは、自分が本当に眠りこみかけていたことに気づく。いや、むしろ過去の回想にふけるあまり催眠状態に引きこまれていたというべきか。

体を揺すっていたのは〈ディマジオ〉の女主人のエレインだ。気づかわしげな顔でホッジズを見つめている。「ホッジズ刑事？　ご気分でもわるいのですか？」

「いや、大丈夫だ。それに、もう刑事じゃないよ、エレイン。退職したからね」

エレインの目には心配の光があるが、それだけではない。それ以上に歓迎できないものもある。気がつけばレストランにいる客は自分ひとり。見まわせば厨房の出入口付近にウェイターたちがあつまっていて……いきなり、ウェイターたちやエレインの目に映る自分の姿がまざまざと見えてくる。昼食をともにしていた連れの客が（いや、店内のほかの客全員が）帰ったあともぐずぐずしている長っ尻《ちり》の年寄り。太りすぎの老いぼれ、皿に落ちたケーキのかけらを子供みたいにフォークですくい、棒つきキャンディのように舐めたあとは、窓の外をぼんやりと見ているばかり。

あの連中には、わたしが特急アルツハイマー号に乗って、まっしぐらにボケ老人ランドへむかっているように見えているのではあるまいか。

ホッジズはエレインに微笑みかける——魅力的な満面の笑み、とっておきの笑みを。「ピートと昔の事件のことを話していたもので、ずっとその事件について考えていたんだ。頭のなかで追体験していたといえばいいかな。迷惑をかけたね。いま出ていくよ」

しかし立ちあがった拍子に足がよろけて体がテーブルにぶつかり、衝撃で水が半分残っていたグラスが倒れてしまう。エレインがすかさず肩をつかんでホッジズの体を支える。顔に浮かんだ憂慮はこれまで以上に色濃い。

「ホッジズ刑事……いえ、ホッジズさん、お車の運転はできますか？」

「心配ないよ」ホッジズはいう——いささか熱がこもりすぎた口調。無数のピンや針が足首から股間にかけて短距離走を演じ、足首へと引き返していく。「ビールをグラスに二杯飲んだだけだ。残りはほとんどピートが飲んだからね。ふらついたのは足が痺《しび》れてしまっただけさ」

「そうでしたか。で、もうなんともありません？」

「ああ」ホッジズは答える。そのとおり、足の痺れはだいぶましになっている。ありがたや。いま思い出したが、以前どこかで、高齢者は——とりわけ太りすぎの高齢者は——あまり長時間じっとすわっていてはいけない、と読んだ。膝の裏あたりで血栓ができるかもしれないからだ。そのあと立ちあがった拍子に血栓が短距離走で心臓まで駆けあがり……そのあとは、〝天使よ天使、おれたちいっしょに舞いおりる〟ことになる。

エレインが店の入口まで送ってくれる。ホッジズは、ミセス・トレローニーの母親の介護のために呼ばれていた訪問看護師のことを思い出す。名前はなんといったか？　ハリス？　いや、ハリスはハウスキーパーだ。看護師の名前はグリーン。ミセス・トレローニーの母親のミセス・ウォートンが居間に行きたがったときやトイレに行きたくなったとき、グリーン看護師はいまエレインがわたしをエスコートしているように、ずっと付き添ったのだろうか？　そうに決まっている。

「エレイン、もう大丈夫だよ」ホッジズはいう。「ほんとだ。酒も抜けているしね。バランス感覚も問題なしだ」いいながら両腕を横へ大きく伸ばして実演する。

「よかったわ」エレインはいう。「ぜひともまた足をお運びください。でも、今回みたいにあまりあいだを空けないでください」

「わかった、約束する」

外のまばゆい日ざしのなかへと足を踏みだしながら、腕時計にちらりと目をむける。二時すぎだ。午後のテレビ番組を見のがしたが、ひとつも残念に思わない。女裁判官もナチ風の精神分析医も犬に食われてしまえばいい。いや、おたがいに食いあってくれたってかまわない。

21

ホッジズはゆっくりと駐車場まで歩く。ホッジズ自身の車を別にすれば、残っているのはどれもレストランのスタッフの車だろう。キーホルダーをとりだし、手のひらで揺らして音をたてる。ミセス・トレローニーのキーとは異なり、ホッジズのキーはリングにとりつけてある。それに、そう、アクセサリーもついている。四角い透明なプラスティックで、内側に娘の写真を入れた品だ。十七歳のときのアリー、市立ハイスクールのラクロス・チームのユニフォーム姿で笑顔を見せている。

メルセデスのキーについていうなら、ミセス・トレローニーは最後まで話をひるがえさなかった。すべての事情聴取において、夫人は一貫して手もとにキーは一本しかなかったと主張しつづけた。ピート・ハントリーから納品書を見せられても――二〇〇四年に夫人が新車でメルセデスを購入したときの付属品がすべてリストアップされており、そこには《**基本キー（二本）**》と明記されていたにもかかわらず――なおも主張しつづけていた。納品書の記載ミスだともいっていた。ホッジズはいまも、ミセス・トレローニーの声が宿していた鋼鉄なみの確信の響きを忘れてはいない。

ピートなら、ミセス・トレローニーも最後には嘘だったと認めたではないかといいそうだ。遺書は必要ではない――なにより自殺という行為自体が自白だ、と。夫人の否定という壁も最後には崩れ落ちたといえる。轢き逃げをやらかした男が、最後の最後になって思いの丈を一気に明かすように。《ああ、わかったよ。あれは犬じゃなくて子供だった。子供だったんだ。運転中に携帯を見ていて……だれからの着信だったのかが気になって……それであの子を死なせてしまった》

さらにホッジズは、それにつづく事情聴取のたびに奇妙な増幅効果が生みだされたことも思い出す。ミセス・トレローニーが否定の言葉をくりかえすたびに、ふたりはこの女性にますます反感をつのらせた。いや、これはホッジズとピートだけではなく、捜査チーム全員に共通した思いだった。彼らの嫌悪が高まるのと歩調をあわせるように、ミセス・トレローニーはなおいっそう頑強に否定した。警察にどう思われているかを知っていたからだ。そう、そのとおり。あの女性は身勝手だったが、決して愚かではは——

　ホッジズは日光で熱くなった車のドアハンドルに片手をかけ、反対の手で目もとの日ざしをさえぎった姿勢のまま、つと体の動きをとめる。見つめているのはターンパイクの立体交差の下の暗がりだ。そろそろ午後もなかば、ロウタウンの住民たちはすでに地下墳墓めいたねぐらから起きだしている。いまもそういった住民四人の姿が暗がりに見えている。三人は大柄でひとりは小柄。大柄な三人が小柄な者を小突きまわしているようだ。小柄な者はバックパックを背負っていて、ホッジズが見ているうちにも、大柄な三人のうちのひとりがバックパックを背中から強引に引き剝がす。これがトロールじみた野蛮な爆笑を引き起こす。

　ホッジズは亀裂だらけの歩道を歩いて立体交差へとむかう。あとさき考えてはいないし、急いでもいない。両手はジャケットのポケットのなか。ターンパイクの延長道路を乗用車やトラックが音をたてて走りすぎていき、鎧戸のルーバーごしの影がつくるような縞模様を下の一般道に落としていく。ついでトロールのひとりが、いまどのくらいの金をもっているのかと小柄な少年にたずねる声がきこえる。

「金はもってないよ」小柄な少年はいう。「ほっといて」

「ポケットを裏返しな。確かめてやる」トロール2がいう。

しかし少年は走って逃げようとする。トロール3が少年の薄い胸に背後から腕をまわす。トロール1が少年のポケットをわしづかみにする。

「よお・よお、畳んだお札《さつ》の音がするぞ」トロール1がいうと、小柄な少年の顔がぎゅっとすぼまって、泣くのを懸命にこらえている表情に変わる。

「おまえたちがだれなのかを兄さんが突きとめたら、おまえたちはケツをひっぱたかれるような目にあうんだぞ」少年はいう。

「おお、そりゃまたなんとも恐ろしや」トロール1がいう。「あんまり怖くてしょんべんちびりそう――」

そこまでいったところで、トロール1がホッジズに気づく――突きでた太鼓腹に先導されるようにして、暗がりにいる彼らのもとにふらりと近づくホッジズに。両手は、古くなって型崩れした肘あてつきの古い千鳥格子のジャケットのポケットに深く突っこまれている――もう捨てるしかないとわかっていながら、どうしても処分できない一着だ。

「ああん、なんか用かい、おっさん?」トロール3がたずねる。少年を背後から羽交《はが》い締めにしたままだ。

ホッジズはジョン・ウェイン風に母音を引き延ばした声で応じようかと考え、やめようと思いなおす。ここにいるゴミクズ連中が知っているウェインといえば、ラッパーのリル・ウェインくらいに決まっている。

「その小さな男の子への手出しを控えるんだ」ホッジズはいう。「ここから立ち去れ。いますぐに」

トロール1が小柄な少年のポケットから手を離す。この男はフードつきのパーカを着て、この手のやからとは切っても切り離せないヤンキースの帽子をかぶっている。男は両手を薄っぺらい尻側のポケットに突っこむと、愉快そうな表情でひょいと小首をかしげる。「失せな、でぶちん」

ホッジズは時間を無駄にしない。なにせ相手は三人だ。ジャケットの右ポケットから〈ハッピースラッパー〉を抜きだす——昔馴染みの重さが心地よい。〈スラッパー〉の本体はアーガイルのソックスだ。足先にボールベアリングを詰めこみ、小さな鉄球がこぼれないように足首を縛ってある。ホッジズはトロール1の首筋に狙いをつけ、〈ハッピースラッパー〉を小さく水平にすばやく振りだす——ただし、喉仏は慎重に避ける。喉仏に命中すれば、おそらくこの男を殺すことになり、そうなれば官僚機構の泥沼で身動きできなくなる。

〝ぐわしゃっ〟という金属音が響く。トロール1の体がいきなり横に傾く。顔にのぞいていた愉快そうな表情が、一瞬にして苦痛もあらわな驚愕の表情に変わる。男は歩道の縁石から足を踏みはずして車道へ倒れこむ。そのままごろりと仰向《あおむ》けになり、激しくえずきながら両手でのどをつかんで、立体交差の道路の裏側を見あげるばかり。

トロール3が前に進みでようとしながら、「なにしやがる——」といいかけるが、ホッジズは足をもちあげ（ありがたいことに、例のピンと針はもうすっかり消えている）、俊敏な動きで男のまたぐらを蹴りあげる。同時に自分のスラックスの尻が裂ける音がきこえて、思わず〝くそ、このでぶちん〟と考える。トロール3が激痛に叫びをあげている。頭上をひっきりなしに乗用車やトラックが走っているこの場では、その叫び声もなぜか平板にしか響かない。トロール3は体をふたつに折っている。

ホッジズは左手をまだポケットに入れたままだ。いまその左手の人さし指をまっすぐ伸ばしてポケットの布地を突きださせると、それをトロール2に突きつける。「おい、そこのカス男。その小さな男の子の兄さんを待つ必要はないぞ。おれがおまえのケツをこっぴどくひっぱたいてやる。三人がかりでひとりをいじめている現場を見ると腹が立つんでね」

「よせ、おい、やめろ！」トロール2は上背があって体格もいい。十五歳といったところか。しかし恐怖に震えあがっているいまは十二歳にまで退行している。「た、頼むからやめろ。おれたちは遊んでいただけだ！」

「だったら逃げるんだな、遊び好きの坊や」ホッジズはいう。「さあ、いますぐ」

トロール2が走りだす。

そのあいだにトロール1がようやく膝立ちになっている。「あとで吠《ほ》え面《づら》かくなよ、このぶち——」

ホッジズは〈スラッパー〉をかかげながら一歩前に踏みだす。それを見たトロール1はひいっと女の子のような情けない声をあげ、両手で首をかばう。

「おまえも走って逃げたほうが身のためだ」ホッジズはいう。「でないと、このでぶちんがおまえの顔をつくりかえてやるぞ。お母さんが病院の救急治療室にたどりついても、顔が変わったおまえを息子だとわからずに素通りするくらいにな」

いまこの瞬間、アドレナリンが体内にあふれかえり、血圧がおそらく二百にも達していることの瞬間、ホッジズは自分の言葉を本気で実行する気だ。

トロール1が立ちあがる。ホッジズが飛びかかる真似をすると、トロール1はあわててあとずさる――最高に満足できる光景だ。

「どうせなら友だちも連れていって、金玉を氷で冷やしてやれ」ホッジズはいう。「めちゃくちゃ腫れあがるはずだからな」

トロール1はトロール3の体に腕をまわし、ふたりは立体交差のロウタウン側へむかってぴょこぴょこ跳ねながら進んでいく。ついでもう安全な距離をとれたと思ったのだろう、トロール1がふりかえっていう。「これですむと思うなよ、でぶちん」

「これですむことを神に祈るんだな、カス野郎」ホッジズはいう。

それからホッジズはバックパックを拾いあげ、大きく見開いた目に不信の光をたたえて自分を見つめている少年にわたす。少年は十歳ほどか。ホッジズは〈スラッパー〉をポケットにもどす。「どうして学校に行ってないんだ、坊主?」

「母さんが病気なんだ。だから薬をとりにいくところだったんだよ」

これほど見え見えの嘘をつかれては、ホッジズも苦笑するほかはない。「いや、ちがうな。きみは学校をサボってる」

少年はだんまりを決めこむ。こいつはサツだ……サツ以外、この男みたいに喧嘩に介入してくるやつがいるはずはない。鉄球を詰めたソックスをもち歩くやつがほかにいるだろうか? ここは黙っていたほうが得策だ。

「サボるなら、もっと安全なところでサボれ」ホッジズはいう。「八番アヴェニューまで行けば児童公園がある。行ってみるといい」

「あの公園じゃコカインの売人が商売してるよ」

「知ってる」ホッジズは思いやりさえ感じられるような口調でいう。「だけど、だからといって買う必要はないんだぞ」

運び屋をやろうとするな……そういい添えようかと思ったが、それでは世間知らずに過ぎる。ロウタウンでは大半の年少者が運び屋をつとめている。十歳児をドラッグ所持で逮捕することもできるが、結果オーライかどうかはわからない。

ホッジズは立体交差の安全な側にある駐車場へむかって歩きだす。ちらりとふりかえると、少年はまだそこに立ったままホッジズを見つめている。片手にバックパックをぶらさげた姿で。

「おい、坊主」ホッジズはいう。

少年はあいかわらず無言でホッジズを見ているだけだ。

ホッジズは片手をもちあげて指を少年に突きつける。「ついさっき、わたしはおまえのためになることをした。だからおまえにも、きょうの日没までに、だれかのためになることをやってほしい」

いま少年の顔にのぞいてるのは、まったく理解できないという表情だ——ホッジズがいきなり外国語をしゃべりだしたかのような。しかし、それはかまわない。こういった言葉がじょじょに滲みていくこともないではない——とりわけ相手が年若い場合には。

人は驚かされるものだ——ホッジズは思う。そう、意外な結果に驚かされることもないではない。

22

ブレイディ・ハーツフィールドはもうひとつの仕事の制服――白い服――に着替え、移動販売車をチェックし、ミスター・ローブの意に沿う方法で在庫一覧をざっと調べていく。すべてそろっている。それからオフィスに顔を出して、シャーリー・オートンにひと声あいさつ。シャーリーは自社製品があまりにも好きすぎる太った豚だが、ブレイディはこの女性のいい面を見ようと心がけている。ブレイディはどんな人間でも、いい面を見ようとする。そのほうがずっと安全だ。おまけにシャーリーはブレイディに恋心をいだいていて、これも役に立つ。

「シャーリー、いつもきれいでかわいいね！」ブレイディが大きな声でいうと、シャーリーのにきびだらけのひたいが髪の生えぎわまでまっ赤に染まる。子豚のぶーちゃん、ぶー・ぶー・ぶー――ブレイディは思う。それだけ太っていたら、椅子に腰をおろしたらまんこが上から押されて、めくれちまうんじゃないか？

「ハイ、ブレイディ。きょうもウェストサイド？」

「一週間毎日だよ、ダーリン。きみは元気でやってる？」

「ええ、元気よ」これまで以上に顔を赤く染めながら。

「よかった。ちょっときみの顔を見て声をかけたかったんだ」

それから出発。のろのろ車を走らせると販売担当区域まで四十分もかかってしまうが、それでもすべての道路の速度制限をきっちり守る。守る必要があるのだ。下校時間を過ぎているいま、会社の車で走っていてスピード違反でつかまったりすれば、いまの仕事を馘《くび》になる。どこにも頼るあてはない。しかし、ウェストサイドまでたどりつくと――これには満足――ホッジズが住む界隈に身を置くことになる。ここに身を置く理由はすべてそろっている。昔からいわれているとおり、隠れたければ丸見えになれ、だ。ブレイディにかんするかぎり、これは金言だ。

ブレイディはスプルース・ストリートからハーパー・ロードへゆっくり車を進めていき、途中で退職刑事の住む家の前を通る。おやおや、これはこれは――ブレイディは思う。例の黒人小僧が前庭にいる。上半身裸になって（たまたま在宅中のご近所ママ族に、汗でつやつや濡れ光る六つに割れた腹筋を見せつけるためにちがいない）、〈ローンボーイ〉の芝刈機を押しているところ。

そろそろ必要なころだと思っていたよ――ブレイディは思う。芝生は伸びすぎて、むさ苦しくなっていた。老いぼれ退職刑事がろくに目をむけていなかったのだろう。老いぼれ退職刑事はテレビを見たり、ケロッグの〈ポップターーツ〉を食べたり、はたまた椅子の横のテーブルにいつも置いている拳銃をもてあそんだりするのに忙しかったからだ。

芝刈機がやかましい騒音をあげているのに、黒人小僧はブレイディの車が近づく音をとらえ、顔をめぐらせて目をむけてくる。おまえの名前はもう知ってるぞ、とブレイディは思う。名前はジェローム・ロビンスン。老いぼれ退職刑事のことなら、ほとんどなんでも知っている。おまえが老いぼれとおホモだちかどうかは知らないが、そうだとしても驚かないだろう。だから、あいつがおまえをいつも身近に置いていてもおかしくない。

ブレイディは〈ミスター・テイスティ〉の小型の移動販売車――楽しげな子供のイラストが車体を覆い、鐘が奏でる楽しげなテーマソングを録音で流している――の運転席から手をふる。黒人小僧が手をふりかえして笑みを見せる。そう、まちがいない。

アイスクリーム売り《マン》はだれからも好かれるものだ。

デビーの青い傘の下で

1

ブレイディ・ハーツフィールドは、蜘蛛の巣のようにからみあったウェストサイドの街路で午後七時半まで――夕暮れが晩春の青い空をくすませはじめる時刻まで――移動販売車を走らせる。三時から六時までの顧客第一波を構成しているのは、学校から解放された子供たち。みんなバックパックを背負い、くしゃくしゃのドル紙幣をふりまわす。ほとんどの子供たちはブレイディに目もくれない。仲間同士のおしゃべりに忙しいか、携帯電話で話をするのに忙しい――携帯は彼らにとってはただのアクセサリーではなく、いまや食べ物や空気とならんで生存に必要不可欠な要素になっている。感謝の言葉をかけてくる子供もたまにはいるが、大多数はそれすらしない。それも気にならない。そもそも顔を見られたくないし、自分のことを記憶されたくもない。この悪ガキ連中からすればブレイディは白い制服のアイスクリームマンでしかないし、そう見られることが好ましい。

六時から七時まではひまな時間だ――ちびのけだもの、たちは、みんな家で食事をしている。ひょっとしたら何人かが――感謝の言葉をかけてきた子供たちあたりが――両親と会話をかわしてもいるかもしれない。ただし大多数の子供たちは食事中も携帯電話のボタンをつつき、一方両親は仕事のことを話しているか、外の広い世界——指導者や大物といった面々が、ありていにいって馬鹿なことばかりしている世界——でなにが起こっているのかを知るために、夜のニュース番組を見ていることだろう。

　そして勤務時間の最後の三十分で、ふたたび活況がもどってくる。今回は子供たちだけではなくその両親もテーマソングを流す〈ミスター・テイスティ〉の移動販売車にやってきてアイスクリームを買っていく。おおかた裏庭のローンチェアにどっかりと尻を（おおむねは肉がだぶついた尻を）すえて食べるためだろう。ろくなヴィジョンももちあわせない人々、住みかの蟻塚のまわりを這っている蟻なみに愚かな連中。そんな彼らにアイスクリームを売っているのが大量殺人者なのに、だれひとり気づきもしない。

　おりおりにブレイディは、この移動販売車の商品すべてに毒を盛る作業がどれくらい大変なのかを考えることがある。バニラ、チョコレート、ベリーグッド、本日のおすすめ、テイスティフロスティーズ、ブラウニーデライツ、さらにはフリーズスティクスやホイッスルポップスなるものまで。インターネットで調べさえした。〈ディスカウント・エレクトロニクス〉の上司のトーンズことアントニー・フロビッシャーなら〝実行可能性調査〟とでも表現しそうな下調べの結果、決して不可能ではないが、結局は愚行でしかない、という結論に達した。危険の要素をとことん排除しようと思ったからではない——メルセデス虐殺のときには、うまく逃げきれる確率よりも逮捕される確率のほうが高かったにもかかわらず、あの犯行をやってのけた。しかし、いま逮捕されてはまずい。やるべき仕事がある。この晩春から初夏にかけてやるべき仕事とは、すなわちでぶの退職刑事、K・ウィリアム・ホッジズだ。

あの退職刑事がいつも居間の椅子の横に置いている拳銃をもてあそぶのに飽きて、とうとう本当に銃をつかったら、そのあと移動販売車のアイスクリームすべてに毒を盛ってウェストサイドの街を流すのもいい。しかし、それまでは我慢だ。あのでぶの退職刑事が癪にさわる。耐えられないほどだ。ホッジズは名誉につつまれて退職した……退職にあたってパ、ー、テ、ィ、ー、までひらいてもらった。しかし、この市の歴史上もっとも悪名高い犯罪者を逮捕できなかったことを思うなら、そんな扱いがどれほど正当だったというのか？

2

この日最後の販売ルートめぐりで、ブレイディはジェローム・ロビンスンが住むティーベリー・レーンの家の前を通る。ジェロームは、退職刑事ホッジズのもとでアルバイトをしている若者で、父親と母親と妹の三人とこの家に住んでいる。ハンサムで、退職刑事のために仕事をこなし、週末はいつも女の子をとっかえひっかえしてデートを楽しんでもいる。デート相手は美人ぞろいだ。なかには白人の子さえいる。こんなのはまちがっている、自然の法則に反している。

「おおい！」ジェロームが大きな声をだす。「ミスター・アイスクリームマン！　待ってくれ！」

ジェロームは飼い犬――大きなアイリッシュセッター――をすぐうしろにしたがえ、芝生を軽やかに走って近づいてくる。その背後からやってくるのは、九歳前後の妹だ。

「チョコレートを買ってよ、ジェリー兄さん！」女の子が大声でせがむ。「ねえねえ、おねがぁぁぁぁい！」

あいつときたら名前まで白人風のジェロームだ。ジェリーだと。ふざけやがって。なんで名前がトレイモアじゃない？　なんでデヴォンじゃない？　ルロイでいいだろうが。いっそクンタ・キンテならばっちりじゃないか？

ジェロームははだしのままモカシンを履いていて、足首には元刑事の家で芝刈りをしたときの緑色の汚れがそのままだ。だれが見てもハンサムに思うはずの顔には満面の笑み。あいつがこの笑顔を週末のデート相手の女の子にむければ、女の子はたちまちパンツをおろして両腕を大きく広げるはずだ、賭けてもいい――ブレイディは思う。ねえ、早く来てよ、ジェリー。

ブレイディ自身は女とふたりきりになった経験がない。

「調子はどうだい？」ジェロームがたずねる。

運転席を離れて接客窓口に立っているブレイディはにやりと笑う。「いたって元気さ。勤務時間もそろそろおわり、この時間には決まって元気が湧いてくるよ」

「チョコレートは残ってる？　うちのリトル・マーメイドが食べたがっててさ」

ブレイディはにたりと笑って、親指をぐいっと突きあげる。これとおなじ笑みをピエロのマスクに隠し、フロアマットにつくほどアクセルを踏みこんで、市民センター前にあつまっていた哀れきわまる就職希望者の群れのただなかへと車を突っこませたものだ。「チョコレートね、了解！」

妹が目をきらきらさせ、三つ編みの髪を跳ねさせながらやってくる。「あたしのことをリトル・マーメイドっていったでしょ？　その呼び方、大っきらい！」

妹は九歳かそこら。兄とおなじく、馬鹿馬鹿しいまでに白人ぶった名前だ――バーバラ。バーバラという名前の黒人の子供は、それ自体があまりにも非現実的で、もはや腹立たしさも感じない。この一家でまっとうに黒人らしい名前をもっているのは飼い犬だけだ。いまその犬はうしろ足だけで立って前足を販売車の側面にかけ、尻尾をさかんにふっている。

「すわれ、オデル！」ジェロームがいうと、犬はおすわりの姿勢になる。舌を出して息を切らし、いかにも楽しそうな顔つきだ。

「で、お兄さんは？」ブレイディはジェロームにたずねる。「なにかご用意します？」

「じゃ、バニラのソフトクリームをひとつ」

まっ白けのバニラは、おまえに似あいだよ――ブレイディはそう思いながら、兄妹に注文の品をわたす。

ジェロームの動向に目を光らせているのは好きだし、ジェロームについて知識を増やすのも好きだ。というのも昨今あの退職刑事といっしょの時間を過ごしているのは、このジェロームだけのようで、ふたりがいっしょにいるところを過去二カ月観察しつづけてきたあいだに、退職刑事がこの若者をパートタイムの個人アルバイトではなく、むしろ友人のように遇している場面も目にしていた。ブレイディは友人をつくったことはないが――友人は危険因子だ――どんなものかは知っている。エゴのご機嫌をとるための存在。感情面での安全ネット。気分がどうしようもなくふさいだとき、人はだれを頼る？　知れたこと、友人だ。友人なら《大変だね》とか《元気出せよ》とか《おれたちは味方さ》とか《よし、一杯やりにいこうぜ》などと声をかけてくれる。ジェロームはまだ十七歳なので、ホッジズと一杯やりにいける年齢ではないが（ソーダを飲むなら話は別）、《元気出せよ》や《おれたちは味方さ》と言葉をかけるのは可能だ。だからこそ、ブレイディは監視をつづける。

ミセス・トレローニーには友人がいなかった。夫もいなかった。いたのは老いぼれた病身の母親だけ。これがあの女をたやすい獲物にしてくれたし、警官たちがあの女を攻撃しはじめてからはなおさらだった。警官たちは、ブレイディがやるべき仕事を半分も肩代わりしてくれた。残り半分はブレイディがこなした――それも、あの痩せこけたクソばばあの目と鼻の先で。

「はい、お待たせ」ブレイディはいいながら、ジェロームにソフトクリームをわたす――内心では砒素《ひそ》をまぶしてやりたいと思いつつ。抗凝血薬のワーファリンでもいい。あの薬をたっぷりと商品にまぶせば、食べた連中は血が固まらなくなって、目や耳や口から血をだらだら流すだろう。当然ケツの穴からもだ。ウェストサイドに住む子供という子供がバックパックや大事な携帯電話を落とし、全身の穴という穴から血を噴きださせている光景が脳裡に浮かぶ。さぞやすてきなパニック映画がつくれることだろう！

ジェロームから十ドルと小銭を受けとり、ブレイディはお返しに犬用のビスケットを差しだす。「こっちはオデルに」

「わあ、ありがとう」バーバラがいい、チョコレートのアイスクリームを舐める。「おいしい！」

「残さず召しあがれ、お嬢さま」

ブレイディは〈ミスター・テイスティ〉の移動販売車を走らせるのが仕事だ。ときには要請に応じて、〈サイバーパトロール〉のワーゲンを走らせもする。しかし今年の夏にするべき本当の仕事はウィリアム・ホッジズ退職刑事だ。ホッジズ退職刑事にあの拳銃を確実につかわせること、それが仕事だ。

ブレイディは移動販売車を車庫に入れて私服に着替えるために、ローブズ・アイスクリーム工場へと引き返す。そのあいだも一貫して制限速度を守る。

つねに警戒を絶やさなければ、後悔とは無縁だ。

3

〈ディマジオ〉をあとにして――ターンパイク延長道路の立体交差の下に寄り道をして、小さな少年をいじめていた不良連中を片づけたあと――ホッジズはこれといって行き先もさだめず、ハンドルを握ってトヨタを市街でただ走らせつづける。いや、行き先を決めていないと思いこんでいただけだ――気がつくと、湖畔にある郊外住宅地シュガーハイツのライラック・ドライブを走っている。ホッジズは道ばたに車を寄せて、ドライブウェイに通じているゲートと道をはさんで反対側に駐車する――自然石をもちいた門柱の片方に、番地を示す《729》という数字の銘板がある。

故オリヴィア・トレローニーの邸宅は、ゲートが面している公道とほぼおなじ幅のアスファルト舗装のドライブウェイの先に建っている。ゲートにかけてある《売家》のプレートはここを購入できるだけの余裕ある顧客にむけて、《マイクル・ザフロン不動産&高級住宅社》に電話で問いあわせるよう誘っている。われらがキリスト紀元二〇一〇年の不動産マーケットの現況にかんがみると、プレートはしばらくこのままになりそうだ。しかしだれかが芝をきちんと刈っている。芝の面積を考えれば、そのだれかさんはホッジズ所有の〈ローンボーイ〉よりも大型の機械をつかっているにちがいない。

こうしたメンテナンスの費用をだれが払っているのか？　ミセス・トレローニーの遺産から払われているにちがいない。あの女性はかなりの金満家だった。遺言検認の結果で財産は七百万ドル前後とされたという話をきいた記憶がある。退職以来初めて――市民センターでの無差別殺傷事件の捜査を未解決のままピート・ハントリーとイザベル・ジェインズに引き継いで以来初めて――ミセス・トレローニーの母親はいまもまだ存命なのだろうか、という疑問が浮かぶ。かわいそうに、あの老女は脊柱側彎症のせいで体がほとんどふたつ折りに見えるほど背中が曲がっていて、かなりの激痛に苦しめられていた記憶がある。しかし、脊柱側彎症が命とりになるとはかぎらない。それに、たしかオリヴィア・トレローニーには西海岸だかに住んでいる姉か妹がいたのではなかったか？

その名前を思い出そうと記憶をさらったが、思い出せない。思い出せたのはピートがミセス・トレローニーをいつしか〝ミセスそわそわ〟と呼ぶようになっていたことだけだ。あの女性が服を直す手をとめられず、ブラシを通す必要もないきっちり編んだ髪にそれでもブラシをかけ、〈パテックフィリップ〉の腕時計の金バンドをいじりまわしては骨ばった手首で何度も何度もくるくるまわしていたからだ。ホッジズはこの女性がきらいだった。ピートのほうは憎しみに近い気持ちをいだいていて、だからだろう、市民センターで起こった残酷な事件の責任の一端なりともを夫人に背負わせることで、そこそこの満足を得てもいた。なにはともあれ、夫人は犯人があんな真似をすることを可能にした張本人だ——その点に疑いの余地があったか？　問題のメルセデスを買ったときにわたされたキーは二本。そのうち一本しか提出できなかったのだ。

ついで、夫人は感謝祭目前に自殺した。

第一報が飛びこんできたときにピートが口にした言葉を、ホッジズはいまもまだ鮮明に記憶している。「あの世で事件の被害者たちに会ったら——とくに、あのクレイっていう母親と赤ん坊とかに——あのばあさん、さぞや厳しく問いつめられるだろうよ」

ピートにとって、自殺は確信の最後の一撃だった——ミセス・トレローニーは自身が〈灰色の貴婦人《グレイ・レイディ》〉と呼んでいた車のイグニションにキーを挿しっぱなしにしたことを、心のどこかで知っていたはずだ、という確信の。

ホッジズもおなじように信じていた。いま疑問に思えるのは……自分はいまもまだそう信じているのか、ということだ。それとも、きのう届いたメルセデス・キラーの自白の手紙、あのインクに毒を混ぜこんだような手紙で考えが変わった？

変わっていないかもしれない。しかし、あの手紙にいくつもの疑問をかきたてられたのは事実だ。ミスター・メルセデスが同種の手紙をミセス・トレローニーに書き送っていたとしたら？　木で鼻をくくったような態度という薄い殻のすぐ下に、体が勝手に動くチック症状と不安をどっさりかかえていたミセス・トレローニーに？　そんなことがありうるだろうか？　ミスター・メルセデスなら当然、あの無差別大量殺傷事件のあとで、一般大衆がミセス・トレローニーにどれだけ怒りや非難をぶちまけたかも知っていたはず——それを知るには、地元新聞の〈編集長への手紙〉という投書コーナーに目を通すだけで充分だったのだから。

つまり、ありえなくはない——

しかし、ここでホッジズの思考が途切れる。一台の車がうしろに寄ってきて、ホッジズが乗っているトヨタの後部バンパーに接するほどの至近距離で停車したからだ。ルーフにはスロットマシンの大当たり《ジャックポット》を知らせるような警察の警告灯こそ見あたらないが、パウダーブルーのクラウン・ヴィクトリアの最新モデルだ。運転席から降り立ってきたのは、がっしりした体格で、髪をクルーカットにした男。スポーツジャケットの下に拳銃をおさめたショルダーホルスターを隠しもっているにちがいない。市警察の刑事だったら、その拳銃は金庫にしまってあるのとおなじ口径四〇のグロックだろう。しかし、この男が市警察の刑事でないことはわかる。ホッジズは刑事全員の顔を知っているからだ。

ホッジズは運転席の窓ガラスを降ろす。

「こんにちは」クルーカット男がいう。「ここでなにをしているのか、話してもらえますか？　しばらく前からここに車をとめているようなので」

腕時計にちらりと目をやると、その言葉が事実だとわかる。時刻はすでに四時半。ダウンタウンが夕方のラッシュで渋滞することを計算に入れると、スコット・ペリーが出るCBSの夕方のニュース番組に間にあうよう帰宅できれば御《おん》の字だ。以前はNBSのニュースを見ていたのだが、キャスターのブライアン・ウィリアムズが——気のいいぼんくら男だとはいえ——ユーチューブの動画を偏愛しすぎだと思うようになって見るのをやめた。世界のすべてが崩れているさなかに思える時代に見ていたいキャスターではなく——

「失礼。本気で答えてほしいんですがね」クルーカットが身をかがめると、スポーツジャケットの前がひらく。グロックではなくルガー。ホッジズにいわせれば、カウボーイ用の拳銃だ。「いわせてもらえば」ホッジズはいう。「こっちはきみにその質問をする権限があるのだろうかと本気で考えているところでね」

ホッジズに質問した男のひたいに皺が寄る。「いま、なんとおっしゃいました？」

「見たところ、きみは民間警備会社の人間のようだ」ホッジズは忍耐を心がけながら答える。「しかし、まずは身分証明証のたぐいを見せてほしい。そのあとは……どうすると思う？きみは上着の下に鉄砲を吊るしているようだから、その銃の隠匿携行許可証を見せてほしい。車のグローブボックスじゃなく、ちゃんと財布におさめてあるだろうね。もしいま許可証を携行していなければ、この市の銃砲関係条例第十九条違反だ——条文をいっておけば〝銃砲類を隠匿携行するにあたっては、いかなる場合においても隠匿携行許可証を同時に携行しなければならない〟だ。さあ、必要な書類を見せてもらおう」

クルーカットの皺が深くなる。「あなたは警官なんですか？」

「退職したよ」ホッジズはいう。「ま、だからといって自分の権利やきみたちの義務まで忘れてしまったわけじゃない。さて、頼むから身分証と携行許可証を見せてほしい。いや、わたしに手わたさなくてもいいが――」

「おっしゃるとおり、手わたしたりしません」

「――とにかくこの目で見たい。わたしがここライラック・ドライブでなにをしていたかを話しあうのは、そのあとだ」

クルーカットはこの言葉に考えこむが、それもわずか数秒のこと。すぐに財布をとりだし、さっとふってひらく。この市では――いや、おおむねどこの都会でもおなじだろうとホッジズは思う――民間警備会社のスタッフは、退職警官にも現役の警官と変わらない接し方をする。退職警官には大勢の現役警官の友人というつてがあるからで、現役警官は理由さえ与えられれば、彼らの暮らしをややこしくする力をそなえている。クルーカットの名前はラドニー・ピープルズだとわかる。また社員証からは、ピープルズがヴィジラント警備サービス社の社員だと判明。さらにピープルズは隠匿携行許可証も見せてくる――有効期限は二〇一二年六月だ。

「ロドニーではなくラドニーか」ホッジズはいう。「カントリー歌手のラドニー・フォスターとおなじだね」

ピープルズの顔ににやりと笑みがこぼれる。「ええ、そうです」

「ミスター・ピープルズ、わたしはビル・ホッジズ。退職時には一級刑事で、最後に捜査を担当した大事件はメルセデス・キラーだ。そうきけば、わたしがここでなにをしていたのかも見当がつくんじゃないかな」

「ミセス・トレローニーですね」ピープルズはいい、礼儀正しく一歩あとずさる――ホッジズがドアをあけたからで、車を降り立ったホッジズが伸びをしていると、ピープルズは言葉をつづける。「思い出の小道をちょっと散歩しているというところですか、刑事さん？」

「その肩書はもう返上したよ」ホッジズは握手の手をさしのべる。ピープルズがその手を握る。

「それ以外はきみの見立てどおり。わたしが警察を退職したのは、ちょうどミセス・トレローニーがいわゆる人生から退職したころだったな」

「悲しい事件でしたね」ピープルズはいう。「若い連中があのお屋敷のゲートに卵を投げつけたのは知ってます？　それもハロウィーンだけじゃない。三回か四回はありました。一回はグループ全員をつかまえましたが、ほかにも……」かぶりをふって、「トイレットペーパーが添えてあったこともありました」

「ああ、連中はその手のものが好きだからね」ホッジズはいう。

「またある晩には、だれかが左側の門柱に落書きをしていきました。ミセス・トレローニーの目にとまる前に消すことができて、あのときはほっとしましたよ。なんて書いてあったと思います？」

　ホッジズは頭を左右にふる。

　ピープルズは声を落とす。「《**人殺し**《キラー》・**まんこ**《カント》》です。しずくがしたたるような筆跡の大きな字で。でも、いくらなんでもいいがかりだ。だって、夫人はうっかり忘れただけなんだから。だれだって一度や二度はうっかりした経験があるものでしょう？」

「わたし自身についていえば、まちがいなくあるな」ホッジズはいう。

「そうですよ。聖書にもあるじゃないですか。あなたたちのなかで罪を犯したことのない者が、まず、この女に石を投げなさい、と」

本当にそうなる日は来そうもないな――ホッジズはそう思いながら、（純粋な好奇心のおもむくままに）質問を口にする。「きみは夫人のことが好きだった？」

ピープルズの目が最初上へ、つづいて左へと動く。長年のあいだにホッジズが数えきれないほど多くの取調室で見てきた目の動きだ。この目の動きから察するに、ピープルズは質問をうまくかわすか、まっ赤な嘘で逃げきるつもりだろう。

質問をかわすつもりだとわかる。

「そうですね。クリスマスには、おれたちによくしてくれました。たまにおれたちの名前がごっちゃになることはありましたけど、メンバー全員の顔を覚えてて、なんと全員に四十ドルとウィスキーをくれたんですよ。上等なウィスキーでした。あの人の旦那さんがそんなプレゼントをくれたと思いますか？」ピープルズはふんと鼻を鳴らす。「あのケチなじいさんが生前にくれたのは、〈ホールマーク〉のカードにはさんだ十ドル一枚でしたよ」

「ヴィジラント社はだれの依頼でここの警備を？」

「シュガーハイツ自治会とかいうところです。ほら、ご近所の住民同士の寄りあいみたいなものです。気にいらない土地利用制限法が出てくれば反対運動をして、ある一定の……ま、こういってもいいと思いますけど……水準とやらを守るよう、ご近所同士、目を光らせてる。とにかく規則がどっさりあります。クリスマスのイルミネーションに白いライトは飾ってもよくて、色つきは禁止とか。ついでに点滅させてはだめとか」

ホッジズはあきれて、目玉だけで天を仰ぐ。ピープルズが得たりと笑う。敵対関係になるかもしれなかったふたりが、いつしか仲間同士になる――あるいは仲間同然のふたりになる。当然といえば当然。たまたまホッジズが、ちょっと珍しいラドニーというファーストネームを知っていたからだ。これを幸運と呼ぶ向きもある。しかし、いろいろと質問したい相手を自分とおなじ側に立たせるには、ある種のこつがある――そう、ある種のこつだ。ホッジズが警官として成功した理由のひとつは――あらゆる事件ではないにしろ、大多数の事件の捜査で――そのこつを見逃さない点にあった。これはピート・ハントリーがついに体得しなかった能力であり、いまもその能力が順調に働いているとわかって、ホッジズはほっとする。

「たしか妹さんがいたと思うんだ」ホッジズはいう。「ミセス・トレローニーにね。でも会ったことはないし、名前も覚えてないんだが」

「ジャネル・パタースンです」ピープルズがすかさず答える。

「おや、きみは妹さんに会ったことがあるようだね？」

「ええ、会いました。いい人ですよ。ミセス・トレローニーとどことなく似た面影《おもかげ》がありますが、もっと若くて、きれいです」いいながらピープルズは両手で宙に砂時計のかたちをつくる。「あの人よりもふっくらとしていてね。それで例のメルセデスの件ですが、捜査に進捗があったかどうかはご存じですか？」

　ふだんのホッジズなら、この質問にはまず答えない。しかし情報を得たければ、情報をわたすのが道理。それに、ホッジズがつかんでいる事実を明かしても安全だ――そもそも情報でもなんでもない。ホッジズは数時間前にピート・ハントリーが口にしたフレーズを流用する。

「足踏み手づまり、どんづまりだよ」

ピープルズは予想以上でも以下でもないといいたげにうなずく。「衝動的犯行。被害者との関連ゼロ。これといった動機もなく、ひたすらスリルを求めての凶行。やつをつかまえる最大のチャンスがあるとすれば、また同様の犯行を企んだときでしょうね」

ミスター・メルセデスはその気がないと明言していたぞ——ホッジズは思う。しかし、この情報はぜったいに明かしたくない。そこでホッジズは同意する。仲間同士の同意はつねにいいものだ。

「ミセス・トレローニーは莫大な遺産を残していったね」ホッジズはいう。「ここの大邸宅だけじゃない。してみると、その妹さんが相続したのかな？」

「ええ、そうです」ピープルズはいい、そこで間をおいてから言葉をつづける——ほど遠くない将来、ホッジズ自身もほかの人物にいうはずの言葉だ。「あなたの口の堅さを信頼してもいいでしょうか？」

「もちろん」この手の質問には単純な答えを返すのがベストだ。いちいち理由まで添える必要はない。

「パタースン姓の妹さんはロサンジェルスに住んでました。お姉さんのオリヴィアが……その……薬を飲んだときには」

ホッジズはうなずく。

「妹さんは結婚していましたが、子供はいません。幸福な結婚生活ではなかったようです。巨万の富とシュガーハイツのお屋敷を自分が相続するとわかると、妹さんはあっさり離婚して亭主を捨て、西から東へ引っ越してきました」ピープルズは親指を突き立てて、ゲートと幅の広いドライブウェイと大邸宅をさし示した。「遺言検認がすむまでのほぼ二カ月のあいだ、あそこに住んでましたよ。それで六四〇番地のミセス・ウィルコックスと親しくなりました。ミセス・ウィルコックスは話好きで、わたしを友人だと思ってくれてます」

この言葉はコーヒーをいっしょに飲む友だちから午後のセックス相手まで、あらゆる関係を意味している。

「ミズ・パタースンは、お姉さんに代わって母親のもとを訪問してもいました。母親はダウンタウンのコンドミニアム暮らしです。母親のことはご存じですか？」

「エリザベス・ウォートンだね」ホッジズはいう。「まだご存命なのかどうか気になっていたんだ」

「ご存命のはずです」

「なにせ、ひどい脊柱側彎症をわずらっていてね」いいながらホッジズはわずかに腰を曲げて歩く真似をしてみせる。なにかを得たかったら、なにかを差しだすほかはない。

「そうなんですか？　お気の毒に。ともあれヘレン——ミセス・ウィルコックスがいうには、ミズ・パタースンは亡くなったミセス・トレローニーとおなじで、時計みたいに時間に正確だったそうです。ただ、それも一カ月前まででした。なにかよからぬことが起こったにちがいありません。高齢の母親はいまワルソー郡の介護施設にいるみたいですから。ミズ・パタースンはコンドミニアムに引っ越して、いまもそっちに住んでます。でも、ときどきお姿をお見かけしますよ。最近は一週間ばかり前で、不動産屋の男が屋敷を案内してました」

ホッジズは、そろそろラドニー・ピープルズからききだせそうな話はすっかりききだせた、と結論を出す。「最新情報をありがとう。さて、こちらはもう行かないと。話しはじめは棘々《とげとげ》しくしてすまなかったね」

「いえいえ、気にしてません」ピープルズはいい、握手に差しだしたホッジズの手を二度ばかり熱っぽくふる。「あなたの捜査はプロにふさわしいものでした。くれぐれも、わたしがなにも話していないことをお忘れなく。ジャネル・パタースンはダウンタウンに住んでいるかもしれませんが、いまもシュガーハイツ自治会のメンバーです――つまり、うちの客ということです」

「そう、きみはなにも話さなかったよ」ホッジズはいい、車に引き返す。あとは――想像が現実どおりだとして――このマッチョ男とヘレン・ウィルコックスがベッドでよろしくはげんでいる現場に、ヘレンのご亭主が行きあたらないことを祈るばかりだ。そんなことになれば、シュガーハイツの住民たちはヴィジラント警備サービス社との契約を打ち切るだろう。ピープルズ本人は充分な理由で即刻解雇。その点に疑いの余地はない。

そもそも、ミセス・ウィルコックスはいそいそとピープルズの車に近づいて、焼きたてクッキーを差し入れているだけかもしれないぞ――ホッジズはそんなことを思いながら、車を発進させる。だいたいおまえは、午後のテレビでナチ流儀のカップルセラピー番組を見すぎだ。

ラドニー・ピープルズの愛情生活が重要だというわけではない。ウェストサイドにあるずっとつつましやかな自宅を目指しているあいだ、ホッジズにとって重要だったのは、ジャネル・パタースンが姉の遺産を相続したこと、ジャネル・パタースンが（一時的な仮住まいにすぎないかもしれないが）まさにいまこの市に住んでいること、そしてジャネル・パタースンが故オリヴィア・トレローニーの所持品に手出しをしているかもしれないということ、その三点だ。所持品のなかには個人的な書類もあるし、そういった書類のなかには、ホッジズに接触してきたあの異常者から送られた手紙が――おそらく二通以上――あるかもしれない。そういった手紙が存在するのなら、なんとしても手に入れておきたい。

もちろんこれは警察がやるべき仕事であり、K・ウィリアム・ホッジズはもう警察官ではない。この線を追及して動けば、合法とさだめられた領域から大きくはみだすことになるし、そんなことは百も承知だ。たとえばいまホッジズは、証拠物件を手もとに隠している。しかし、ここで足をとめるつもりは毛頭ない。あの異常者のうぬぼれにまみれた傲慢な態度に腹が立ってならなかったからだ。しかし、その腹立ちがいい方向にむかったことは認めるしかない。怒ったからこそ目的意識が芽生えた――過去数カ月の自分をふりかえるなら、これは最高にすばらしく思える。

あと少し調べが進んだら一切合財をピートに引きわたそう。

そんな思いが頭をよぎるあいだ、ホッジズはバックミラーに目をむけていない。しかしミラーをのぞいていれば、自分の両目がまず上をむき、そのあと左にすっとそれていく場面を見ていたはずだ。

ホッジズは、家の左側に突きでている屋根の下にトヨタをとめる——この空間がガレージ代わりだ。そのあとドアへむかうあいだ、いったん足をとめて、きれいに刈り込まれたばかりの芝を惚れ惚れとながめる。玄関ドアでは郵便受けの差入口から手紙が突きでているのが目にとまる。とっさに思ったのはミスター・メルセデス。しかし自分でここに手紙を突っこむのは、さしものあの犯人にとっても大胆不敵すぎる行動だ。

4

ジェロームの手紙だ。丁寧な手書きの文字が、とことんお行儀のわるいメッセージの文章の調子と驚くほど対照的だ。

ホッジズさんえ
あんたの芝ぁ刈って芝刈機をカアポオトの下、入れといた。車でひいたりしないでくれよ！　ほかにしがねえ黒人のガキにさせたい雑用あったらケータイ鳴らしとくれ。ナオンのだれかとはげんでなけりゃ話につきあっちゃる。ほら、ナオンってのはなにかと手がかかるし、ごきげんとりもしなくっちゃだ。あいつらぁお高くとまりやがるからよ。とくに肌の色が薄まった黒人女！　ま、あんたの声はいつでも大かんげーさ！

ジェローム

ホッジズはあきれたようにかぶりをふるが、笑みをこらえきれない。アルバイトに雇っているこの若者は高等数学で毎回Aの成績をおさめ、はずれた雨樋の修理をこなし、ホッジズのメールが不調になれば修復してくれ（ちなみにそういうことはしょっちゅうあり、原因の大半はホッジズの操作ミスだ）、基本的な配管仕事をこなす腕があり、フランス語を流暢《りゅうちょう》にしゃべり、いまなにを読んでいるのかをきかれれば、D・H・ロレンス作品における血の象徴的用法についてしゃべりまくって三十分は相手を退屈させること請《う》けあい。白人になりたいとは思っていないが、中流の上に属する家庭の才能ある黒人男性としての境遇は、ジェローム本人いうところの〝アイデンティティ上の難題〟をつきつけている。ジェロームは冗談めかして話すが、ホッジズには冗談だとは思えない。まったく。

ジェロームの父親は大学教授、母親は公認会計士だが――ホッジズの見立てでは、どちらもユーモアのセンスに不自由なところがある――息子が書いたこの手紙を見れば肝をつぶすだろう。それどころか、息子には精神分析医によるカウンセリングが必要だと考えるかもしれない。しかし、両親がホッジズから手紙を入手することはない。

「ジェローム、ジェローム、ジェローム」いいながらホッジズは家のなかへはいる。ジェロームとその〝チョス・ホー・ホズ〟。アイヴィーリーグのどの大学へ進めばいいかを、いまのところ決められずにいるジェローム――あの手の超難関大学のどこであれ、ジェロームの入学を認めるはずだ、というのはすでに当然の前提だ。ホッジズが自宅界隈で友人だと思っているのはジェロームただひとりだし、必要なただひとりの友人でもある。ホッジズは友情は過大評価されているという意見のもちぬしで、その意味では——ほかのだれでもなく——ブレイディ・ハーツフィールドと通じるところがある。

まだ夕方のニュース番組をあらかた見られる時間に帰ってこられたが、ホッジズは見ないことに決める。メキシコ湾の原油流出事故とティーパーティーがらみの政治ニュースにはもう耐えられない。そこでテレビではなくコンピューターの電源を入れて、ブラウザのファイアフォックスを立ちあげ、検索フィールドに**《デビーの青い傘の下で》**と入力する。検索結果はわずか六件——インターネットという悪臭ふんぷんたる大海原にしては微々たる釣果《ちょうか》だし、フレーズと完全一致した結果は一件にとどまっている。リンクをクリックすると、画面に一枚の絵が表示される。

雲に覆われた険悪な空模様のもと、田園地帯の野山が広がっている光景。アニメーションの雨が——短い動画をループ再生させて重ねているだけらしい——銀色の筋となって降りそそいでいる。しかし絵のなかには、青い傘をさしてすわっている人間がふたりいる。若い男と女、ふたりは濡れずに安全だ。キスをしているわけではないが、顔を近づけて肩を寄せあっている。熱心に話しこんでいるようだ。

この絵の下に、〈青い傘〉の存在理由《レゾン・デートル》を説明する短い文章が添えてある。

〈デビーの青い傘の下で〉は、フェイスブックやリンクトインなどのサイトとはまったく異なります。ここは古い友人同士の出会いの場、新たな友人との出会いの場ですが、**完璧**

な匿名性が保証されています。画像なし、ポルノなし、百四十字のツイートもない。**昔ながらの楽しい会話、**あるのはそれだけです。

この下に《**いますぐ参加する！**》と書かれたボタンがある。ホッジズはマウスカーソルをボタンに移動させて……そこでためらう。半年ほど前のこと、ジェロームがホッジズのそれまでのメールアドレスを抹消して、新しいアドレスを取得しなおす羽目になった事件があった。アドレス帳に登録されていた人の全員に、自分はニューヨークで身動きがとれなくなった、というホッジズからのメールが送られたせいだ。メールには、自分は財布やすべてのクレジットカードを盗まれてしまい、家に帰るための交通費を切実に必要としている、とあった。ついてはこのメールを受信した方にお願いがある。トライベッカのメールボックス・エトセトラ社の私設私書箱あてに五十ドルを——余裕があればそれ以上の金を——送ってほしい。そして文面はこうしめくくられていた——「今回の騒ぎがおわりしだい、お金はみなさんにきちんとお返しいたします」

　ホッジズは穴があったらはいりたいくらい恥ずかしい思いをした。金を無心するこのメールが離婚した妻やトレドにいる兄や、長年いっしょに仕事をしてきた四十人以上もの警官仲間に送られてしまったからだ。おまけに娘にも。メールが送られてから四十八時間ばかり、ホッジズは電話が——固定電話と携帯電話の双方が——狂ったように鳴りつづけることを予想していた。しかし、気にかけてくれたのは娘のアリスンだけのようだった。とはいえ意外ではなかった。生まれながらの悲観論者《グルーミー・ガス》であるアリスンは、ホッジズが五十五歳を迎えてからこっち、父親が度をうしなうほどうろたえる瞬間を待ちかまえていたからだ。

　ホッジズはジェロームに電話で助けを求めた。ジェロームは、ホッジズがフィッシングの被害者になったと説明した。

「ま、フィッシング詐欺《さぎ》の連中は、だいたいバイアグラや偽造の宝石なんかを売りつけようとするんだけどね。このタイプのフィッシングも前に見たことがある。うちの学校の環境学の先生がひっかかった──その先生、結局いろんな人に合計で千ドル近く金を払ったよ。といっても、もちろん昔の話、まだ知識が世間に普及してないころで──」

「おいおい、その昔ってのはいつのことだ、ジェローム？」

　ジェロームは肩をすくめた。「二、三年前。世界はどんどん変わってるんだよ、ミスター・ホッジズ。フィッシング犯にウイルスを食わされて、データファイルだのアプリだのを目茶苦茶にされずにすんでよかった、と思わないと」

「どのみちたいしたデータはないさ」ホッジズは答えた。「だいたいネットサーフィンをしているだけだ。ただし、コンピューターでソリテアができなくなったら残念に思うだろうよ。わたしが勝つと〈幸せの日よ再び〉が流れるんだ」

　ジェロームは〝ぼくは礼儀正しいから面とむかって馬鹿とはいいませんよ〟と語るお得意の目つきで、ホッジズを見つめた。「確定申告はどうするの？　去年はぼくがネット申告の手伝いをしたんだよ。アメリカ政府《アンクル・シュガー》にいくら納めたかを、どこかの赤の他人に見られても平気？」

「いや、もちろんぼく以外にさ」

　ホッジズは見られたくないことを認めた。

あの奇妙な（そしてなぜか魅力的でもある）学者めいた声、この知的な若者が無知なる年寄りに知恵をさずけようと努めるときにはかならずつかうあの声で、ジェロームはこういった。

「あなたのコンピューターは新種のテレビじゃない。そんな思いちがいはすぐ頭から捨てること。コンピューターを立ちあげてネットにつなぐたびに、あなたは外から暮らしをのぞける窓をあけてるんだ。まあ、のぞき見したい者がいればの話だけど」

そしていま青い傘と際限なく降りつづく雨の画像を見ているあいだ、ジェロームとのやりとりのすべてが頭をよぎっていく。ほかのことも頭をよぎる――これまでは眠りこんでいたものの、いまはすっきりと目を覚ましてる警官精神があげている声だ。

ミスター・メルセデスが本当に話をしたがっていることも考えられる。しかしその一方では、ジェロームの話に出てきた〝窓〟からのぞき見したがっているだけという可能性もある。

《**いますぐ参加する！**》をクリックする代わりに、ホッジズはこのサイトを離れて電話をつかみあげ、スピードダイヤルに登録ずみの数少ない番号のひとつに電話をかける。電話に出たのはジェロームの母親。ちょっとした世間話をおえると、母親はミスター・チョス・ホー・ホズその人に受話器を手わたす。

ホッジズは精いっぱいの、しかし不出来そのもののブラックイングリッシュの物真似で話す。

「よお、相棒。うるさいナオンどもをおとなしくさせてるかい？　まともに稼がせてっか？おまえもちゃんと営業してってっか？」

「あ、どうも、ミスター・ホッジズ。ええ、元気でやってます」

「よお、おいらが電話でこぉんな調子で話すのが気にいらねえってか、ブラザー？」

「いやその……」

ジェロームは本気で困惑している。ホッジズはジェロームがかわいそうになる。「芝生がずいぶんきれいになったよ」

「ああ。それはよかった。どういたしまして。ほかにお手伝いできることは？」

「あるんだ。あしたの放課後、うちに寄ってもらえるかな？　コンピューター関係で知恵を借りたくて」

「わかりました。今度はどんな問題が？」

「電話ではあまり話したくないな」ホッジズはいう。「しかし、きみに興味をもってもらえると思う。午後四時では？」

「大丈夫です」

「よかった。勝手な頼みで恐縮だが、タイロン・フィールグッド・ディィィライトの人格は家に置いてきてくれ」

「オーケイ、ミスター・ホッジズ、そうします」

「それにしてもいつになったら、わたしをビルと呼んでくれるのかな？　ミスター・ホッジズなどと堅苦しく呼ばれると、きみの歴史の教師になったような気分だ」

「たぶん、ハイスクールを卒業するころには、なんとか」ジェロームは真面目くさった口調で答える。

「ジャンプしたければ、いつでもできるとわかっているあいだだけ、か」

ジェロームは笑う。この若者は本当に楽しそうに腹の底から笑う。この笑い声をきくと、ホッジズはいつでも元気をもらった気分になる。

　ホッジズは仕事部屋代わりの小さなあなぐらに置いたコンピューターデスクの前にすわり、指で小刻みにデスクを叩きながら考えをめぐらせる。ふと、夕方から夜はこの狭い部屋をほとんどつかっていないことを思いつく。夜中の二時に目が覚めて寝つけなくなれば、ここをつかう。ここへ来て一時間ばかりソリテアをやってからベッドにもどる。しかしふだん七時から真夜中までのあいだは〈レイジーボーイ〉に体をあずけ、AMCやTCMといった局が放映している古い映画を見ながら、ひたすら脂肪分と砂糖を口から詰めこんでばかりだ。

　ホッジズはまた電話に手を伸ばして番号案内につなぎ、自動音声ガイドにむかってジャネル・パタースンの電話番号をたずねる。公開されていると思っていたわけではない――〝七百万ドルの女〟になって、おまけに離婚したばかりとなれば、ミセス・トレローニーの妹は番号を非公開にしていることだろう。

　ところが自動音声が番号を教えてくる。あまりにも意外だったせいで、ホッジズはあわてて鉛筆をさがしだし、2を押して番号案内をくりかえさせなくてはならない。そのあとまたひとしきり指でデスクをとんとんと叩きつつ、本当にジャネル・パタースンに接触していいものかと考える。結局は空ぶりにおわるだろう……しかし、いまもまだ警官だったら、これが捜査の次の一手になるはずだ。ただしもう警官ではない以上、多少の策略をこらさなくては。

　自分がいつしかこの難題への挑戦を心から歓迎していることに気がついて、ホッジズは愉快な心持ちになる。

5

自宅へ帰る途中、ブレイディは〈サミーズ・ピザ〉に立ち寄って、あらかじめ電話で注文しておいたペパロニとマッシュルームのピザのSサイズを受けとる。母親がスライスを一、二枚は食べそうだと思ったのなら、もっと大きなサイズを注文したはずだ。しかし、そうならないことはわかっている。

まあ、ペパロニと安物ウォッカの〈ポポフ〉のピザがあったら母親も食べただろう。〈サミーズ〉にそんなピザがあれば、中間はすっとばしてLサイズを注文したところだ。

この市のノースサイドには、おなじつくりの一軒家が立ちならぶ住宅団地がある。建てられたのは朝鮮戦争とヴェトナム戦争のはざまの時期——つまり、見た目はまったくおなじ家が、いまは残らず崩れかかっているわけだ。もう日が暮れてあたりは真っ暗なのに、大半の家の雑草だらけの庭にはプラスティックの安物のおもちゃが出しっぱなしだ。ハーツフィールド邸があるのはエルム・ストリート四九番地——といっても楡《エルム》の木はどこにもないし、過去にあったためしもなさそうだ。市のこのあたりの地域——いうまでもなく、ノースサイドならぬ〝北《ノース》の原っぱ《フィールド》〟という名前で通ってる——では、樹木にちなんだ名前が道路につけられているだけのこと。

ブレイディは、母親のひどく錆びているホンダのうしろに車をとめる。ホンダは排気系統の交換が必要だし、電気系統の接点の交換が必要だし、プラグを新しくする必要もある。いうまでもなく、安全検査ずみであることを示すステッカーも。

母さんにやらせればいい――ブレイディは思うが、母親がそんなことをするわけもない。自分がやることになる。やるしかない。それ以外のあらゆることを処理するように。

そう、おれがフランキーを〝処理〟したようにだ――ブレイディは思う。あれは地下室がまだ地下室でしかなかったころ、ブレイディの作戦司令室《コントロール・ルーム》ではなかったころだ。

ブレイディと母のデボラ・アン・ハーツフィールドがフランキーを話題にすることはない。

玄関ドアは施錠してある。母親にはなんとかそこまで教えこんだ――しかし、それがどれだけ骨折りだったことか。母親は〝オーケイ〟のひとことで人生のすべての問題が解決できると思いこんでいる手あいだ。《つかいおわったら、〈ハーフ&ハーフ〉はちゃんと冷蔵庫にしまっておけ》といえば、母親は《オーケイ》と答える。しかし帰宅してみれば、コーヒーミルクはカウンターに置きっぱなしで腐りかけている。《あしたはアイスクリームの移動販売車にきれいな制服で乗りたいから、洗濯をすませておいてくれ》といえば、母親は《オーケイ》と答える。しかし洗濯室をのぞいてみれば、なにもかもが洗濯かごに積まれたままだ。

ブレイディを迎えたのはひび割れたテレビの音声だ。〝追放免除チャレンジ〟がどうこうという声がきこえるので、番組は〈サバイバー〉だろう。これまで何度も、この番組はすべて仕込みずみの芝居だ、やらせだ、といいきかせた。母親はわかった、オーケイ、知ってると答えはするが、それでもこの番組を欠かさず見ている。

でて、すたこらさっさと逃げてやる。

「ただいま、母さん！」

「ああ、おかえり！」という言葉はわずかにもつれているだけ。夜のこの時間にしては上々だ。

もしおれが母さんの肝臓だったら、母さんがいびきをかいて寝ている夜のあいだに口から這いでて、すたこらさっさと逃げてやる。

それでも居間へと足を踏み入れると、あの期待の小さな光のちらつきが感じられてしまう。憎らしい光のちらつき。母親はブレイディが去年のクリスマスに贈ったシルクの白いローブ姿でソファに腰かけている。ローブの裾が腿のあたりまで左右にひらいて、白いものがのぞいている。下着だ。ブレイディは、母親とつながる文脈で〝パンティー〟という単語を思い浮かべることを拒んでいる――あまりにも性的な言葉だからだ。それでも、その単語は頭の奥深いところに存在しつづけている。母親の乳首が落とす小さな丸い影も目にとまる。こんなものに昂奮を煽られるのはおかしい――母親は五十歳を越えていて、腹まわりの肉がふくらんでたるみはじめていて、なんといっても自分の母親で――しかし……。

しかし。

「ピザを買ってきたよ」ブレイディはそういって箱をもちあげながら、どうせ〝もうすませたよ〟といわれるんだ、と考える。

「食事はもうすませたよ」母親は答える。嘘ではあるまい。レタスを数枚、それに小さな小さな容器のヨーグルト。母親はそんな食事でかろうじて残った体形を維持している。

「母さんが好きなピザだよ」ブレイディはいいながら思う――どうせ返事は〝おまえがお食べ〟だ、と。

「おまえがお食べ」母親はそういってグラスを手にとり、レディ気取りでほんの少し飲む。思うさまがぶ飲みするのはもっとあと、ブレイディが床についたあと、母親が息子はもう寝たと思いこんでからだ。「コーラでももってきて、ここへおすわり」そういってソファを軽く手で叩く。ローブの前がまたわずかにひらく。白いローブ、白いパンティー。

下着だ――ブレイディはおのれにいいきかせる。下着。それだけ。この女は自分の母親だ、母さんだ。母さんなんだから、あれは下着だ。

母親はブレイディの視線を目にとめてにんまり微笑む。ローブの前をかきあわせはしない。「今年のサバイバーたちはフィジーにいるの」いってから眉を寄せる。「あれ、フィジーだったかな。とにかく南洋の島のひとつ。さあ、ここへすわって母さんといっしょにテレビをごらん」

「ごめん。これから地下室へ行って、ちょっと仕事をしなくちゃ」

「こんどはなにをつくるの、ハニー？」

「新しい種類のルーターだよ」どうせ母親はルーターと左官屋《グルーター》のこての区別もつかないから、なにをいっても安全だ。

「おまえのことだから、そのうちあたしたちを金持ちにしてくれるようなものを発明してくれるね」母親はいう。「あたしにはわかってる。そしたら、さよなら電機屋。さよならアイスクリームトラック」

母親はウォッカのせいでわずかにうるんだ目で、ブレイディを見つめる。母親の一日の酒量はわからない。空き瓶を数えようとしても無駄だ。母親がひとりでどこかに捨てているからだ。

しかし、酒量が驚くほどになっていることはわかる。

「ありがとう」ブレイディはいう。褒められれば心ならずもうれしくなる。感じているのは、うれしさだけではない。それこそ完全に心ならずも。

「こっちへ来て母さんにキスをおくれ、ハニーボーイ」

ブレイディはソファに近づく――左右にはだけているローブの前を見おろすまいと気をつけ、ベルトのバックルの下に兆しているむず痒いような感覚を無視しようと努めながら。母親は顔を片方へむける。しかしブレイディが頰にキスをしようとして上体をかがめたとたん、母親はさっと顔をもとにもどし、半びらきの湿った唇を息子の唇に押しつける。ブレイディは酒の味を感じ、母親がいつも耳の裏につけている香水の香りを感じる。母親は体のほかのところにもおなじ香水をつけている。

母親はブレイディのうなじに手のひらをあてがって、指先を髪の毛のあいだにもぐりこませる。その指先の動きで、ぞくぞくする感覚がブレイディの腰のくぼみにまで駆け降りていく。母親は舌先をブレイディの上唇に――ほんの一瞬だけ――触れさせて唇を離すと、体を引いて、スターの卵にこそ似つかわしい大きく見ひらいた目でブレイディを見つめる。

「わたしのハニーボーイ」母親は息づかいだけでささやく。ロマンス風味の女性むけ映画のヒロイン気取りで――男たちが大きな剣をふりまわし、女たちは襟ぐりの深いドレス姿、つやつや光る生地を尻がこんもり丸く押しあげているような映画だ。

ブレイディはそそくさと離れる。母親はにんまり笑って息子を見つめ、テレビに目をもどす。画面では水着姿の若い美男美女がビーチを走っている。ブレイディはわずかに震える手でピザの箱をあけ、ひと切れとりだして、母親のサラダボウルに落とす。「ちゃんと食べろよ」と、母親にいう。「胃のなかの酒を吸いとってくれるぞ。ま、全部は無理かもだけど」

「母さんに意地悪をいうものじゃないよ」母親はそういうが、声に情欲の響きはないし、傷ついた雰囲気もまったくない。ローブの前をしっかりとあわせる手つきも、どこか気もそぞろで、早くもテレビの生存者《サバイバーズ》たちの世界に没頭している——今週はだれが投票で島から追いだされるかを早く知りたい一心だ。「そうそう、ブレイディ。あたしの車のことを忘れないでよ。ステッカーがいるんだからね」

「あの車にはステッカー以外にも必要なものがどっさりさ」ブレイディはそういってキッチンへ行く。冷蔵庫からコークを一本とりだして、地下室のドアをあける。つかのまそこの暗闇で足をとめ、一語だけを口にする。「コントロール」

下の地下室の蛍光灯（地下室のリフォームを自分でやったように、これも自分で設置した）が点灯する。

階段を最後までおりたところで、フランキーのことが頭に浮かぶ。こうしてフランキーが死んだ場所に立つと、ほぼ毎回思い出される。これまで弟のことを思い出さなかったのは、市民センターでの犯行にむけて準備を進めていたあいだだけだ。あの数週間にかぎっては、ほかのことはすべて忘れ去っていたが……なんと心が軽く感じられたことか。

ブレイディ——フランキーはそういった。この地球という惑星上でのフランキーの最後の言葉。うがいめいた音や切れ切れの息づかいなどは勘定に入れない。

ブレイディはピザとコークを地下室中央の作業台に置くと、クロゼットなみの広さしかないバスルームへ行ってズボンをおろす。さしせまった用件を処理しないことには、食事はできず、新しいプロジェクトにもとりかかれず（ルーター製作ではないのは確実）、そもそも考えることも不可能だ。

でぶの元刑事に送った手紙では、市民センター前にあつまっていた就職希望者の群れに車を突っこませたことで性的に激しく昂奮したのでコンドームを装着したと書いた。さらに、当日のことを追体験しながらマスターベーションをしたとも書いた。あれが事実なら、自己性愛《オートエロティック》という言葉は自動車《オート》の意味も含んだ語として生まれ変わるが、あいにく事実ではない。あの手紙にはどっさり嘘を盛りこんだ——ホッジズを多少なりとも煽るために計算した嘘を。とはいえ、性的幻想にまつわる嘘っぱちは上出来とはいえない。

そもそもブレイディは女にあまり興味がなく、女のほうもそれを感じている。〈ディスカウント・エレクトロニクス〉の同僚でコンピューターおたくのフレディ・リンクラッターとうまがあうのも、そのあたりが理由だろう。ブレイディの見たところ、フレディはブレイディをゲイにちがいないと思っている。しかし、ゲイではない。自分のことは我ながらおおむね謎だが——気象用語でいう閉塞前線だ——ひとつだけ確かなことがある。無性愛者《アセクシャル》ではないということだ——あるいは、完全なアセクシャルではない。毒々しい虹のような秘密を母親と分けあっている——どうしても考えずにはいられない場合以外は考えないようにしている秘密だ。考える必要に迫られれば対処が必要になるし、そのあとはまた頭の奥にしまいこんでおかなくてはならない。

母さん、パンティーが見えてたよ——ブレイディはそう思いながら、必要な処理作業をなるべく手早くすませる。薬品戸棚にはワセリンがあるが、ブレイディはつかわない。こんな器官はいっそ摩擦熱で焼けてしまえばいい。

6

広々とした地下室へもどると、ブレイディはまた一語だけを口にする。今回の単語は《混沌《ケイオス》》。

作戦司令室の突きあたりの壁には、床から一メートル弱の高さの長い棚がしつらえてある。棚にならんでいるのは七台のノートパソコン。いずれも暗いままのディスプレイがひらいてある。その前にはキャスターつきの椅子。ノートPC間をすばやく移動するためだ。ブレイディが魔法の言葉を口にすると、そのすべてに電源がはいる。それぞれのディスプレイにまず20が表示され、それが19に変わり、18になる。このままカウントダウンを放置して数字が0になれば、自殺プログラムが自動起動してハードディスクのデータをきれいに消去し、そのあと無意味なデータを上書きすることになっている。

「暗闇《ダークネス》」ブレイディがいうと、カウントダウンの大きな数字が消え、最愛の映画〈ワイルドバンチ〉の画像をつかったデスクトップ画面に切り替わる。

以前には《黙示録《アポカリプス》》と《世界最終戦争《アーマゲドン》》という二語もためしたが――スタートアップの合言葉としては、個人的にはこの両者がずっとふさわしく思えた――音声認識プログラムの動作に問題があった。ほんの小さな不具合でファイルがすべて上書きされてしまう事態は、いちばん歓迎できない。二音節の単語のほうがずっと安全だ。とはいえ七台のうち六台には、たいしたファイルは保存されていない。あのでぶの元刑事が〝罪証情報〟と呼びそうなファイルをおさめてあるのはナンバー3だけ。しかしブレイディはこんなふうにノートPCをずらりとならべて、いまのように全部に電源を入れ、コンピューターパワーを誇示するのが好きだ。地下室が本物の作戦司令室に見えてくる。

ブレイディは自分を創造者であり破壊者だと考えているが、その一方ではまだ世界を燃えあがらせるようなものを創造していないことも知っているし、永遠につくれない可能性もあるという思いに不安を感じてもいる。自分には、せいぜい二流の創造の才しかないのではないか、と。

そのいい例が〈ローラ〉だ。〈ローラ〉を天啓のように思いついたのは、ある日の夜、居間の床に掃除機をかけていたときのことだった（洗濯機を動かすこととおなじく、母親はその手の家事を見下している）。ブレイディはベアリングのあるスツールといった感じの装置のスケッチを描いた――モーターがあり、装置の下面にホースがついていた。コンピューターで単純なプログラムを書いて追加してやれば、この装置が部屋じゅうを勝手に動きまわりながら、床のごみを吸いあげるようにできるはずだ――ブレイディは思った。障害物――たとえば椅子、あるいは壁――にぶつかったら向きを変えて、また動きだすようにしよう。

そしてプロトタイプの製作に手をつけていたころ、ダウンタウンの高級電機店のウィンドウで〈ローラ〉と同種のマシンがせわしなく動きまわっている光景が目に飛びこんできた。名前まで似ていた――〈ルンバ〉という商品名だったのだ。だれかが自分を出し抜いた……そのだれかは、百万長者になったことだろう。なんたる不公平……しかし、それがどうかしたか？しょせん人生は、クソみたいな賞品だらけの馬鹿げたカーニバルだ。

またブレイディは、自宅のテレビにブルーボックス改造をほどこした。その結果ブレイディと母親はケーブルテレビの基本チャンネルだけではなく、有料オプションチャンネル（アルジャジーラのような他国の局もいくつかある）の番組を好きなだけ、金を払わずに違法視聴できるようになった。タイム・ワーナー社やコムキャスト社やＸＦＩＮＩＴＹ社にはぜったい手出しされない。ＤＶＤプレーヤーもハックして、アメリカ国内だけではなく全世界のリージョンコードのディスクを再生できるようにした。ちょろい仕事だった――リモコンに三、四ステップばかり手をくわえれば、あとは六桁の認識コードだけですんだ。理屈のうえでは大躍進。しかし現実に活用されているか？　エルム・ストリート四九番地では活用されていない。母親は四大ネットワーク局が垂れ流している番組しか見ていないし、ブレイディはかけもちしている仕事のどちらかで汗水垂らし、そうでないときには地下の作戦司令室にこもって、本当の仕事をしているからだ。

ブルーボックス化はすばらしいが、同時に違法改造でもある。またブレイディの知るかぎり、ＤＶＤプレーヤーの改造も違法行為だ。レッドボックスやオンライン動画配信サービスのネットフリックスのハッキングが違法であることはいうまでもない。ブレイディの最高の思いつきはどれも違法だ。たとえば〈アイテム1〉と〈アイテム2〉も。〈アイテム1〉はこのあいだの四月の霧の朝、市民センターをあとにしてきたとき、曲がったフロントグリルから血がしたたり、フロントガラスには点々と血しぶきが散っていたメルセデスの助手席に載っていた。最初に思いついたのは三年前の陰々滅々とした日々、たくさんの人々を殺してやろうと思い立ったものの――当時はそれを〝テロリスト作戦〟と考えていた――方法や実行時期や場所などはまだ決めていないころだった。あのころは次から次とアイデアが湧きでてきて地に足がつかないほどで、ろくに眠れなかった。当時は四六時中、覚醒剤《アンフェタミン》を混ぜたブラックコーヒーを魔法瓶一本ぶん飲み干したような気分で過ごしていた。

〈アイテム1〉はテレビのリモコンを改造した品だった。頭脳代わりのマイクロチップひとつ、および電波の到達範囲を広げるためのバッテリーパック一個……それでも到達範囲はたかが知れていた。このリモコンを二、三十メートル弱離れたところから信号機にむけ、ボタンを一回押せば赤信号を黄色に変えられる。二回つづけて押すと赤信号を点滅する黄色に変えられ、三回なら赤信号を青信号に変えられるのだ。

完成したときにはうれしくて、何度か交通量の多い交差点で試用した（そのときには毎回、自分の古いスバルに乗った――アイスクリームの移動販売車では人目につきすぎる）。そして数回ばかりニアミスを引き起こしたのちに、まんまと本物の交通事故を起こしてやった。せいぜいバンパーがわずかに凹む程度の軽い事故だったが、責任の所在をめぐってふたりの男が怒鳴りあっているのは愉快な光景だった。しばらくは、ふたりの口論が本当の殴りあいに発展するかのように見えていた。

〈アイテム2〉が完成したのはその直後だが、ブレイディに標的を定めさせたのは〈アイテム1〉だった。これのおかげで現場から逃走できる可能性が飛躍的に高まったからだ。市民センターから、ミセス・トレローニーのグレイのメルセデスを乗り捨てる場所として選んだ倉庫の廃屋までは、三キロと五十メートルの距離があった。逃走予定ルート上の交通信号は八カ所。自作のすばらしいアイテムがあれば、どの信号も心配しなくてもいいはずだった。しかし当日の朝は——予想できるはずがあるか？——すべての信号が青だったのだ。早朝という時間帯が関係していることは理解できたが、いまでも思い返すだに腹立たしい。

もし〈アイテム1〉が手もとになかったら——そんなふうに考えながら、ブレイディは地下室の奥にあるクロゼットにむかう——そういうときにかぎって、八カ所の信号のうち四つまでが赤信号だったはずだ。おれの人生そんなもの。

〈アイテム2〉はブレイディ自作の機械仕掛けのなかで、唯一本当に金を稼ぐことがわかった品だ。たいした金額ではなかったが、だれもが知っているように金がすべてではない。それに〈アイテム2〉がなかったらメルセデスもなかったはず。メルセデスがなければ、市民センターの大虐殺も現実にならなかった。

すばらしきかな、〈アイテム2〉。

クロゼットの扉の掛け金には大きなエール錠がとりつけてある。ブレイディはキーホルダーの鍵の一本をつかって解錠する。クロゼット内の明かり——これも新しく設置した蛍光灯——はすでに点灯ずみだ。もともと狭いクロゼットが、仕上げをしていない材木でできた棚のせいでなおさら狭くなっている。棚のひとつに靴箱が九箱。それぞれの靴箱には四百五十グラムの自家製プラスティック爆弾がおさめてある。ずっと遠くの田舎にある採石場跡で試したことがあり、問題のないことはわかっている。

もし、おれがアフガニスタンの男だったら――ブレイディは考える――頭に布を巻きつけてバスローブみたいな服を着ているほうの陣営だったら、兵隊輸送車を片はしから爆弾で吹き飛ばして、たちまち出世できただろうな。

別の棚にある別の靴箱には五台の携帯電話が隠してある。いずれもロウタウンのドラッグ密売人たちが〝燃やし《バーナー》〟と呼ぶプリペイド式の使い捨て携帯だ。この五台――まっとうなドラッグストアやコンビニエンスストアならどこでも買える携帯電話――が今夜の作業対象だ。ひとつの番号で五台が同時に着信音を鳴らし、靴箱に仕掛けた爆弾を起爆させるための適切な火花を出すように改造しなくては。プラスティック爆弾をつかうと決めたわけではないが、つかいたがっている部分は自分のなかに確かに存在する。そう、そのとおり。でぶの元刑事には、自分の傑作の二番煎じをするつもりはないと書き送ったが、あれはまっ赤な嘘だ。これから先のことは、でぶの元刑事の動向に大きく左右される。ミセス・トレローニーがブレイディの望みどおりの行動をとったように、元刑事も狙いどおりに行動してくれれば、いま感じている衝動も当面は消えてくれるだろう。

そうならなければ……まあ、そのときは……。

ブレイディは携帯の箱を手にしていったんクロゼットから外へ出ようとするが、すぐに足をとめてふりかえる。ほかの棚のひとつに、〈LLビーン〉のキルト地のアウトドア用ベストがある。これを着て森にでも行くのなら、Mサイズがぴったりだったはず――ブレイディは細身だ。しかし、ここにあるのはXLサイズ。胸にはスマイリーのワッペン――黒いサングラスをかけ、歯を剝きだしにした顔だ。ベストにはそれぞれ四百五十グラムのプラスティック爆弾が合計四個仕込んである――ふたつは外側のポケットに、ふたつは内ポケットに。ベストの胴の部分がふくらんでいるのはボールベアリングが詰めてあるからだ（ホッジズの〈ハッピースラッパー〉とおなじ流儀）。ブレイディが裏地を切り裂いてベアリングを流しこんだ。そのあと裂け目をダクトテープで貼りあわせていたとき、切った裏地を縫いあわせてくれと母さんに頼んでみようかという思いが頭をかすめて、われながら大笑いさせられた。

おれの……おれだけの自爆ベストだ。ブレイディは熱くこみあげるものを嚙みしめながら思う。

これをつかうつもりはない……たぶん、つかわないだろう……しかし、自爆ベストにはある種の魅力もそなわっている。これをつかえば、すべてに終止符を打てるのだ。〈ディスカウント・エレクトロニクス〉よ、さようなら。〈サイバーパトロール〉よ、さようなら――もうどこかの耄碌《もうろく》した年寄りのコンピューターの本体から、ピーナツバターだの塩味クラッカーのかけらだのをほじくり返さなくてもよくなる。アイスクリームの移動販売車ともおさらばだ。頭の奥のほうを這いずっている蛇ともお別れできる。あるいは……ベルトのバックルよりも下を這う蛇とも。

ロックコンサートの会場でベストを起爆させるようすを思い描く。今度の六月にレイクフロント・アリーナでスプリングスティーンがコンサートをひらくことは知っている。それとも七月四日の独立記念日にレイク・ストリートで挙行されるパレードは？　はたまた毎年八月の第一土曜日からはじまる夏の〈アート・フェスティバル&ストリートフェア〉でも。それはそれですばらしい……ただし暑い八月の午後にキルト地のベストを着こんでいたら、おかしな目で見られるのでは?

たしかに。しかし創造の才に富む頭脳は、そういった問題の解決法をかならず見いだすものだ――ブレイディはそう思いながら使い捨て携帯を作業台にならべて、それぞれのSIMカードをとりはずす作業にかかる。そもそも自爆ベストはその名のとおりの品、〈最後の審判の日シナリオ〉のためのものだ。将来もつかわれることはないだろう。それでも手もとに用意しておくに越したことはない。

そのあと上の階に引き返す前に、ブレイディはナンバー3のノートパソコンの前に腰をすえて、〈青い傘〉をチェックする。でぶの元刑事からはなんの連絡もない。

まだいまのところは。

7

翌日の朝十時、レイク・アヴェニューにあるミセス・ウォートンのコンドミニアムのインターフォンをつかっているホッジズは、退職以来わずか二度めか三度めのスーツ姿だ。腰まわりやわきの下がいささかきつくなったが、またスーツを身につけるのは気分のいいものだ。スーツを着ていると、仕事をしている男になった気分になれる。

　スピーカーからきこえてきたのは女の声だ。「はい？」

「ビル・ホッジズです、マダム。ゆうべお話をしました」

「ああ、あなたね。時間ぴったり。部屋は19Cよ、ホッジズ刑事」

　自分はもう刑事ではないといいかけたが、玄関ドアがブザーとともに解錠したので、いちいちいわずにおく。そもそもゆうべ電話で話したときに、退職して刑事ではなくなったことは伝えてある。

　ジャネル・パタースンはドアのところに立って待っている——市民センターでの無差別大量殺傷事件のあの日、ホッジズとパートナーのピート・ハントリーが初めて事情聴取に訪れたおり、姉のミセス・トレローニーが待っていたように。姉妹の顔だちが似ていることで、ホッジズは強烈な既視感《デジャ・ヴュ》をおぼえる。しかしエレベーターからアパートメントの玄関までの短い廊下を（どたどた不格好に歩かずに、さりげない足どりを心がけつつ）進んでいくあいだにも、姉妹で似ている点よりも異なる点が多いことに気づかされる。淡いブルーの瞳や高く張った頬骨こそ似ているが、オリヴィア・トレローニーの口がきゅっと小さくすぼまっていたのに引きかえ、ジャネル・パタースンの口は、たとえ無言のときであっても、いまにも微笑みそうに見える。あるいはキスをさずけそうに。唇は濡れているようなグロスでつややかだ——食べてしまいたいほどに。それにこのレディはボートネックの服を着ていない。体にあったタートルネックは、申しぶんのない形をした乳房の丸みをのぞかせている。決して大きな乳房ではない。しかしホッジズの父が昔いみじくも喝破したように、手のひらで包めない部分は無駄だ。いま見ているのは上質な体形補正下着の産物なのか？　それとも離婚後のお手入れのたまもの？　ホッジズにはどちらかといえば後者に思える。亡くなった姉のおかげで、いまジャネルはエステでもアロマテラピーでも望むがままの身分だ。

ジャネルは片手をさしのべて、ホッジズと真剣な握手をかわす。

「来てくださってうれしいわ」と、まるで自分から訪問を頼んだかのように。

「お時間を割いていただいて恐縮です」ホッジズはいいながら、ジャネルについて部屋へはいっていく。

前と変わらない息をのむような湖の景観がホッジズの顔をひっぱたいてくる。ここでミセス・トレローニーの事情聴取をおこなったのは一回だけだが、景色はよく覚えている――それ以外の事情聴取はすべて、シュガーハイツの大邸宅か警察署でおこなわれた。ある日の署での事情聴取でミセス・トレローニーがヒステリックになったことを、ホッジズは思い出す。《みんながわたしのせいだといっている》と、そういっていた。あの女性が自殺したのはそれからほどなく、わずか数週間後だった。

「コーヒーでもいかが、刑事さん？　ジャマイカ産よ。とてもおいしいの」

朝食後から昼までのあいだは、コーヒーを控えている。うっかり口にすると、制酸剤のザンタックを飲んでもひどい胸焼けに悩まされるからだ。しかし、きょうは好意に甘えることにする。

ジャネルがキッチンからもどるのを待つあいだ、ホッジズは居間の大きな窓の近くにあるスリングチェアのひとつに腰かける。よく晴れた暖かな日だ。セールボートが湖上をスケーターのように一直線に滑ったりカーブしたりしている。ジャネルがもどってきたのでホッジズは立ちあがり、その手にある銀のトレイを受けとろうとするが、ジャネルは笑みとともにかぶりをふり、優美なしぐさで膝を折ってトレイを低いコーヒーテーブルに置く。格式ばったお辞儀のようなしぐさだ。

ここに来るにあたってホッジズはあらゆる方向への会話の展開を予想していたが、そんな事前の予想や対策はいっさい関係がなかったことがわかる。たとえるなら、熟慮に熟慮をめぐらせた誘惑プランを練っていたのに、いざ家を訪れると、欲望の対象たる相手がミニのナイトガウンと〝わたしをファックして〟といいたげなピンヒールで出迎えてくれたようなものか。

「いま知りたいのは、だれが姉を自殺へと追いやったのかよ」ジャネルは丈夫そうな陶器のカップにコーヒーをそそぎながらいう。「でも、どう調べればいいかがわからない。だから、あなたの電話が神さまのメッセージのように思えたの。話をしたあとでは、あなたこそその調査にふさわしい人だと思ったし」

ホッジズは茫然として言葉をうしなう。

ジャネルはホッジズにカップを差しだす。「クリームをご所望でしたら、どうぞご自分で。添加物については責任をとりませんけど」

「ブラックでけっこう」

ジャネルは微笑む。歯はどれも完璧……いや、完璧な歯冠修復がされているのか。「聖書にいう〝わたしの心に適《かな》う者〟ね」

ホッジズはカップに口をつける。もっぱら時間を稼ぐためだが、コーヒーはじつに美味だ。

それから咳払いをして口をひらく。「ミセス・パタースン、ゆうべ電話でもお話ししましたが、わたしはすでに警察を退職していて、もう刑事ではありません。昨年の十一月二十日をもって、ただの一私人になりました。話に先立って、そのことをはっきりさせておく必要があります」

ジャネルは自分のカップのふちごしに、ホッジズを見つめている。ふと、あのリップグロスはカップに痕を残すのか、それとも近年の口紅テクノロジーはそんな不都合をすでに克服しているのか、と思う。そんな馬鹿なことを考えている場合ではないが、美しい女性だ。それに、このところ自分はほとんど外出もしなかった。

「いわせてもらえば――」ジャネル・パタースンはいう。「いまのあなたの言葉で、大事な単語はふたつだけよ。ひとつは〝私人《プライベート》〟、もうひとつは〝刑事《ディテクティブ》〟――ふたつの単語をつなげば私立探偵《プライベートディテクティブ》の出来あがり。わたしはだれが姉に手出しをしたのか、だれが姉をもてあそんで、自殺に追いやったのかを知りたい。警察ではまったくとりあってもらえなかった。ええ、もちろん警察は姉の車で人を殺した犯人を逮捕しようとしてた。でも、姉については警察では――乱暴ないいかたかもしれないけど――洟《はな》もひっかけてくれなかったし」

すでに退職したとはいえ、ホッジズにも自分が属していた組織を愛する気持ちが残っている。

「お言葉ですが、事実は必ずしもそうとはいえませんよ」

「そうおっしゃりたい気持ちもわかるの、ホッジズ刑事――」

「その肩書はやめていただけますか。ただのミスター・ホッジズでけっこう。いや、もっと気軽なほうがお好みなら、ただのビルでもけっこうです」

「だったらビルと。いっておけば事実そのとおりだった。あの大量殺人と姉の自殺には関係がある。だって姉の車をつかった犯人は、姉に手紙を送りつけてきた人物でもあるんだから。いいえ、それだけじゃない。あの〈青い傘の下で〉とも関係しているのよ」

ホッジズはおのれを戒める。この好機を台なしにするな。

「手紙というのはなんのお話でしょうか、ミセス・パタースン？」

「ジェイニーと呼んで。あなたがビルなら、わたしはジェイニー。ちょっとお待ちを。現物をとってくる」

ジャネルは立ちあがって居間を出る。ホッジズの心臓は激しい鼓動を搏っている――立体交差の下で不良少年どもを相手にしたときもよりも、なお激しく。その一方でホッジズは、去っていくジャネル・パタースンのうしろ姿も、近づいてくるときの姿に負けず劣らずすばらしい、と目の保養をしてもいる。

落ち着けよ――自分にまたいいきかせながら、コーヒーのカップを口に運ぶ。おまえはフィリップ・マーロウじゃないぞ。マグカップの中身はすでに半分にまで減っているが、胸焼けはしていない。わずかな兆しすらない。奇跡のコーヒーだ。

もどってきたジャネルは二枚の紙の端っこをつまみ、顔に嫌悪の表情をのぞかせている。

「オリー姉さんのデスクの書類を調べていたときに見つけたの。姉の弁護士のミスター・シュロンが同席していたわ――姉から遺言執行者に指名されていたので、同席の義務があったの。でも、そのときあの弁護士はキッチンで自分のグラスに水をついでたから。これを見られてはいない。わたしが隠したし」こともなげにそう話す口調には罪の意識はないし、逆に決意の響きもない。「どんな手紙かはすぐにわかった。これがあったから。犯人はおなじものを姉の車のハンドルにも残してた。犯人の名刺と呼んでもいいくらい」

そういってジャネルは手紙の最初のページにある、サングラスをかけたスマイリーマークを指で叩く。ホッジズもすでに気づいている。手紙につかわれているフォントにも気づいていた――自分がつかっているワープロソフトで〝アメリカン・タイプライター〟と呼ばれているフォントと同一だ。

「見つけたのはいつです？」

ジャネルは過去を思い返して、時間の経過を数える。「わたしがこちらに来たのは葬儀のためで、あれは十一月末だった。わたしが姉のたったひとりの相続人だとわかったのは遺言状が読みあげられたとき。たぶん十二月の第一週ね。それで、弁護士のミスター・シュロンに姉の資産や所持品の一覧をつくる作業を一月まで延期できないかどうか頼んだ――ロサンジェルスで片づけなくちゃいけない用事があったから。シュロン弁護士はそれでいいといってくれた」ジャネルはまっすぐホッジズを見つめている――まばゆい輝きを宿した青い瞳をかたときもそらさずに。「片づける必要があったのは、夫との離婚関係のあれやこれや。夫は――また乱暴ないいかたになるけれど――女のケツを追いかけることに血道をあげるコカイン中毒のクズ男だったのよ」

ホッジズとしては、この話のわき道に迷いこむつもりはない。「では、シュガーハイツにもどったのは一月？」

「ええ」

「手紙を見つけたのはそのとき？」

「そうよ」

「警察には見せましたか?」この質問への答えはわかっている。一月といえば四カ月以上も前だ。それでも質問する必要がある。

「いいえ」

「なぜ?」

「さっき話したとおりよ！　警察なんて信用してないから！」そしてジャネルは泣きはじめ、瞳のきらめきが涙になってあふれだす。

8

ジャネルは中座してもいいかとたずねる。ホッジズはもちろんかまわないと答える。ジャネルは居間から姿を消す——気を落ち着けて化粧直しをするのだろう。ホッジズは手紙を手にとると、コーヒーをちびちび飲みながら目を通す。本当においしいコーヒーだ。あとは、お茶うけとしてクッキーが一枚か二枚あれば……。

親愛なるオリヴィア・トレローニー
どうかこの手紙を途中で投げ捨てたり焼いたりせず、最後まで目を通してください。あな

たにお目こぼしをしてもらえる立場でないことは重々承知のうえですが、それでもこうやってお願いしています。もうおわかりのように、ぼくはあなたのメルセデスを盗み、たくさんの人々のなかに突っこませた当人です。そんなぼくの手紙をあなたは焼くかもしれませんが、ぼく自身もいま体を焼かれている気分です――恥辱と後悔と悲しみの炎で。

どうかお願いです、どうかこのぼくに釈明の機会をお与えください！　あなたから許していただけないことはわきまえていますし、許してもらおうとも思っていません。ただ、せめて理解していただければ本望です。機会を与えてくださいますか？　心からのお願いです。一般市民にとってぼくは怪物であり、テレビのニュース番組にとってはコマーシャルを見せるための血まみれの惨劇のひとつ、また警察にとっては逮捕して刑務所に叩きこむべき犯人《パーク》のひとり……でも、そんなぼくだってひとりの人間でもあるんです。あなたとおなじように。そしてこれがぼくの身の上です。

ぼくは肉体的にも、また性的にも虐待される家庭環境で育ちました。最初にぼくを虐待したのは継父、母の再婚相手です。母がそのことを知ったあとでなにが起こったと思いますか？　母もこのお楽しみに参加してきたんです！　あなたはすでに読むのをやめたでしょうか？　だとしても、あなたを責めたりはしません。でも、できればまだ読んでいてほしい。胸にしまいこんできた秘密を打ち明けずにはいられないからです。ぼくが〝命あるものの地〟にいるのも、そう長いことではないかもしれませんが、それでもぼくは、自分が**なぜ**あんなことをしたのかをだれかに話さないことには、死んでも死にきれないのです。いや、ぼくだって完全に理解できているわけではありません。でもあなたなら、〝アウトサイダー〟

として理解してくれることでしょう。

ここに例のミスター・スマイリーのマークが挿入されている。

性的虐待は、ぼくが十二歳のときに継父が心臓発作で死ぬまでつづいていました。母には、ひとことでも口外すればおまえが罪を負わされる、といわれました。両腕や両足や性器に残っているタバコの火でできた火傷の痕を他人に見せたりしたら、おまえが自分でやったんだと話すからね――母はそういいました。ただの子供だったぼくは、母がその言葉を本当に実行すると思いこみました。さらに母は、世間の人たちがぼくの話を信じたりすれば、母親である自分は刑務所に入れられるし、ぼくは身寄りのない子供用の施設に送られる、とも話しました（ここだけは本当の話だったのでしょう）。

だからぼくはずっと黙っていました。ことわざにあるとおり、〝知らない悪魔よりも知っている悪魔のほうがまし！〟という場合もあります。

ぼくは体があまり大きくならず、ひどく痩せていました。いつも神経がぴりぴりしていて食事がとれず、食べたとしてもしじゅう吐きもどしていたからです（過食症でした）。そんなこんなで学校ではいじめられました。同時に、さまざまな神経性のチックにも悩まされました。たとえば着ている服をつまんだり、髪の毛を引っぱったり（しかも、髪をごっそり束にして抜いてしまうこともありました）。これが原因でぼくは笑われました――ほかの子供だけではなく、先生たちからも。

いつしかジャネル・パタースンが居間にもどってホッジズのさしむかいにすわり、自分のコーヒーを飲んでいる。しかし、つかのまホッジズはその存在にさえ気づかない。いまホッジズは、自分とピートが四、五回にわたっておこなったミセス・トレローニーの事情聴取を思い返している。夫人がボートネックの襟をいつもいつも直していたことを思い出す。あるいはスカートの裾をしじゅう引っぱっていたことを。あるいは口紅のかすをとりのぞくように、きゅっとすぼめた口の端を指で触れていたようすを。あるいはカールした髪の毛のひと房を指に巻きつけては引っぱっていたしぐさを。あれもおなじだ。

ホッジズはふたたび手紙を読みはじめる。

ぼくは決して残酷な子供ではありませんでした。誓って断言します。動物を虐待したことはありませんし、たとえ自分より小さな子でも乱暴したことは一度もありません。ぼくは、早く子供時代をあとにしたい一心でこそこそ走っている小さな鼠のような子供でした——人に笑われたり恥をかかされたりしたくはなかった。でも、その点では願いがかなったとはいえません。

カレッジ進学が希望でしたが、これもかないませんでした。おわかりでしょう、ぼくを虐待していた女の世話をするほかない立場に追いこまれたからです。笑える話だとは思いませんか？　母は、おそらくお酒のせいでしょうが、脳卒中を起こしました。そう、母はアルコール依存症です。いいえ、自分で歩いて酒屋でボトルを買ってこられるあいだは依存症だった、というべきでしょうか。いまも少しなら歩けますが、どのみちそれほど長くは歩けません。トイレはぼくの介助なしでは行けませんし、おまけに母が〝用事をすませた〟あとで体をきれいにしてやる必要もあります。ぼくは低賃金の仕事で一日じゅう働いています（いえ、いまの経済情勢を思うなら、仕事があるだけでもありがたいのかもしれません）。帰宅したあとは、母の介護が仕事です。ウィークデイの昼間はヘルパーの女の人に数時間来てもらっていますが、ぼくの財布ではそれが精いっぱいです。悲惨で馬鹿馬鹿しいかぎりの人生です。友人はひとりもいないし、仕事先で将来、昇進できる見こみもありません。もしこの社会がひとつの蜂の巣なら、ぼくは無数にあがる羽音のひとつにすぎないのです。

やがてぼくは怒りを感じるようになりました。だれかに代償を払わせたくなったのです。この世界に逆襲してやって、ぼくが生きていると世界に教えてやりたかった。ご理解いただけますか？　そんな気持ちになったことがありますか？　いえ、あなたにはなさそうだ――なによりもあなたは裕福であり、お金で調達できる最上の友人たちがいらっしゃるのでしょうからね。

この痛烈な皮肉のあとに、ここでもまたサングラスをかけたスマイリーのマークが添えてある――そう、〝こんなのはただの冗談〟といいたげに。

そしてある日、なにもかもがもう耐えられないほどになって、ぼくはあの行動に出ました。事前に計画を立てることもしなかったので……

ふざけるな、どの口がいう――ホッジズは思う。

……犯行後に逮捕される可能性が五十パーセントはあると考えました。それもどうだってよかった。はっきり断言できるのは、あとになって事件のことがどれほど頭につきまとうか、当時はまったく知らなかったということです。いまも人々を撥ねたときの鈍い衝撃をあのときのまま、まざまざと感じますし、あの人たちの悲鳴も耳をついてきます。あのあとニュースで、ぼくが赤ん坊さえ殺してしまったと教えられ、どれほど恐ろしい所業をしでかしてしまったかが身にしみてわかりました。こんな自分を大目に見て生きていく自信は、もうありません。

ミセス・トレローニー、どうしてどうしてあなたは、イグニションキーを挿しっぱなしにして車を離れたのです？　あのキーさえ目にとまらなかったら――あまり眠れないまま早朝の散歩に出ていたのですが――こんなことはなにひとつ起こらなかったはずです。あなたがキーをイグニションに挿しっぱなしにしていなければ、あの赤ちゃんとお母さんはいまも生きていたことでしょう。いえ、あなたを責めてはいません。あなたにはあなたの悩みや心配事がたくさんおありでしょうしね。しかし、ぼくはあんなことにならなければよかったと思わずにいられませんし、あなたがキーを忘れずに抜いてさえいたら、あんなことにはならなかったんです。そしてぼくもまた、罪悪感と後悔という地獄の炎で身を焼かれることもなかったでしょう。

あなたもまた罪悪感と後悔をお感じかもしれませんし、ぼくとしても、あなたに申しわけない気持ちです。なんといっても、あなたはまもなく人々がどこまで残酷になれるかを身をもって知ることになりそうですからね。テレビのニュースも新聞もこぞって、あなたが不注意だったからこそ、ぼくがあんな行動を起こすことが可能になった、と報じるようになるでしょう。そうなれば、お友だちが話しかけてくることもなくなります。警察があなたにつきまとうようになる。スーパーマーケットでは人々があなたを見つめ、こっそりなにかささやきかわすようになる。なかには、仲間内でささやきかわすだけでは飽きたらず、あなたの前に〝じゃしゃり出ていく〟向きもあるかもしれません。そうそう、ご自宅にいやがらせの破壊行為がなされたとしても意外ではありません。ですので警備会社のスタッフに（あなたならホームセキュリティをご依頼のはずです）〝警戒の目を光らせる〟ように伝えておくことです。

ぼくとの会話には応じてくださらないでしょうね。いえ、顔をあわせて直接話しあうという意味ではありませんが、コンピューター経由で会話ができる安全なところが──ぼくたち双方にとって安全なところが──あります。〈デビーの青い傘の下で〉というサイトです。あなたが話をしたくなった場合にそなえて、あなたのイニシャルと苗字の一部とを組みあわせたユーザーネームを取得しておきました。otrelaw19 です。

普通の人なら、このあとどういう行動をとるかはわかっています。普通の人ならこの手紙をすぐ警察へもっていくはず。でも、ひとつ質問させてください。警察はあなたにしつこくまとわりつき、あなたに眠れぬ夜を生じせしめましたが、それ以外になにをしてくれましたか？　ただし、こんな考えもあります。もしぼくに死んでほしいとお思いなら、この手紙を警察へもっていってください。ぼくの頭に銃を突きつけて引金をしぼることに負けず劣らず確実な方法です——そんなことをされたら、ぼくは自殺すると決めていますからね。

いかれた話にきこえるかもしれませんが、ぼくを生かしつづけることができるのはあなただけです。ぼくが話をすることができる相手があなたしかいないからです。地獄にいるこの気分を理解してくれるのが、この世であなたしかいないからです。

では、お待ちしています。

ミセス・トレローニー、本当に本当に申しわけございませんでした。

ホッジズは手紙をコーヒーテーブルにおいて、口をひらく。「ふざけやがって」

ジャネル・パタースンがうなずく。「ええ、わたしの最初の反応もまったくおなじだったわ」

「つまり犯人はお姉さんに連絡をとるように誘いかけて——」

ジャネルはその言葉が信じられないといいたげな目をホッジズへむける。「誘いかけた？　いいえ、姉を脅迫したのよ。『いうことをきけ、さもなければ自分は死んでやる』と」

「あなたのお話だと、お姉さんは犯人の呼びかけに応じたとのことです。ふたりのコミュニケーションの記録はごらんになりましたか？　たとえば、この手紙といっしょにプリントアウトのようなものがあったとか？」

ジャネルは頭を左右にふる。「ただオリー姉さんは母に、〝精神がきわめて不安定な男〟と話をした、恐るべきことをしたので、しかるべき支援の手だてをさがしてみるよう男をうながした、と話していたの。母は不安になっていた。というのも、母はオリー姉さんが〝精神がきわめて不安定な男〟と公園なりコーヒーショップなりで直接会って話したと思いこんでいたから。忘れないで、母はもう八十代のおわりにさしかかってる。コンピューターのことは知っていても、具体的な利用法は知らないも同然なの。オリー姉さんはチャットルームのことを説明した——説明しようとした——けれど、母がどこまで理解できていたかはわからない。母が覚えていたのは、オリー姉さんが〝精神がきわめて不安定な男〟と青い傘の下で話をしたと教えてくれた、ということだけだったし」

「お母さんは、相手の男をメルセデスの盗難や市民センターでの大量殺傷事件と結びつけていましたか？」

「母の口からは、そんなふうに考えているふしのある言葉はいっさい出なかった。母の短期記憶はかなり曖昧になっているし。日本軍が真珠湾を攻撃をしたときのことをたずねれば、いつラジオのニュースでそれを知ったのかを正確に話すことができるし、アナウンサーの名前さえ思い出すかもしれない。でも、朝食になにを食べたのかをたずねても……それどころか、いま自分がどこにいるのかとたずねたって……」ジャネルは肩をすくめる。「答えられるかもしれないし、答えられないかもしれない」

「で、いまお母さんは正確にはどちらに？」

「ここから五十キロばかり離れた〈陽光苑《サニーエイカーズ》〉というところ」そういってジャネルは笑う——明るい雰囲気のかけらもない寂しげな笑い声だ。「この施設名をきくたびに、ターナー・クラシック・ムービーズで放映している昔のメロドラマを連想するの——ヒロインが正気をなくしたと宣告されて、隙間風がはいるようなひどい病院に閉じこめられてしまうドラマを」

ジャネルは顔をめぐらせて湖に視線を投げる。その顔に浮かんでいる表情にホッジズは興味をかきたてられる――わずかに憂愁を帯び、そこはかとなくむきになってもいる。そのおもだちを見れば見るほど心が惹かれていく。目のまわりに刻まれている細い皺を見れば、ジャネルがよく笑う女性だということは明らかだ。

「あの手の古い映画なら、わたしがどんな役どころになるかはわかってる」ジャネルはあいかわらず湖上に遊ぶボートをながめながらいう。「年寄りの親の世話を引き受けると同時に、お金もたんまり受けとる卑劣な妹ね。お金をまんまとふところに入れておきながら、年をとった親を不気味な屋敷へ送りこむ冷酷な妹。お年寄りにドッグフードの〈アルポ〉を食べさせて、洩らしたおしっこまみれのまま、ひと晩じゅうでも放置しておくような施設へ。でも〈サニーエイカーズ〉はそんなところとは大ちがい。とてもすてきなところよ。いっておけば、それなりにお金もかかる。でも、母が自分で行きたいといったの」

「そういうこと?」

「ええ、そういうこと」ジャネルは鼻の頭に軽く皺を寄せながら、ホッジズの言葉を真似る。「そういえば、母のところへ来ていた訪問看護師のことは覚えてる? ミセス・グリーン。アルシア・グリーンのことを」

ホッジズはジャケットに手を伸ばしかけ、その手の動きをからくも止める――捜査ノートを参照しようにも、もう携行していない。しかしややあって、ノートの助けを借りなくても看護師の名前を思い出す。長身で堂々たる白衣姿の女性、歩くときには、むしろ滑って進んでいるかに見えた。白髪混じりのゆたかな髪にマルセルウェーブをかけたところは、映画〈フランケンシュタインの花嫁〉のエルザ・ランチェスターを髣髴《ほうふつ》とさせた。ホッジズとピートはこの訪問看護師に、あの木曜日の夜に帰宅するさい、歩道ぎわでミセス・トレローニーのメルセデスを見たかどうかをたずねた。ミセス・グリーンは、メルセデスを見たことは断言できると答えた。ホッジズとピートの捜査チームは、じっさいには記憶が曖昧だからこその断言だと判断した。

「ええ、覚えていますよ」

「あの人はわたしがロサンジェルスからこっちに引っ越してくると、すぐに仕事を辞めると宣言したの。自分はもう六十四歳で、体に重い障害のある患者を充分に介護できる自信がないといって。わたしが助手を――必要ならふたりでも――つけるという話をしても、あの人は決心を変えようとはしなかった。市民センターでの大量殺傷事件がきっかけで。この家のことが世間に知れわたってしまったことにうろたえていたのかも。でも、それだけでおわっていれば、まだ働いてくれていたかもしれないわ」

「お姉さんの自殺が最後の引金になったということですか？」

「そうだとにらんでる。アルシアとオリー姉さんが信頼しあっている友だちだったとまでは思わないけど、ふたりはうまがあっていたし、母の介護については目と目を見かわすだけで通じあう間柄だったから。でもいまは〈サニー〉が母にとって最善の場所だし、母本人も入所できてほっとしてる。まあ、体調のいい日には。わたしもほっとしてる。ひとつには、いまの施設の人は母の痛みを前よりも抑えてくれるから」

「もしわたしがそちらへ出向いて、お母さんからお話をうかがえば……」

「少しはなにか思い出すかもしれないし、なにも思い出さないかもしれないわ」ジャネルは顔を動かして、湖へむけていた目をまっすぐホッジズにむける。「仕事を引き受けてもらえる？ネットで私立探偵の調査料金をあれこれ調べたし、相場以上のことをさせてもらえる準備もある。一週間あたり、経費別で五千ドルをお支払いするわ。期間は最短で八週間」

八週間の仕事で四万ドル。ホッジズは内心感歎する。これならフィリップ・マーロウにもなれるかもしれない。安普請《ぶしん》のビルの三階廊下に面した二部屋のうらぶれたオフィスに陣どった自分の姿を想像する。雇っているのは、ローラかヴェルマという名前のセクシーな秘書だ。もちろん、言葉づかいの荒いブロンド女。雨の日にはトレンチコートを着てフェドーラをかぶり、帽子のつばを片眉まで斜めに引きおろす。

馬鹿馬鹿しい。そんなものには魅力を感じない。〈レイジーボーイ〉に体をあずけて女性判事の出てくる番組を見ながら、ひたすらスナックを詰めこむことにも魅力を感じない。スーツを着るのは好きだ。しかし、それだけではない。自分はいくつもの仕事を中途半端にしたまま警察を辞めた。ピートはすでに連続質屋武装強盗の犯人を特定している。またピートとイザベル・ジェインズのコンビは、妻を殺害したあとでテレビに出演し、きれいに手入れした白い歯をのぞかせていた間抜け野郎をもうじき逮捕できそうだという。ピートとイザベルにとっては大手柄。しかし、デイヴィスもショットガンで質屋に乗りこんだ犯人も、〝でっかい獲物《ビッグ・カジノ》〟とはいえない。

そもそも――ホッジズは思う――ミスター・メルセデスがわたしにちょっかいを出したのが

まちがいだった。ミセス・トレローニーにもだ。あの人にちょっかいを出すべきではなかった。「ビル？」ジェイニーは指をぱちんと鳴らす――舞台上の催眠術師が被験者をトランス状態から一気に現実へと引き戻すときのように。「ちゃんと起きてる？」

ホッジズは注意をジャネルにもどす――ジャネル、四十代なかばでありながら、すべてをあからさまに浮かびあがらせる明るい日ざしのなかにすわることを厭《いと》わない女性。「わたしがご依頼に応じると答えた場合、あなたの保安コンサルタントとして雇われることになります」

ジャネルは愉快そうな顔になる。「シュガーハイツの家で警備に立っているヴィジラント警備サービス社のスタッフのようなものかしら？」

「いえいえ、ちがいます。向こうは保険にはいっていますが、わたしにはそんなものはない」必要に迫られたためしもなかった、と思う。「ですから、ただの民間ボディガードみたいなものです――ダウンタウンのナイトクラブの雇われ用心棒みたいな。となると、あなたが確定申告書に必要経費として計上できるような出費ではなさそうです」

愉快そうな顔つきが笑みに変わり、ジャネルはここでもまた鼻の頭に皺を寄せる。ホッジズの私見だが、これはかなり魅力的な表情だ。「そんな心配は無用よ。知らないといけないからいっておけば、いまのわたしはかなり羽振りがいいの」

「とりあえずは、事前にあらゆる情報をお知らせしておこうと思います。わたしは私立探偵の営業許可証をもっていません。人に質問することを禁じられているわけではありませんが、警察バッジもなければ私立探偵の営業許可もない立場でどこまでできるのかは未知数です。つまり目の不自由な人に、盲導犬を連れずに街を歩きまわってくれ、といっているようなものですよ」

「でも、警察仲間の人脈というコネがあるんじゃなかった？」

「あります。ただしその人脈に助力を頼めば、警察関係者やわたし自身が困った立場に追いこまれるかもしれません」たとえばピート・ハントリーから情報を引きだしたことで、すでにその一線を越えたのだが、まだ知りあって間もないジャネルに明かすつもりはない。

ホッジズはジャネルから見せられた手紙を手にとる。

「例をあげれば、この手紙をふたりだけの秘密にすると同意した時点で、わたしは証拠物件の隠匿で有罪になります」同様の手紙をすでに隠匿したことですでに有罪になっているのが事実だが、これもまたジャネルに教える必要はない。「ま、あくまでも法を厳密に適用すればの話です。いっておけば、証拠の隠匿は重罪です」

ジャネルはうろたえた顔になる。「まあ、大変。そんなことは考えもしなかったわ」

「その一方では、かりにこの手紙を鑑識課にまわして分析させても、できる仕事はほとんどないように思えます。マルボロ・ストリートやロウブライアー・アヴェニューの郵便受けに届けられる手紙は、どれも世界でいちばん匿名性の高いものです。昔だったら――わたしはまだよく覚えていますが――手紙の文字と手紙を書いたタイプライターの文字を照合すればよかった。タイプライターが見つかれば、指紋なみに有力な証拠になりました」

「でも、その手紙はタイプライターで打たれたものではない……」

「ええ。レーザープリンターです。つまりAの字が若干沈んでいるとか、Tが傾いているとかいうことがない。ですから、わたしはそれほど多くの情報を隠匿しているわけではありません」

　とはいえ、隠匿は隠匿だ。

「仕事を引き受けます。ただし、週五千ドルというのはあまりにも法外だ。小切手を書いてもらえるのなら、週二千でお願いします。経費は別途請求しましょう」

「それではとても充分な金額に思えないけど」

「もしなんらかの事実をつかむことができたら、そのときあらためてボーナスの話をしましょう」ただし、たとえミスター・メルセデスを見つけだせたとしてもボーナスを受けとる気はない。そもそもここへ来る前から、あの犯人のことを調べる肚《はら》は固まっていたのだし、どんな甘言を弄してでも、ジャネル・パタースンの協力をとりつけようと思っていたのだ。

「わかった。その条件に同意する。お礼をいわせてちょうだい」

「いえ、こちらこそ。さて、お姉さんとの関係についてお話ししてもらえますか？　いまわたしが知っているのは、あなたがお姉さんをオリーと愛称で呼ぶほど仲がよかったということだけです。もっと教えてもらえば役に立つでしょう」

「それには少し時間がかかりそう。その前にコーヒーのお代わりはどう？　お茶うけにクッキーを一、二枚いかが？　レモンスナップスがあるの」

　ホッジズはそのどちらもいただく、と答える。

9

「オリー」

ジャネルは姉の愛称を口にしたあと黙りこみ、そのあいだホッジズは新しく注いでもらったコーヒーのカップに何度か口をつけ、クッキーを一枚食べる。ついでジャネルは窓とその先のセールボート群にむけて顔をめぐらせ、足を組み、ホッジズのほうを見ないまま口をひらく。

「だれかを好きにならないまま、その相手を愛した経験があって？」

ホッジズは別れた妻のコリンヌのことや、最終的な別離に先立つ嵐のような一年半の日々を思いながら答える。「あります」

「それならわかってもらえそう。オリーはわたしの姉で、八歳の差があった。姉を愛してはいたけれど、姉がカレッジ進学で実家を出ていったときのわたしはアメリカ一の幸福な女の子だったわ。でも姉は三カ月後にカレッジをドロップアウトして実家に帰ってきて、そのときにはせっかく煉瓦の詰まった大きな袋をおろしてもいいといわれたのに、また背負いなおせと命じられた疲れた女の子の気分になった。姉に意地悪をされたことはない。罵られたこともないし、お下げの髪を引っぱられた経験だってない。わたしがマーキー・サリヴァンと手をつないでジュニア・ハイスクールから帰ってても、からかいの言葉ひとつついわなかった。でも、オリー姉さんが家にいるときには、家のなかの警戒レベルがつねに〝イエロー〟だったの。これでわかる？」

いまひとつつかめなかったが、ホッジズはとりあえずうなずく。

「なにか食べると、決まって胃の具合をわるくしてた。どんなことであれストレスを感じると、発疹が出たりもしてた――最悪だったのは就職にあたっての面接ね。それでも最後には、秘書の仕事につくことができたけど。そっちの仕事の高いスキルがあったし、なによりとても愛らしかったから。そのことは知ってた？」

ホッジズはどっちともとれる生返事をする。正直に答えたとしたら、こんな言葉になったかもしれない――ええ、信じますよ、あなたにもその面影がありますから。

「あるとき、姉がコンサートに行くわたしの付添役を引き受けてくれた。Ｕ２のコンサート。直接この目で見られることになって、わたしは大喜びしてた。オリー姉さんもＵ２のファンだったし。でもコンサート当日の夜になって、姉は吐きはじめたの。症状がかなり重くて、最後には両親が姉を救急救命室へ連れていき、わたしは家でテレビを見ながら留守番しているほかなかった――ほんとならぴょんぴょんジャンプしながら、ボノに歓声をあげていたはずなのに。オリー姉さんは食中毒だといいはっていたけれど、家族全員がおなじものを食べて、姉以外はなんともなかった。原因はストレス。純粋なストレス。ええ、まさに心気症！　姉の場合、頭痛は毎回かならず決まって脳腫瘍、にきびは残らず皮膚癌になった。目が充血したときには丸々一週間、このまま失明するにちがいないと思いこんでた。生理の時期はまるでホラー映画フェスティバル。生理がおわるまでベッドに寝たきりになってたの」

「それでも仕事はつづけていたんですか？」

ジャネルの答えは〝死の谷《デス・ヴァレー》〟なみに乾ききっている。「オリー姉さんの生理はいつもきっかり四十八時間つづいたし、決まって週末に訪れたの。びっくりするしかなかった」

「ほう……」ホッジズには、これ以外の返答が思いつかない。

ジャネルは手紙を指先で押さえてコーヒーテーブルの上で数回まわしてから、淡い青の瞳をホッジズへむける。「この犯人はここでこんなふうに書いている——神経性のチックに悩まされた、と。気がついた？」

「ええ」ホッジズがこの手紙で注目した箇所は多々あるが、ざっくりまとめればこの手紙がいろいろな意味で自分あての手紙の陰画《ネガ》にほかならない、ということだ。

「姉にもチックの症状があったわ。あなたも気がついていたでしょうけど」

ホッジズはネクタイをまず片側に引っぱり、ついで反対に引っぱってみせる。

ジャネルはにやりと笑う。「ええ、それもひとつ。ほかにもいろいろな症状があった。照明を切るときには、スイッチを何度も叩かずにいられなかった。朝食のあとはかならずトースターのコンセントを抜いた。どこかへ出かける前には決まって〝パンとバター〟という言葉を口にしていた——そう口にすれば、なにか忘れていてもかならず思い出せるから、といって。いまでも覚えているのは、ある日わたしがスクールバスに乗り遅れてしまったので、姉に車で学校まで送ってもらわなくてはならなくなったときのことよ。母と父はもう仕事に出かけてた。で、学校まで半分まで来たところで、オリー姉さんはオーブンがつけっぱなしだったにちがいないと思いこみはじめた。Uターンして家に帰り、オーブンを確かめなくちゃだめだ。もうそうするしかないって。でも、もちろんオーブンは消してあった。学校に着いたときにはもう二時間めの授業になっていて、おまけにわたしは最初で最後の居残りを命じられたのよ。腹の虫がおさまらなかった。いえ、しょっちゅう姉に怒っていたわ。でも姉を愛してもいた。母も父も、みんなオリー姉さんを愛してた。プログラムとして最初から体に組みこまれていたみたいに。でも……やっぱり姉は、煉瓦が詰まった袋だった」

「不安のあまり外出もままならないほどでありながら、お姉さんは結婚した……それどころか、大金持ちと結婚できたわけですね」

「ありていにいえば、勤務先の投資銀行で知りあった若禿げの同僚と結婚しただけ。ケント・トレローニー。テレビゲームを愛してやまないおたくだった——あ、この言葉をわたしは好意的につかってる。ケントはまったくもっていい人だった。ケントはテレビゲームをつくっている会社に投資することからはじめた。で、その投資が成功したの。母はケントが魔法の指をもっているといい、父は運がよかっただけだといったけど、どっちでもないわ。その分野を熟知していただけ。あまり知らない分野については、学んで知ることを仕事として自分に課していた。一九七〇年代末に結婚した時点では、ふたりはただ裕福なだけだった。そのあとケントはマイクロソフトを発見したの」

ジャネルは顔をさっと上へむけて腹の底からの高笑いをあげはじめ、ホッジズを驚かせる。

「ごめんなさい」ジャネルはいう。「ただ、純粋なアメリカ風の皮肉だなと思ってしまったから。わたしも愛らしかったし、適応力があったし、社交力もそなえていた。美人コンテストに出ていたら——知りたければ教えてあげるし、知りたくないかもしれないけれど、わたしにいわせれば、あれは男たち向けの食肉コンテストよ——ステージでは〝ミス好感度〟に選ばれたでしょうね。ガールフレンドがたくさんいて、ボーイフレンドもたくさん、かかってくる電話もたくさん、デートの機会もたくさんあったわ。カトリック系ハイスクールの最上級生だったときには新入生オリエンテーションの責任者にさせられたし——自分でいうのも変だけど——大成功をおさめた。たくさんの新入生の不安をなだめてあげられたのよ。姉もやっぱり愛らしかった。でも、神経質でもあったの。強迫神経症的だった。姉が美人コンテストに出ていたら、きっと水着を反吐まみれにしてしまったでしょうね」

ジャネルはまたひとしきり笑う。笑いながら、頬をまた涙がつたって落ちていくと、その涙を掌底で拭う。

「でね、ここからが皮肉なところ。ミス好感度は、コカイン中毒のクズ野郎と結婚してしまい、ミス神経質は浮気なんかぜったいにしない稼ぎのいい男をつかまえた。ほら、皮肉がわかるでしょう？」

「ええ」ホッジズはいう。「わかります」

「オリヴィア・ウォートンとケント・トレローニー。ケントの求愛が成功する確率といったら、妊娠六カ月で生まれた早産児が元気に育っていく確率なみだった。ケントは何度もデートに誘い、姉は断わりつづけていた。最後には姉も夕食につきあうことに同意したの——しつこい誘いをやめさせるためだ、と姉はいってた。でもレストランに着くなり、姉は固まってしまった。車から外へ降りられなくなったの。木の葉のように震えているだけで。この時点でもうお手上げとあきらめる男もいたかもしれない。でも、ケントはちがった。車で〈マクドナルド〉へ行って、ドライブスルー窓口でバリューセットを買い、駐車場にとめた車のなかで食べたの。そういった機会が多かったみたいね。ケントと映画を見にいくこともあったけれど、姉は決まって通路側の席にすわった。両側をはさまれた席だと息苦しくなる、といって」

「つまり、ありとあらゆる厄介ごとを背負っている女性だった」

「母と父は何年も、オリー姉さんを精神分析医のところへ連れていこうとしていたわ。両親もできなかったことをケントはなしとげた。医者が薬を処方してくれたおかげで、姉の症状はずいぶん軽減された。いよいよ結婚式という日、姉はトレードマークになっていた不安の大発作を起こしたけれど——姉が教会のトイレで吐いているあいだ、わたしが花嫁衣装のヴェールを押さえていてあげたのよ——なんとか乗り切れたわ」ジャネルは遠くを見る目をして微笑み、最後にいい添えた。「それはそれは美しい花嫁だったっけ」

ホッジズは黙ってすわったまま、いまの話からかいま見える〝ボートネックの聖母〟になる前のオリヴィア・トレローニーの姿に夢中になっている。

「結婚ののち、姉とはしだいに疎遠になってしまって。姉妹の例に洩れずにね。それでも父が死ぬまでは年に十二回は会っていたけれど、父の死以降はもっと回数が減ったわ」

「感謝祭、クリスマス、それに七月四日の独立記念日？」

「そんなところ。姉の昔のいやな面が息を吹きかえしてきたことが見えてきたのね。ケントが死んでからは——死因は心臓発作よ——そのすべてが復活した。見る影もなく痩せこけてしまって。着るものも、昔のハイスクール時代やオフィスで働いていたころのおぞましい服に逆もどりした。こっちにもどってオリー姉さんと母に会ったときにもそういった服装を見たし、スカイプで話したときにも見たわ」

ホッジズはうなずいて、話を理解していることを示す。「わたしも友人から早くスカイプを導入しろとせっつかれますよ」

ジャネルは笑みをたたえた顔でホッジズを見つめる。「あなたは旧人類ね――それも根っからの」顔から笑みが消える。「最後にオリー姉さんを見たのは去年の五月よ。あれからまもなく……市民センターでの出来事から……」いったんいいよどんだのち、もっと適切な表現を口にする。「……あの無差別殺傷事件から、ね。姉は見るも無残なありさまだった。警官たちがしつっこく食い下がってくると話してた。本当なの？」

「いいえ。しかし、お姉さんはそう考えていました。たしかに、わたしたちがくりかえし質問したのは事実です。お姉さんは自分はキーを抜いてメルセデスをロックした、と一貫して主張していました。わたしたちには、これが問題でした。メルセデスには無理やりドアをあけた形跡も配線をいじった形跡もなかったからです。結局、わたしたちが最後にたどりついた結論は……」

ホッジズはそこで口をつぐむ。思い出していたのは毎週ウィークデイの午後四時に登場する、太った精神科のファミリー・ドクター。否認の壁を撃破することを専門にしているあの医者だ。

「最後にたどりついた結論は……？」

「お姉さんは真実を直視することに耐えられないのだ、というものでした。どうでしょう、小さいころからいっしょに育ってきたお姉さんらしい話だと思われますか？」

「ええ」ジャネルは手紙を指さす。「姉は結局この男に真実を告げたと思う？〈デビーの青い傘〉とかいうところで？　母に処方された薬を飲んだのは、それが理由だと？」

「はっきりしたことを知るすべはもうありません」と答えるものの、ホッジズは充分ありうる話だと思う。

「姉は抗鬱剤を飲まなくなっていたわ」ジャネルはまた外の湖に視線をむけている。「わたしがたずねれば、ちゃんと飲んでいると答えていたけれど、嘘なのはわかってた。前々から薬をきらっていたの――飲むと頭がぼうっとするといって。それでも飲んでいたのはケントのため。ケントが亡くなったあとは母のために飲んでいた。でも市民センターの事件のあとは……」ジャネルはかぶりをふり、深々と息を吸いこむ。「姉の精神状態については、このくらい話せば充分かしら？　もっとききたいのなら、まだまだお話しできるけど」

「全体像は見えた気がします」

ジャネルはぼんやりした頭で驚嘆しているかのように、頭を左右にふり動かす。「なんだか犯人は姉のことをよく知っていたみたい」

ホッジズには自分なりに明らかなこともあるが、あえて口には出さない。手もとに自分あての手紙があって比較できるからだ――そう、あの男は知っていた。方法はともかく知っていたのだ。

「先ほどあなたは、お姉さんには強迫神経症的な面があったとおっしゃった。いったん出かけたあとでUターンして、オーブンの火を確かめないではいられなかった話のときに」

「ええ」

「そういう性格の女性が、キーをイグニションに挿したまま抜き忘れるということは考えられますか？」

ジャネルは長いあいだ答えずに黙っている。それからおもむろに、「いいえ。そうは思えない」と答える。

その点はホッジズも同感だ。もちろん、何事にも初めてはあるが……そういえばピートとこの面について話しあったことがあっただろうか？　はっきりとは覚えていないが、あったように思える。ただし……そのときにはミセス・トレローニーの心の病の深さを知らなかったのでは？

ホッジズはたずねる。「ご自分で〈青い傘〉というサイトに行ってみたことはありますか？それも、犯人がお姉さんに伝えたユーザーネームをつかって？」

ジャネルは驚きあきれた顔でホッジズを見つめている。「そんなこと、いっぺんだって考えもしなかった。思いついたとしても、妙なことを知ってしまいそうで、怖くて二の足を踏んだに決まってる。だからこそ、あなたは探偵でわたしは依頼人なんだと思ってた。どう、やってみる？」

「まだなにをやるかは決めてません。とりあえず考える必要がありますから。わたし以上にコンピューターに詳しい知人にも相談してみます」

「その人に支払う報酬も、ちゃんとわたしに請求してね」

ホッジズはそうさせてもらうと答えながら、これで調査がどんな結末を迎えようとも、少なくともジェローム・ロビンスンの手もとにはなにがしかが残るな、と考える。ジェロームが金を得てはいけない道理があるだろうか？　市民センターの事件では八人の命が犠牲になり、三人が一生残る障害を負った。それでもジェロームはカレッジに進まなくてはならない。ホッジズは昔からの言葉を思い出す——これ以上はないほど暗い日でも、太陽はどこかで犬のケツを照らしている、という言葉を。

「その次は?」

ホッジズは手紙を手にとって立ちあがる。「次はこれをもって、最寄りの〈Uコピー〉へ行きます。そのあとオリジナルをお返しします」

「それには及ばないわ。これからコンピューターでスキャンして、プリントアウトをあなたにあげる。さあ、そっちを返して」

「いいんですか? やってもらえます?」

ジャネルの目は先ほど泣いたせいでまだ赤かったが、ホッジズへむけた目には陽気な光がのぞいている。「コンピューターの専門家をすぐ呼びだせるのは便利なものよ。すぐもどってくる。クッキーをもう一枚食べて待ってて」

結局ホッジズは、クッキーを三枚食べる。

10

ジャネルが手紙のコピーをもって引き返し、ホッジズは手紙を折り畳んでジャケットのポケットにおさめる。「オリジナルは金庫にしまっておいたほうがいいですね——こちらに金庫があれば」

「シュガーハイツの家にあるわ——あっちにしまっておけばいい？」

おそらく問題はないだろうが、ホッジズには気に食わない。あの邸宅には、たくさんの購入希望者が下見のために出入りしている。杞憂《きゆう》にすぎないかもしれないが、不安なのも事実だ。

「貸金庫はおもちですか？」

「いいえ。でも借りられるわ。つい二ブロック先のバンク・オブ・アメリカが取引銀行だから」

「そのほうがいいでしょうね」ホッジズはそう答え、ドアにむかって歩きだす。

「頼みを引き受けてくださってありがとう」ジャネルはいい、両手をさしのべる。まるでホッジズがダンスを申しこんだかのように。「これでどれだけほっとしたか、あなたにだってわからないほどよ」

ホッジズはさしだされた手をとって、軽く握っただけですぐに離す——内心では、喜んでもっと長く握っていたかったのだが。

「あとふたつだけ。まず最初にお母さまのことです。いまはどのくらいの頻度でお見舞いに行ってます？」

「一日おきくらいかしら。母とオリー姉さんが贔屓《ひいき》にしていたイラン料理のレストランでテイクアウトを買っていくこともあるのよ——〈サニーエイカーズ〉の厨房スタッフはいやな顔ひとつせずに温めなおしてくれるし。ＤＶＤを一、二枚もっていくこともある。母は昔の映画が好きなの――フレッド・アステアとジンジャー・ロジャーズが出ているような映画よ。いつも手土産を欠かさないし、母はわたしの顔を見て決まって喜んでる。体調のいい日なら、母にはわたしがだれかわかる。調子のよくない日だと、わたしを姉と勘ちがいしてオリヴィアと呼びがちになる。あるいはシャーロットと。母の妹で、わたしの叔母。叔父もいるわ」

「この次お母さまの調子がよくなったら、ぜひ電話で連絡をください――お目にかかりにいきますから」

「わかった。わたしもつきあう。もうひとつのお話は？」

「話に出た弁護士さん。シュロンでしたね。どうです、有能な弁護士に思えましたか？」

「わたしの印象でいわせてもらうなら、抽斗のなかでいちばん鋭いナイフね」

「わたしの調査でなにかがわかったら、たとえば犯人の名前なりなんなりが割りだせれば、次は弁護士のような方が必要になります。そのときには弁護士に会って手紙をすべて預け――」

「すべて？　わたしが見つけたのはこの一通だけよ」

　しまった！　ホッジズはすかさずいいつくろう。「手紙のオリジナルとコピーという意味です」

「なるほど」

「わたしが犯人を見つけだしたら、犯人の逮捕と起訴は警察と検察の仕事になります。シュロン弁護士には、勝手に暴走して自分たちだけで事件を調べた罪でわたしたちが逮捕されることのないように確実を期してほしいのです」

「刑法関係の仕事になるんでしょう？　そっちはシュロンの専門分野じゃなさそう」

「そうかもしれません。しかし腕のいい弁護士なら、そちらを専門とする知りあいの弁護士がいるでしょう。シュロンなみに腕のいい知りあいの弁護士がね。その点を了承いただけますか？　了承していただく必要があります。これからあちこち調べてまわりますが、警察本来の仕事が必要になった場合、わたしたちはすべてを警察にゆだねる、と」

「異存はまったくないわ」ジャネルはそういって立ちあがる。爪先立ちをして、ホッジズのきつすぎるスーツの肩に両手をかけて頰にキスをする。「あなたは本当にいい人ね、ビル。それに、この仕事にふさわしい人だとも思うわ」

そのあとエレベーターで下に降りていくあいだも、ホッジズの頰にはキスの感触がずっと残っている。ほんのり温かな愛おしい小さなスポット。家を出る前にひげをきれいに剃っておく手間をかけておいてよかった。

11

銀色の雨はいまもたえまなく降りつづいているが、若いカップル——恋人たちか、それとも友人同士だろうか——は、青い傘の下で濡れずに安全なまま。傘の所有者はデビーという名前の——おそらく架空の——人物だ。今回ホッジズは、話をしているように見えるのはカップルの男のほうで、女の子は驚いているかのように目をわずかに見ひらいていることに気がつく。

もしや、この若者はたったいま女の子にプロポーズをしたのか？

　この風船のように浮かんだロマンティックな思いを、ジェロームが言葉の針でぽんと破裂させる。「ポルノサイトみたいだね、これ」

「アイヴィーリーグの大学を目ざしている若き学生のきみが、ポルノサイトについてなにを知っている？」

　ふたりはいまホッジズの仕事部屋でならんで椅子に腰かけ、〈青い傘〉サイトのトップページを見つめている。ジェロームの愛犬であるアイリッシュセッターのオデルはふたりの背後でごろりと仰向けになり、うしろ足を左右に大きく広げ、口の片側から舌を垂らしたまま、上機嫌になにやら考えている表情で天井を見あげているだけ。ジェロームはオデルをリードにつないで連れてきたが、これは市内でのリード使用が法令で義務づけられているからにすぎない。オデルは車道に飛びださないだけの知恵があり、通行人にとってこれ以上無害な犬はいないほどだ。

「あなたの知ってることも、コンピューターをもっていれば当然知ってることも、すっかり知ってる」ジェロームはいう。チノパンとアイヴィーリーグっぽいボタンダウンシャツという服装や、カールした髪をきわめて短く刈りそろえたヘアスタイルのせいで、ホッジズにはいまのジェロームが若き日のバラク・オバマそっくりに見えるが、背丈はオバマにまさっている。ジェロームの身長は百九十センチをゆうに越えている。身のまわりにはノスタルジックな思いをかきたてる心地よい〈オールドスパイス〉のアフターシェイブローションの香りがほのかにただよっている。「ポルノサイトは、路上で轢き殺された動物にたかっている蠅よりもたくさんある。ネットサーフィンしていれば、いやでも出くわすさ。ついでにいっておくと、なにくわぬ無害な名前をかかげているサイトにかぎって、どっさりその手のポルノを掲載してるね」

「その手の？」

「逮捕されかねないような画像とか」

「つまり児童ポルノか？」

「あるいは拷問ポルノ。鞭と鎖を売り物にしたポルノの九十九パーセントまではやらせだよ。でも、残る一パーセントは……」ジェロームは肩をすくめる。

「どうしてそんなことを知ってる？」

ジェロームはホッジズを見すえる――まっすぐで率直、あけっぴろげな視線。演技ではなく素のジェロームだし、これがジェロームに好意をいだいている最大の理由でもある。ジェロームの父親と母親にもおなじ空気がある。そればかりか妹にも。

「ミスター・ホッジズ、だれだって知ってるって。ま、三十歳以下なら……という意味だけど」

「昔よくいわれていたのは、三十歳以上の人間を信用するなってことだったな」

ジェロームは微笑む。「ぼくは三十歳より上の人も信用してるよ。でもコンピューターにかぎれば、連中の大半はなにもわかっちゃいない。そういった人はマシンをがんがん叩けば、それでちゃんと動くと考えてる。不用意にメールの添付ファイルをひらく。その手の連中がこういったウェブサイトをのぞきにいく――するとたちどころにコンピューターがＨＡＬ《ハル》９０００に豹変、十代のエスコートガールの画像だの、テロリスト集団の斬首現場の動画だのが勝手にダウンロードされはじめるってわけ」

HAL《ハル》9000とはだれなんだという質問が、ホッジズの舌先まで出かかった――ギャングスタたちの決まり文句かなにかのように思える――が、テロリスト集団のビデオという言葉に気をそらされる。「本当にそんなことがあるのか？」

「前例があるんだ。それでどうなったかというと……」ジェロームは拳をつくると、その握り拳で自分の頭頂部をこつこつ叩きはじめる。「ノックーノックーノック、国土安全保障省のご来訪というわけ」そういって拳をひらき、青い傘の下にいるカップルを指さす。「とはいえここが看板どおりの場所、つまり恥ずかしがり屋さんたちが電子の助けでペンパルをつくるためのチャットサイトだとも考えられる。ほら、寂しいひとり者のための出会いの場。愛をさがし求めている人は世間にはたくさんいるからね。さて、確かめるとするか」

ジェロームはマウスに手を伸ばすが、ホッジズはその手首を押さえる。ジェロームが目顔で真意をたずねてくる。

「わたしのコンピューターで確かめないでくれ」ホッジズはいう。「きみのマシンをつかうんだ」

「だったら、最初から自前のノートパソコンをもってこいといえば――」

「確かめてもらうのは今夜でかまわない。うっかりウイルスに感染するとかしてきみのコンピューターがいかれてしまったら、新品の購入代金はわたしが負担する」

ジェロームは無知な相手を大目に見ているような楽しげな顔をむける。「ミスター・ホッジズ、うちのマシンには金で買えるなかでは最高のウイルス検知・排除プログラムが実装されてて、二番めに優秀なアンチウイルスソフトがバックアップで組みこんである。どんな虫だろうと、マシンに忍びこもうとすれば即座に叩きつぶせるさ」

「相手はなにかを食いたくて待ちかまえてるわけじゃないかもしれない」ホッジズは答える。いま念頭にあるのはミセス・トレローニーの妹のジャネルがいっていた、《なんだか犯人は姉のことをよく知っていたみたい》という言葉だ。「観察するために待ちかまえているかもしれないんだよ」

ジェロームはこの言葉にもひるむ顔は見せない——むしろ昂奮しているかのようだ。「だいたい、このサイトのことはどこで知ったの、ミスター・ホッジズ？　ひょっとして引退を撤回した？　つまり、その……なにかを捜査しているとか？」

いまこの瞬間ほどピート・ハントリーがそばにいないことを悔しく思ったためしはない。テニスボールを打ちあう対戦相手だったピート——ただし、打ちあうのは毛羽《けば》のある黄緑のテニスボールではなく、仮説や推測だった。ジェロームでもその役目を果たせることは疑いない——この若者には優秀な頭脳があり、推理によって正しい結論へとジャンプできる才能があることはこれまでにも例示されている……しかし、反面では選挙権の獲得までまだ一年ある若者、合法的にアルコール飲料を買えるまで四年もある若者であり、これが危険な要素になる可能性はある。

「わたしの代理でサイトをのぞくだけでいい」ホッジズはいう。「しかしその前にまず、ネットのあちこちを調べてくれ。このサイトについて、なにか情報があるかどうかをさがすんだ。いちばん知りたいのは——」

「このサイトに本物の歴史があるかどうかだよね」ジェロームが途中で口をはさみ、すばらしい推理力をそなえていることをまたしても実証する。「あなたがどう呼んでいるのかはわからないけど……過去のいきさつのあれこれかな。つまり、これがあなただけを狙って作成されたダミーのサイトではないことを確かめたいのでは？」

「ご明察だ」ホッジズはいう。「きみはわたしの雑用なんかやめて、コンピューターの診断やメンテナンスをしている企業に就職するべきだな。大金を稼げるご身分になれるぞ。その話で思い出したからいっておこう——この仕事の報酬はきちんと請求してくれ」

ジェロームは不機嫌な顔を見せている。とはいえ、金を払うといわれたからではない。「あの手の会社は、コミュ障のおたくむけだよ」うしろに手を伸ばして、オデルの暗褐色の毛を掻く。オデルはうれしそうに尻尾で床をとんとん叩いてはいるが、本音ではステーキ・サンドイッチのほうがありがたいと思っていることだろう。「それどころか、ほら、フォルクスワーゲン・ビートルであちこちスタッフが走りまわってるところがある。あの連中以上のおたくは想像もつかない。〈ディスカウント・エレクトロニクス〉……きいたことがあるよね？」

「ああ」ホッジズは答えながら、あの毒のしたたる手紙といっしょに受けとったダイレクトメールを思い出している。

「あの連中なら、そんな考えも気にいるはず。あの店にもおなじようなサービスがあるもん。ただし〈サイバーパトロール〉という名前で呼んでて、ワーゲンは黒じゃなくて緑だけどね。おまけに個人でその手のサービスをするところがどっさりある。ちょっとネットで調べれば、市内だけでも二百は見つかるよ。だったら、あなたの雑用を引き受けてたほうがいいんじゃないかな、ミスタア・ホッジズ」

ジェロームはマウスをクリックして〈デビーの青い傘の下で〉を閉じる。画面はふたたびホッジズのスクリーンセーバーに切り替わる。つかわれているのは娘アリーの写真――まだ五歳、まだ父親こそ神だと考えていたころの娘だ。

「でもまあ、あなたが心配しているから、ぼくも安全策をとるよ。クロゼットに古いiMacがある。どうせ〈アタリ・アーケード〉と黴《かび》が生えたような昔の音楽しかはいってない。さっきのサイトをチェックするときには、そっちのマシンをつかうね」

「名案だ」

「で、きょうはほかになにか、ぼくにできることはある？」

ホッジズはなにもないと答えかけたが、ミセス・トレローニーの盗まれたメルセデスの件がまだ頭にひっかかっている。どこかがきわめておかしい。当時もそう感じたし、いままた強くおなじことを感じている――ほとんど目でも見えるほど強く。しかし〝ほとんど〟だけでは、郡の共進会で賞品のキューピー人形はもらえない。その腑《ふ》に落ちない点は、いってみればいまホッジズが打ちたいと願っているボールであり、だれかに打ち返してほしいボールでもある。

「きいてほしい話がある」ホッジズはいう。すでに頭のなかではあらゆる要点を押さえたつくり話をひとつ用意してある。ひょっとしたら、ジェロームの新鮮な目なら、自分の目が素通りしてしまったことを見つけてくれるかも。ありそうもないことだが……ありえないともいいきれない。「どうだ、耳を貸してくれるか？」

「ええ」

「だったら、オデルをリードにつないでくれ。〈ビッグリックス〉まで散歩がてら話をしよう。もうストロベリー・コーンを食べると決めているんだ」

「だったら店に着く前に〈ミスター・テイスティ〉の移動販売車に出くわすかも」ジェロームはいう。「あの男は一週間毎日このへんを流してて、めちゃくちゃおいしいアイスがあるんだよ」

「それならそれでいい」ホッジズはそういって立ちあがる。「よし、出発だ」

12

ふたりは丘をくだって、ハーパー・ロードとハノーヴァー・ストリートの交差点にある小規模なショッピングセンター〈ビッグリックス〉へむかう。余裕のあるリードにつながれているオデルが、ふたりのあいだを跳ねるような足どりでつき従う。ここからは、三キロ強離れたダウンタウンの建物群が見える——群れあつまっている高層ビル群を支配しているのは市民センターと中西部文化芸術センター《ミッドウエスト・カルチャー＆アーツ・コンプレックス》、通称ＭＡＣの建物だ。ＭＡＣは建築家イオ・ミン・ペイの傑作のひとつとはいいがたい——というのがホッジズの私見だが、ホッジズがこの分野で意見を求められたことはない。

「で、話ってなにかな・魚《さかな》・売らんかな？」ジェロームが駄洒落まじりにたずねる。

「いいか」ホッジズはいう。「ダウンタウン住まいの女を長年の愛人にしている男がいる。男自身はパーソンヴィルに住んでいる」

パーソンヴィルはシュガーハイツに隣接する行政区だ――後者ほど裕福な地区ではないにしても、断じてうらぶれた地区ではない。

「パーソンヴィルをホワイティヴィルと呼んでる友だちもいる――あそこに住んでるのは〝人《パーソン》〟じゃなく〝白人《ホワイト》〟ばっかりだからって」

「ほお、そうか」ホッジズは答える。だったらジェロームの友人、それも黒人の友人たちはシュガーハイツのこともホワイティヴィルと呼んでいるのではあるまいか。この会話でホッジズは、つくり話はこれまでのところ順調だという感触を得る。

オデルが足をとめて、ミセス・メルボルンの花壇のチェックをしている。オデルが花壇に犬バージョンの訪問メモを残しはじめないうちに、ジェロームがリードで引き離す。

「それはともかく」ホッジズは話を本筋にもどす。「長年の愛人はブランスンパーク地区のコンドミニアムの一室に住んでいる――ウィーランド・アヴェニュー、ブランスン・ストリート、レイク・アヴェニューなんかがある地区だよ」

「やっぱり上等なところだね」

「ああ。男は週に三、四日は愛人と会うためにそこに行っている。うち一回か二回は夕食や映画に愛人を連れていき、そのままコンドミニアムに泊まっていく。泊まるときには車を――いい車だよ、ＢＭＷだ――路上の駐車スペースにとめる。警察も頻繁にパトロールするし、やたらに明るいナトリウムライトの街灯もたくさんある治安のいい場所だからね。おまけに、夜七時から朝八時までは無料でとめられる」

「ぼくだったらBMWはあのあたりにある屋内駐車場に入れるかな——無料だからといって路上駐車しようとは思わずに」ジェロームはいい、またリードを引く。「やめるんだ、オデル。上品な犬は道路わきのどぶに落ちているものを食べたりしないんだぞ」

オデルは顔をうしろへむけて、ぎょろりと目をまわす——どうせ上品な犬がなにをするかも知らないくせに、とでもいいたげだ。

「まあ、金持ち族には金持ち族なりのおかしな金銭感覚があるんだな」ホッジズはおなじことをしていたミセス・トレローニーの説明の言葉を思い出しながら応じる。

「ふうん、なるほどね」いつしかふたりは、ショッピングセンターのすぐ近くにまで来ていた。丘の坂道をおりてくるあいだは、アイスクリーム移動販売車が流す鐘の音がきこえていた——一度はかなり近くからきこえていたが、やがて〈ミスター・テイスティ〉のスタッフがハーパー・ロードの北側にある住宅団地を目指して移動しはじめ、音は遠ざかっていく。

「さて、ある木曜日の夜、男はいつものように愛人を訪ね、車をいつものスペースに駐車して——平日の夜だと、あのあたりの駐車スペースはがらがらだ——これまたいつものようにロックした。男と愛人は歩いて近場のレストランへ行って、おいしい夕食に舌鼓を打ち、歩いて帰った。車は駐車スペースにとまったままだった——コンドミニアムにはいるときに見ているんだ。男はそのまま愛人と一夜を過ごし、翌朝コンドミニアムから出てくると——」

「愛車のBMWはあとかたもなく消えていた」いまふたりは、アイスクリーム屋の店先に立っている。近くに駐輪ラックがあり、ジェロームはオデルのリードをラックのひとつに結びつける。犬はうずくまり、鼻面を片方の前足に載せる。

「なくなってはいなかった」ホッジズはいう。「車はそこにあったんだ」いいながら、このバージョンにも現実の出来事にきわめて強く通じる雰囲気があると思う。それどころか自分でも信じかけているほどだ。「しかし、向きが逆になっていた——道の反対側のスペースにとめてあったからだ」

ジェロームは両の眉毛をぴくんと吊りあげる。

「ああ、わかる。奇妙な話もあったもんだろう？　で、男は道をわたっていった。車にはおかしなところはまったくなかったし、降りたときと変わらずドアはしっかりロックされていた。とまっていた場所が変わっただけだ。当然、男はまっさきにキーをチェックした。キーはポケットにおさまったままだ。さて、なにがあったと思う、ジェローム？」

「見当もつかないよ。シャーロック・ホームズの話みたいだね？　そう、本物の〝パイプ三服ほどの問題〟かな」ジェロームの顔には薄笑いがのぞいている。ホッジズには笑みの真意が分析できず、そのうえその笑みが好きかどうかも見きわめられない。それはわけ知りな笑みだ。

ホッジズはジーンズのポケットから財布を抜きだし（スーツを着た気分は格別だが、ジーンズとクリーヴランド・インディアンズのプルオーヴァーにもどれてほっとしてもいる）、五ドル紙幣をえらびだしてジェロームに手わたす。「ふたりぶんのアイスクリームコーンを買ってきてくれ。そのあいだオデルのドッグシッターを引き受けるよ」

「そんな必要ないって。こいつなら大丈夫さ」

「その点はわかっている。でも客の列にならべば、わたしが出したちょっとした問題に頭をつかう時間もできる。どうだ、自分をシャーロック・ホームズだと思ってみては。役に立つかもしれないぞ」

「オーケイ」いきなり、ジェロームのもうひとつの人格であるタイロン・フィールグッド・ディライトがぴょんと顔を出す。「だどもシャーロックはあんただ。おらはドクタア・ワトスンさあ」

13

ハノーヴァー・ストリートの反対側に小さな公園がある。ふたりは青信号で道路をわたってベンチにならんで腰をおろし、もじゃもじゃ髪のミドルスクールの少年たちがスケートボード・エリアで命と体をあえて危険にさらしているさまをながめる。オデルは自分の時間をふたつにわけて、少年たちとアイスクリームコーンを交互に見つめている。

「あれをやったことがあるかい？」ホッジズは命知らずの少年たちをあごで示しながらたずねる。

「とんでもねえ！」ジェロームは大きく目を見ひらいてホッジズを見つめる。「おらぁ黒人だ。時間があいたら、バスケやってるかハイスクウルの石炭殻トラック走ってるかさ。おらたち黒人はめちゃ足が速いんだ——世界じゅうが知ってるさあ」

「いったはずだぞ、タイロンのキャラは家に置いてこいと」ホッジズは指を立てて自分のコーンからアイスクリームをすくいとり、ぽたぽたしずくの垂れる指をオデルの前にさしだす。オデルはたちまち指をきれいにする。

「だども、あのガキぁひょっこり顔を出しやがるんでね！」ジェロームはそういう。ついでタイロンがあっけなく消える。「男とか愛人とかBMWは、どれもこれも架空の話じゃないの？いま話しているのは、ほんとはメルセデス・キラーの話だ」

つくり話がこのざまだ。「まあ、そんなところだ」

「じゃ、独自にあの事件のことを調べてるんだね、ミスター・ホッジズ？」

ホッジズは慎重に考えをめぐらせてから、おなじ答えを口にする。「まあ、そんなところだ」

「あの〈デビーの青い傘の下で〉っていうウェブサイトも事件に関係してるんだね？」

「まあ、そんなところだ」

ひとりの少年がスケートボードから転がり落ちて転倒、両膝を赤くすりむいて立ちあがる。友人のひとりがからかいながら近づく。すりむき少年は血を流している片方の膝小僧をさっと払って、からかった少年に赤いしずくを飛ばすなり、スケボーでその場を離れながら、大声で「AIDSだ！　AIDSだ！」と大声で叫ぶ。からかった少年はすぐあとを追うが、いままでは馬鹿笑いをあげている。

「野蛮人どもめ」ジェロームが小声でつぶやく。いったん体を前へ傾けてオデルの耳のうしろを掻いてから、背をまっすぐ伸ばす。「あなたが話しあいたければ――」

ホッジズはきまりわるい思いで答える。「いや、いまの時点では――」

「わかった」ジェロームはいう。「でも、列にならんでいるあいだにさっきの問題を考えていて、ひとつ疑問に思ったことがある」

「どんな？」

「つくり話に出てきたＢＭＷの男だけど、そいつのスペアキーはどこにあったの？」

　ホッジズはこの若者の頭の鋭さに内心舌を巻きながら、じっとすわっている。手にしたワッフルコーンの側面にピンクのアイスクリームが筋になって垂れ落ちていくのが目にとまり、ぺろりと舐めとる。

「スペアキーは最初からなかった、と主張している……としておくか」

「あのメルセデスをもっていた女の人とおなじだ」

「ああ。まったくもってそのとおり」

「前に親父がパーソンヴィルをホワイティヴィルって呼んで、母さんがめちゃくちゃ怒った話をしたのを覚えてる？」

「ああ」

「じゃ、親父が母さんにめちゃくちゃ怒ったときの話をしようか？　親父の口から、〝しょせん女はそんなものだ〟っていう言葉が出てきたのは、あとにも先にもあのときだけだっけ」

「わたしのちょっとした問題に関係しているのなら、ぜひ話してくれ」

「母さんはシボレー・マリブに乗ってる。車体の色はキャンディアップル・レッド。ドライブウェイにあるのを見たよね？」

「もちろん」

「親父が三年前の母さんの誕生日に新車で買ってきてプレゼントした車だよ――親父は母さんから、悲鳴みたいな歓喜の声を引きだせたわけ」

まちがいない――ホッジズは思う――タイロン・フィールグッドはどこかへ去ったようだ。

「母さんはそれから一年ばかりマリブに乗っていたし、なんの問題もなかった。ある日、再登録の手続が必要になった。親父は職場からの帰り道に代理で手続をしてくるといって、必要な書類をとりに外へ出ていき、キーを手にしてドライブウェイを引き返してきた。頭から湯気を噴くほどではなかったけど、いらいらしていたね。それから母さんに、スペアキーを車のなかに置きっぱなしにしたら、だれかが見つけて車を盗んで走り去ってしまうぞ、といった。母さんは、そのスペアキーはどこにあったのかとたずねた。親父は、登録証や自動車保険のカードや車の取扱説明書などがまとめてある〈ジップロック〉にはいっていた、と答えた。母さんはあのポリ袋をあけもしていなかった。スペアキーには紙テープが巻きつけてあった――〈レイク・シボレー〉での新車のお買い上げ、ありがとうございます、って書いてあったっけ」

ホッジズのアイスクリームが溶けて、またひと筋垂れ落ちている。しかし今回は、溶けたアイスクリームが手にたどりついて溜まっていても、それに気づきもしていない。「ということは、あったのは――」

「そう、グラブコンパートメント。親父は母さんに、不注意にもほどがあるといい、母さんは……」ジェロームは身をのりだし、茶色い瞳でしっかりとホッジズの灰色の瞳を見すえたままつづける。「母さんは、そんなものがあることも知らなかったと答えた。そのときだよ、親父の口からしょせん女はそんなものだっていう言葉が出たのは。母さんはその言葉に喜んだとはいえなかったね」

「そうだろうよ」ホッジズの頭脳の内部では、いまやあらゆる種類のギアがしっかりと嚙みあっている。

「親父は母さんにいった——いいか、たった一回、車のロックをかけ忘れるだけでいい。そうすれば通りかかったどこかのクラック中毒者が、あがったままのロックボタンを目にして、金目のものでもないかと車上荒らしを思いたつ。で、この泥棒は現金を求めてグラブコンパートメントをあさり、ポリ袋に入れっぱなしのスペアキーを見つけ、これ幸いとばかり走行距離が少なめのマリブを現金で買ってくれる業者をさがしに走り去る、という寸法だ、とね」

「お母さんはどう答えた？」

ジェロームはにやりと笑う。「母さんはまず逆襲に転じたよ。母さん以上に逆襲が巧みな人はいないんだ。母さんはこういった。あの車を買ってきたのはあなただし、家まで走らせてきたのもあなた。だから、あなたにはわたしに教える義務があったはず。ぼくは朝食をとりながら、父母のちょっとしたこの口論をきいていて、途中で口をはさむべきかどうかを思案した。たとえば——母さんが取扱説明書を見てみようと思い立てば、それでよかったんじゃないの？　ほら、ダッシュボードの小さな色とりどりのライトの意味を調べるとかでもさ。でも、ぼくはずっと黙ってた。両親はあんまり夫婦喧嘩をするほうじゃないし、喧嘩のときには〝君子危うきに近寄らず〟がいちばんだ。妹のバーバラだってわかってる——まだ九歳なのに」

ふっとホッジズはこんなことを思う——まだコリンヌと夫婦だったころは、娘のアリスンもおなじことを知っていた。

「母さんがいってたのはもうひとつ、自分は車のドアロックを一度も忘れたことがないってこと。ぼくの知るかぎり、これは本当。それはともかく、いまスペアキーはキッチンのフックにかけてある。しっかりと安全に、メインのキーがなくなった場合すぐ出動できるようにね」

ホッジズはすわったまま、スケートボードに興じる少年たちに目をむけてはいるが、彼らを見てはいない。ジェロームの母親の主張——夫はスペアキーの現物をきちんと自分に見せるか、少なくとも話をきかせるべきだったという主張——にも一理ある。なにも指示しないでも、他人がひととおり調べるはずだ、必要な品を見つけるはずだと一方的に決めてかかるのはまずい。しかし、オリヴィア・トレローニーの場合には事情が異なる。あの女性は自分で自分用の車を買ったのだから、当然知っていたはずだ。

ただし、代理店の営業マンがこの高価な買物について大量の情報をならべたてたせいで、ミセス・トレローニーが情報を処理しきれなかった可能性は残る。営業マンにはありがちだ。エンジンオイルの交換時期、クルーズコントロールの使用法やカーナビの使用法にはじまり、スペアキーは忘れずに安全な場所に保管しておくべきで、携帯電話をつなぐのはここ、ロードサービスが必要な場合にはこれこれの番号に電話すればよくて、ヘッドライトのスイッチをいちばん左までまわせばスモールライトだけが点灯するモードになり……。

いまでも最初に新車で車を買ったときのことは、ホッジズもよく覚えている。営業マンが新規購入者向けのオリエンテーション話を浴びせてくるにまかせつつ——なるほど、ほお、そうか、わかった——頭のなかでは買ったばかりの車で道に乗りだしたくてたまらなかった。妙な異音がしないドライブを楽しみ、なにものにも替えがたい新車ならではの香りを——有意義につかった金のにおいを——心ゆくまで味わいたかった。しかし、ミセス・トレローニーには強迫神経症のような一面があった。そんな夫人がスペアキーに気づかず、グラブコンパートメントに入れたままにしていたという話なら信じられる。しかしあの木曜日の夜にメインのキーを手にして外出したとすれば、車のドアを当然ロックしたのではないか？　本人はロックしたと話していたし、最後までその線を譲ろうとせず、あらためて真剣に考えてみれば——。

「ミスター・ホッジズ？」

「新しいスマートキーの場合には、単純な三つのステップだったな？」ホッジズはいう。「ステップ1、エンジンを切る。ステップ2、イグニションからキーを抜く。考えごとをしていて頭がお留守になっててステップ2を忘れても、チャイムが鳴って教えてくれる。ステップ3、ドアを閉めたのち錠前のアイコンのあるボタンを押してドアをロックする。キーが手のなかにある状態だから、忘れようにも忘れっこないじゃないか。猿にもできる盗難予防だ」

「たしかにね、ミスターH。でも、世の中にはうっかり忘れる猿もいる」

ホッジズは自分ひとりの考えに深く沈みこむあまり、思考が口から流れるのを抑えられない。

「ミセス・トレローニーは断じて猿じゃなかった。神経質でチックの症状も出てはいたが、愚かな女じゃなかった。キーを手にしていれば、ドアロックを忘れるはずはないと断言してもいい。車自体には細工をされた形跡はなかった。となると、ミセス・トレローニーがスペアキーをグラブコンパートメントに入れたままだったとしても、犯人はどうやって車に乗りこんだ？」

「つまり密室の謎ならぬ〝密車の謎〟っていうわけだね。こりゃ〝パイプ四服ぶんの問題〟

だ」

　ホッジズはなにも答えない。なんどもおなじことに考えをめぐらせる。スペアキーがグラブコンパートメントにあったかもしれない——その推理が明白な事実になったとさえ思えてくる。しかし、ピートなり自分なりがその可能性に思いいたったことがあっただろうか？　なかったはずだ。ふたりが男の流儀で考えていたからか？　それとも両者どちらもミセス・トレローニーの迂《う》闊《かつ》さに腹を立てていて、あの女性を責め立てたい気分になっていたせいか？　そしてじっさい、ミセス・トレローニーは責められるべきだったのでは？

　ただし、ミセス・トレローニーが忘れずにドアをロックしていたのなら、責められるべきとはいえない——ホッジズは思う。

「ミスター・ホッジズ、例の〈青い傘〉とかいうウェブサイトとメルセデス・キラーのあいだにはどんな関係があるの？」

　ホッジズは頭のなかから現実へ引き返す。思いに深く沈みこんでいたばかりか、長く苦しい道のりでもあった。「すまんが、いまはそのことを話したくないんだよ、ジェローム」

「でも、ぼくなら力になれるかも！」

　こんなにも昂奮しているジェロームをこれまでに見たことがあっただろうか？　一度だけあったかもしれない——全市規模でひらかれたディベート大会で、ジェロームが率いるチームが見事に優勝したときのことだ。

「あのウェブサイトがらみでわかるかぎりのことを調べてくれたら、それで充分力になってくれるさ」

「ぼくがまだ子供だから話したくないんだね。そういうこと？」

　それも理由のひとつだったが、ホッジズには打ち明けるつもりはない。またあいにく、理由はほかにもある。

「もっとこみいった事情がある。わたしがもう警察の人間ではない以上、市民センターでの事件について調べるとなれば、どうしても合法と非合法の境目すれすれに近づくことになる。わたしがなにかを見つけた場合、現在メルセデス・キラー事件の捜査責任者になっている昔のパートナーにそれを伝えなかったら、境目のあっち側に足を踏み入れることになる。そもそも、きみは輝かしい未来が待っている身だ――この先どこの大学に進もうと決めるにせよ、きみは入学することでその大学に恩恵をほどこせる立場だ。そんなきみを事件の調査に引っぱりこみ、わるくすると共犯者に仕立ててあげてしまったら、きみのお母さんやお父さんにどう申しひらきをすればいい？」

　ジェロームは静かにすわったまま、いまのホッジズの話を咀嚼《そしやく》中だ。それから食べ残したコーンの端っこをオデルに与える。犬はがつがつと食べる。「うん、わかった」

「ほんとに」

「ああ」

　ジェロームが立ちあがり、ホッジズもそれにならう。「まだ友だちだな？」

「もちろん。でも、ぼくで力になれそうなことがあったら、かならず声をかけるって約束してほしい。昔からいうじゃないか、〝ひとりよりもふたりが良い〟って」

「約束するよ」

ふたりは丘をのぼる道を引き返しはじめる。最初のうちオデルは来たときと同様にふたりにはさまれて進んでいくが、ホッジズの足どりが重くなるのにあわせて、いつしか前に立って先導しはじめる。ホッジズは息を切らしかけてもいる。

「少しは体重を落とさないとな」ホッジズはジェロームに話す。「ひとつ教えてやる。このあいだ、まだまだ穿けるスラックスの尻をびりびりっと破っちまった」

「なら、五キロくらい痩せるのもわるくないと思うよ」ジェロームは如才なくいった。

「その数字を二倍にすれば、わたしが落とすべき体重に近くなるさ」

「ちょっとひと休みしていく？」

「いや、いい」

その答えはホッジズ自身の耳にも、むきになった子供のようにきこえる。ただし体重についての話は本気だ。このあと家に帰ったら、食器棚と冷蔵庫のスナック類を残らずごみ箱に捨てるつもりもある。ついでホッジズは考えなおす。ごみ箱ではなく、ディスポーザーで砕いてしまえ。ただのごみ箱では、決意が揺らいだら捨てたものを簡単に拾いだせてしまう。

「ジェローム、とりあえず今回のちょっとした調査の件はきみの胸にしまっておくのがいちばんだ。秘密を守ってくれると信じていいね？」

ジェロームは一瞬もためらわずに即答する。「もちろん。約束はぜったい守る」

「安心した」

一ブロック先を〈ミスター・テイスティ〉の移動販売車が鐘の音を流しながらハーパー・ロードを横切って、ヴィンスン・レーンのほうへと進んでいく。ジェロームが小さく手をふる。

アイスクリームマンが手をふりかえしたかどうか、ホッジズには見えない。

「いまになって、あいつに会えるとはね」

ジェロームはふりかえり、ホッジズににやりと笑いかける。「アイスクリームマンは警官とおんなじだよ」

「はあ？」

「こっちが必要なときにかぎって姿を見せないと決まってる」

14

ブレイディは速度制限をきっちりと守り（ここヴィンスン・レーンでは時速三十キロ）、頭の上にあるスピーカーが鐘の音でかなでている〈バッファローギャルズ〉のメロディもろくに意識しないまま、ひたすら車を前へ進めている。〈ミスター・テイスティ〉の白いユニフォームのジャケットの下にはセーター。うしろに積んである商品が冷たいからだ。

冷たいのはおれの頭脳もおなじだ――ブレイディは思う。しかし、アイスクリームは冷たいだけ。おれの頭脳には分析という得意技がある。いってみればマシンだ。十の十乗をさらに百乗したくらいのマシンパワーをもつマックだ。

ブレイディはそのマシンパワーを、たったいま目にした光景にむける――でぶの元刑事がジェローム・ロビンスンと黒人名前のアイリッシュセッターともども、ハーパー・ロードの坂道をあがっていった光景。ジェロームが手をふってよこしたので、ブレイディも手をふりかえした。それが周囲に溶けこむ秘訣だからだ。ストレート中心の世界で同性愛者の女が生きていくのがどれほど大変かを、いつ果てるともなく語るフレディ・リンクラッターの話に耳を貸してやっているのもおなじ理由からだ。

カーミット・若くなりたい・ウィリアム・ホッジズと、ジェローム・白人になりたい・ロビンスン。あのちぐはぐカップルはなにを話していた？　それこそブレイディ・ハーツフィールドがいま知りたいことだ。あの元刑事が餌に食いついて、〈デビーの青い傘〉での会話に応じてくれれば答えがわかるかもしれない。あの金持ちばばあ相手には、その計画が成功した——ひとたび話がはじまると、なにをもってしてもあの女を黙らせることはできなかった。

退職刑事と黒い肌の雑用バイト。

そして犬のオデル。オデルを忘れてはいけない。ジェロームと妹はあの犬を愛している。犬の身にもしなにかあったら、ふたりは胸が張り裂けるような思いをするだろう。なにもないかもしれない。しかしブレイディは、今夜帰宅したらインターネットでさらに毒物関係の調べものをしようと心に決める。

ブレイディの頭脳には、いつでもこうした思考が行き交っている。思考はブレイディの頭脳という鐘楼に棲みついている蝙蝠《こうもり》だ。きょうの午前中、〈ディスカウント・エレクトロニクス〉でまたぞろ投げ売り用ＤＶＤの在庫整理をしているあいだも（ちなみに在庫一掃をもくろんでいながら、なぜ同時に商品が店に送られてくるのかは永遠の謎）、ふっと頭にこんな思いがかすめた——あの自爆ベストをつかえば、バラク・白人になりたい・オバマ大統領閣下を暗殺することもできるぞ。栄光の炎につつまれて大統領逝去。オバマはこの州に頻繁に足を運んでいる。再選戦略の要所だからだ。この州に来るときには、この市に来る。演説会をひらく。希望について話す。変革について話す。あれやこれや、べらべらべら。それからブレイディが金属探知機をうまく通過し、抜きうち式のセキュリティチェックをかわす方策を考えているうちに、トーンズ・フロビッシャーから呼びだしがあって、出張サービスの要請電話があったと伝えられる。〈サイバーパトロール〉用の緑色のワーゲンを走らせるころには、またほかのことを考えている。正確にいえばブラッド・ピットのことを。クソ忌ま忌ましいイケメン俳優め。

　しかし、ひとつの思考がいつまでも頭に残ることもないではない。

　丸々と太った幼い少年が手にした紙幣をひらひらふりながら、歩道を走って近づいてくる。ブレイディは移動販売車を歩道に寄せてとめる。

「チョォッ・クリートちょうだい！」少年がわめく。「シュプリングかけてよ」

　ああ、くれてやるよ、ちびでぶの変態め——ブレイディはそんなふうに思いながらとっておきの満面の笑みを浮かべる。ああ、好きなだけコレステロールを増やすがいいさ。お望みなら、おまえが四十歳になるまでアイスクリームをくれてやる。運がよければ、最初の心臓発作は命とりにならないかも。でも、そんな目にあったっておまえは食べるのをやめない。世界がビールと〈ワッパー〉とチョコレート・アイスクリームでいっぱいなんだから、やめるわけがない。

「かしこまりました、ちっちゃなお客さま。スプリンクルシュガーをふりかけたチョコレート・アイスクリーム、少々お待ちを。学校はどうだった？　Aをもらったかい？」

15

その夜ハーパー・ロード六三番地の家では――〈イブニングニュース〉の時間になっても――テレビがつくことはない。コンピューターが起動することもない。今夜ホッジズは、頼りになる法律用箋を引っぱりだしている。ジャネル・パタースンからは旧人類と評された。いかにもそのとおり、弁解する気もない。これまでもずっとこのやり方で捜査してきたのだし、なによりいちばん落ち着ける流儀だ。

テレビの音がしない極上の静けさのなか、ホッジズはあらためてミスター・メルセデスが送ってきた手紙に目を通す。そのあとミセス・トレローニーが受けとった手紙も読む。さらに一時間以上かけて、こちらを読んではまたあちらと一行単位で両者を読みくらべる。ミセス・トレローニーあての手紙はコピーなので、心おきなく余白にメモを書いたり、特定の単語を丸で囲んだりしていく。

捜査手順のこの段階のしめくくりに、ホッジズは両方の手紙を声に出して読みあげる。それも声の調子を変えて。ミスター・メルセデスが両者で異なる人格をつくりあげているからだ。ホッジズあての手紙は傲慢な愚弄のトーン。

《まったく笑えるよ、老いぼれで役立たずのお馬鹿さん》この手紙はそんなふうに語っている。

《おまえにはもう生き甲斐がないし、自分でもわかってる。だったら、とっとと自殺でけりをつけちまったらどうだ?》

オリヴィア・トレローニーへの手紙はへりくだった調子で、全体の雰囲気は暗く、後悔に満ちている。少年時代に受けた虐待についても書いている。しかし、こちらの手紙にも自殺というテーマは存在している——同情の文面に忍びこませるかたちで。《わかります。あますところなくわかるんです。だって、ぼくもおなじ気分ですからね》

すべてすませると、ホッジズは見出し部分に《**メルセデス・キラー**》と書きつけたファイルフォルダーに手紙をおさめる。手紙以外にはなにもはいっていないので、ファイルはまだ哀しくなるほど薄い。しかし、いまもこの仕事の腕がなまっていなければ、いずれ手書きのメモがどんどんおさめられて、厚みが増していくはずだ。

ホッジズはそれから十五分、いささか膨らみすぎている腹の上で両手を組むという瞑想中の仏陀《ブッダ》のような姿勢ですわりつづける。ついで法律用箋を手もとに引き寄せて書きはじめる。

文章スタイル上の〝偽の手がかり《レッド・ヘリング》〟についての見立てはおおむね正しかったもよう。犯人はミセスTへの手紙ではびっくりマークをつかわず、大文字で語句を強調することもせず、文章ひとつだけの段落を多用してもいない(しめくくりの一句は劇的効果を狙ったものだ)。引用符についての見立てはまちがいだった。犯人は引用符を好んでいる。好みといえば傍線も好みだ。犯人は若者ではないのかもしれず、わが見立てがまちがっていた可能性もなくはない……。

しかし、ここまで書いたとき頭に浮かんでくるのはジェロームのこと。あの若者は、コンピューターとインターネットにかけては年長のホッジズが今後もぜったい追いつけないほどの知識を頭にたくわえている。それからジャネル・パタースン——あの女性は姉に届いた手紙をスキャナーをつかってコピーする方法を知っており、スカイプをつかいこなしている。ジャネル・パタースン、確実にホッジズよりも二十歳は年下の女性。

ホッジズはふたたびペンを手にとる。

……しかし、まちがいだとも思えない。ティーンエイジャーでない可能性はあるが（ただし可能性を排除しない）、さしあたり二十歳から三十五歳としよう。切れ者だ。語彙は豊富で、巧みな言いまわしをつくる能力がある。

ホッジズはいまいちど手紙に目を通しながら、犯人がつくりあげた言いまわしのいくつかを書きとめる。《こそこそ走っている小さな鼠のような子供》、《寝袋のなかでいちごジャムにしてやった》、《たいていの人間は羊で、羊は肉を食べない》。

どれもフィリップ・ロスも顔負けの名文とまではいかずとも、才能のあらわれに思える。さらにもうひとつ見つけ、先ほどの下に書きとめておく。《警察はあなたにしつこくまとわりつき、あなたに眠れぬ夜を生じせしめましたが、それ以外になにをしてくれましたか？》

ホッジズはいま書きつけた文章の上にペン先をくりかえし叩きつけて、小さなダークブルーの点で星座を描いていく。たいていの人なら〝眠れぬ夜を過ごさせた〟とか〝眠れぬ夜をもたらした〟とでも書くのではないだろうか？　しかし、ふつうの文章ではミスター・メルセデスには不充分だった。こいつは、猜疑心《さいぎしん》と疑心暗鬼の種をまこうとしている庭師だからだ。あなたを狙っているやつらがいるんですよ、ミセス・トレローニー。やつらにも一理はあるんじゃないですか？　だって、あなたがキーを抜き忘れたのは事実ですからね。警官たちはそう話していますし、ぼくもそういいます。ぼくはあの場にいました。ふたりともまちがえているなんて、そんなはずがありますか？

ホッジズはこうした考えを書きつけて枠で囲み、一枚めくって新しい用紙を出す。

犯人特定のための最上の鍵はやはり〝犯人《パープ》〟の〝パーク〟という書きまちがいだ。この用法は二通のどちらにも見られる。しかしミセス・トレローニーへの手紙のハイフンにも注目したい。〝蜂の巣《ビーハイヴ》〟は通常一語だが、ここでは〝ビー-ハイヴ〟となっている。〝ウィーク-デイ〟も〝ウィーク-デイ〟だ。この犯人の身元確認ができて文章のサンプルを手に入れることもできたら、こいつの首根っこを押さえられる。

こういった文章スタイル面での〝指紋〟は、公判で陪審を納得させるには不充分だ。しかしホッジズ個人を納得させるには？　これで充分、文句なし。

ホッジズはすわりなおして頭をうしろへのけぞらせる。目はどこにも焦点をあわせていない。時間の経過も意識していない。退職以来ずっと重く垂れ下がっていただけの時間は、いまキャンセルされている。ついでホッジズはいきなり体を起こして乗りだし――オフィスチェアがこれまできいたことのない声で悲鳴をあげる――大文字だけで大きくこう書きつける。

《ミスター・メルセデスは監視していたのか？》

自分がずっと監視されていたことはほぼまちがいない、とホッジズは思う。これがあの男のMO――犯罪遂行方法《モーダス・オペランディ》――だ。

ミスター・メルセデスはミセス・トレローニーへの世論の非難を新聞で追いかけ、二、三回ほど出演したテレビのニュース番組を視聴していた（夫人はぶっきらぼうで、へりくだることもいっさいしなかったので、ただでさえ低かった好感度がテレビ出演で完全に地に落ちた）。車で屋敷の前を通ったこともあるはずだ。よし、あらためて警備員のラドニー・ピープルズと話をしよう――ミセス・トレローニーがひとり来世へと旅だつ前の数週間のあいだ、ピープルズかヴィジラント社の警備員のだれかが、シュガーハイツの邸宅の近くを通っていた不審な車輛に気づかなかったかどうかをたずねてみるのだ。また、夫人の邸宅の門柱に**《人殺し《キラー・》まんこ《カント》》**とスプレーで落書きをした人物。あれは自殺のどのくらい前の出来事だったのか。ミスター・メルセデス当人のしわざかもしれない。もちろん〈青い傘〉の下で会おうという誘いにミセス・トレローニーが応じていたのなら、ミスター・メルセデスは夫人についてもよく知っていたはずだ――それもすこぶるつきに詳しく。

それから、わたしのこともある――ホッジズは思い、自分に宛てられた手紙のしめくくり部分に目をむける。**《あんたには、拳銃のことを考えはじめてほしくない。それでも、やっぱり考えてしまっているんだよね？》**ミスター・メルセデスはここで、わたしがいまも制式拳銃をもっていると仮定しているだけか？　それともおりおりにわたしが三八口径をもてあそんでいる現場を目にしていたのか？　はっきり知るすべはないが、しかし……。

やつは見ていたような気がする。あいつはわたしがどこに住んでいるかを知っているし、その気になれば外の道路から居間をのぞくこともできたはずだ。わたしの銃を見たのだろう。

自分が監視されていると考えても、ホッジズは嫌悪や困惑をおぼえるどころか、胸の高鳴りを感じる。ヴィジラント社の警備員が目にとめた不審な車輛と、このハーパー・ロードで不自然なほど長時間とどまっていた車輛を突きあわせ、それが同一だと判明したら——。

そこまで考えたとき、電話の呼出音が鳴りはじめる。

16

「やあ、ミスターH」

「どうした、ジェローム？」

「いま〈傘〉にはいってるよ」

ホッジズは法律用箋をわきへ押しのける。最初の四ページはすでに無関係なメモ書きでいっぱい、つづく三ページは——昔の現役時代と変わりなく——事件の綿密な要約が書きとめられている。ついでホッジズは、椅子の背もたれにゆったり寄りかかる。

「コンピューターが乗っとられることはなかったな?」

「うん、ぜんぜん。ワームもウイルスもなし。さっそく四人の新しい友だちからチャットに誘われたよ。ひとりはテキサス州アビレーン在住でバーニスという名前だけど、バーニと呼んでもいいって。小文字のiでおわるバーニ。とってもキュートな話しぶりの女性で、ちょっと心が動いたのは否定しないけど、もしかしたらボストンで母親とふたりで暮らしてる女装好きな靴のセールスマンがネカマしてるのかも。インターネットはね、おじさん——広大なびっくり箱なんだ」

ホッジズはひとりでにやりとする。

「まずは背景からね——この一部は、ほかならぬさっき話に出したインターネットをあちこちうろついて探りだしたものだけど、大半は大学でコンピューターサイエンスを専攻しているおたく連中からききだしたものだ。用意はいい?」

ホッジズはふたたび法律用箋を手もとに引き寄せ、新しいページを出す。

「撃ち方はじめ」これはかつてピート・ハントリーが捜査中の事件で新情報をつかんできたとき、いつもかけていた言葉とまったくおなじだ。

「オーケイ。でもその前に……インターネットでいちばん貴重な商品ってなんだか知ってる?」

「知らん」そう答えてから頭に浮かんできたのはジャネル・パタースン。「わたしは旧人類なのでね」

ジェロームは笑う。「いえてる。でも、それがあなたの魅力のひとつだよ」

そっけなく――「お褒めにあずかってうれしいよ」

「いちばん貴重な商品はプライバシーだ。〈デビーの青い傘〉みたいなサイトはプライバシーを提供する。この手のサイトと比較すれば、フェイスブックなんか一九五〇年代にあった三人以上が電話で話せるパーティーラインみたいなものさ。9・11以降、この手のプライバシー・サイトが雨後の筍《たけのこ》みたいに出現した。ほら、あのころから先進国がこぞって穿鑿好きになってきたからね。権力の座にある連中はネットを怖がる。怖がるのは、もっともな理由があるけどね。それはともかく、こういったEPサイト――EPは〝最高度《エクストリーム》プライバシー〟の略だよ――の大半は、本拠を中央ヨーロッパにおいている。ああいった国々はインターネットのチャットにおいて、スイスが銀行口座に果たしていたのとおなじ役割を果たしてる。ここまではわかった？」

「ああ」

「〈青い傘〉のサーバーがあるのはボスニア・ヘルツェゴビナのオロヴォという小さな町――二〇〇五年あたりまでは、もっぱら闘牛だけで知られてた町だ。暗号化サーバーだ。暗号化といっても、これはNASAレベルの話。発信元の追跡は不可能だね。まあ、国家安全保障局《NSA》とか康生《カン・シエン》――これは中国版のNSAだけど――あたりが、だれも存在を知らない超機密ソフトウェアをもっているのならともかく」

　かりにその種のソフトウェアがあったとしても、そういった組織がメルセデス・キラーのような事件の捜査に活用させてくれるとは思えない。

「もうひとつ特徴がある――エロ画像だのなんだののHメールがらみのスキャンダルが頻発し

てる時代にはありがたい機能だ。ミスターH、ネットを見ていて印刷で保存しておきたいものを見つけても——画像でもいいし新聞記事でもいい——印刷できなかった経験ってある？」

「ああ、三、四回ある。印刷ボタンをクリックしても、プレビュー画面がまっ白でなにも出てこない。あれには腹が立つな」

「〈デビーの青い傘〉もおなじだよ」ジェロームの声には腹立ちの響きはいっさいない——むしろ楽しんでいるみたいだ。「バーニとちょっとやりとりをしてみたんだ——天気はどうだとか、どんなバンドのファンなのかとか、その手の話題で。で、会話のやりとりをプリントアウトしようとしたら……唇に指を一本立てたイラストと、《**しいぃっ**》というメッセージが画面に出てきたよ」ホッジズがまちがいなく書きとめられるようにだろう、ジェロームはわざわざスペルを口にする。「ま、会話を記録しておくことはできる……」

そうだろうとも——ホッジズはそう思いながら、法律用箋に走り書きした自分のメモを好ましい気持ちで見おろす。

「でも、そのためにはスクリーンショットを撮るとかしなくちゃいけなくて、手間がかかるったらない。これでプライバシーについての話がわかってもらえた？　とにかくこの連中はプライバシー保護に本気だよ」

ホッジズにもわかっている。法律用箋の最初のページをめくって、いちばん最初に書きつけたメモの一部を丸で囲む——《**コンピューター・マニア（五十歳以下？）**》

「クリックしてサイトにはいると、お決まりの選択肢が登場する——《**ユーザーネームでログイン**》から《**新規ユーザー登録**》。ぼくにはユーザーネームがないから、《**新規ユーザー登録**》をクリックして、ユーザーネームを取得した。〈青い傘〉でぼくと話したければ、tyrone40がぼくだ。次に一連の質問があって、答えを入力したら――年齢、性別、興味のある分野とか、その手のことだ――クレジットカード番号を求められる。会費は月三十ドル。入力したよ――あなたの弁済能力をこれっぽっちも疑っていないからさ」

「きみの忠誠心にはかならずや報いるとも、お若いの」

「そのあとコンピューターは一分半ばかり考えこんでた。そのあいだ画面では〈青い傘〉が回転して、《**検索中**》という表示が出てた。で、そのあと関心のある分野が共通しているメンバーのリストが出る。リストから適当な名前をクリックすれば、あとはあっという間にチャットをはじめられるってわけ」

「ポルノの交換にもつかえたりするのか？　サイトの説明ではできないという話だったのは知っているが――」

「ま、性的幻想を交換することはできるよね。でも、画像は無理だ。ただし変態連中なら――小児性愛者や踏み潰しフェチといった手あいなら――〈青い傘〉をどうつかえば、まじで違法画像がアップされてるサイトに同好の士を誘導できるのかはわかった」

踏み潰しフェチとはなんだ？　ホッジズは質問しかけたが、やはり知らないほうがいいと思いなおす。

「つまり、大半は無害なチャットだと……」

「それはそうだけど……」

「だけど？」

「頭のおかしな連中がどうすれば危険なクソ情報を交換できるのかはわかった。たとえば、爆弾のつくり方とか」

「とりあえず、わたしがすでにユーザーネームをもっていると仮定しよう。その場合にはどうなる？」

「ほんと？」昂奮の響きがジェロームの声にもどってくる。

「仮定の話だ」

「それは、あなたが自分でアカウントをつくっただけなのか、それともあなたとチャットしたいだれかさんが用意したのかにもよるね。そのだれかさんが、電話やメールでユーザーネームを教えてきた場合だよ」

ホッジズは思わず口もとをほころばせる。まぎれもなく時代の子であるジェロームは、ユーザーネームのような情報が手紙という十九世紀的手段で送られてきた可能性になど、はなから思いいたらないのだ。

「だれかから教えてもらったとしようか」ジェロームはつづける。「そうだね、例のメルセデスを盗んだ男だ。自分のやったことを、あなたと話しあいたいと思って、そんなことをしたんだろうね」

ジェロームは待っている。ホッジズは無言で応じつつ、内心舌を巻いている。

数秒の沈黙ののち、ジェロームはいう。「そんなことをしたやつを責めるわけにはいかないな。とにかく、そのまま進んでユーザーネームを打ちこめばいい」

「三十ドルはいつ支払う？」

「必要ないよ」

「必要ない？」

「だれかさんが、もう支払ってくれてるんだ」ジェロームは真剣な口調になっている。本気で真剣な口調に。「いちいち注意する必要はないかもだけど、それでもいわせてもらう。あなたが本当にもうユーザーネームをもっているのなら、相手は本気であなたを待ちかまえてるはずだよ」

17

ブレイディは帰宅途中で店に立ち寄ってふたり分の夕食（今夜は〈リトルシェフ〉で代用）を買いこむが、いざ帰宅すると、母親はソファで高いびきだ。テレビで流れているのはまたしてもリアリティショーのたぐい——若い美女たちをあつめて、フロアランプなみの知能指数しかなさそうなマッチョ体形の独身男に引きあわせるという趣向の番組らしい。見ると、母親はもう食事を——らしきものを——すませたようだ。半分まで減ったスミノフ・ウォッカのボトルと、ダイエットサプリの〈ニュートラスリム〉の空き缶がふたつ、コーヒーテーブルに転がっているからだ。地獄のおやつといったところだな——ブレイディは思う。せめてもの救いは母親が服を着ていることだ——ジーンズとシティカレッジのトレーナーを。

ブレイディは母親用のサンドイッチを包みからとりだし、だめもとで寝顔の鼻先に何度か往復させてみる。しかし、母親はいびきをかいて顔をそむけただけ。サンドイッチは自分で食べ、残りは自分専用の冷蔵庫にしまっておくとしよう。ガレージから引き返してくると、テレビではマッチョ体形の独身男がファック用おもちゃ候補のひとり（もちろんブロンド）に、朝食づくりは得意かとたずねている。ブロンドはつくり笑いを浮かべながらたずねかえす。「あら、朝からとびっきりホットなごちそうがお好み？」

自分用のサンドイッチを載せた皿を手にしたまま、ブレイディは母親を見つめる。ある晩、仕事をおえて帰宅したら母親が死んでいるような事態も充分考えられると承知してはいる。それどころか死ぬのに手を貸すこともできる――ソファのクッションを手にとり、顔に載せてやるだけだ。なに、この家で殺人がおこなわれるのは初めてではない。実行に移せば、その先おれの人生はましになるのか、それとも、もっと悲惨になるのだろうか？

ブレイディがいだいている恐怖とは――意識の部分ではっきり可視化されていなくても、水面近くをいつも浮き沈みしている恐怖とは――母親を殺しても、なにひとつ変わらないのではないかという恐怖だ。

ブレイディは地下室へおりていき、音声コマンドで照明をつけてコンピューターを起動させる。それからナンバー3の前にすわって〈デビーの青い傘〉にアクセスする――いまごろ、あのでぶの元刑事が餌に食いついているはずだと思いながら。

しかし、なんの動きもない。

ブレイディは拳を手のひらに叩きつける。こめかみのあたりに感じられる鈍い疼きは頭痛の先触れ、夜の半分は寝かせてくれない偏頭痛の先触れにちがいない。いったんこの頭痛に見舞われたら、アスピリンでは鎮められない。ブレイディはこの頭痛に〈ちっちゃな魔女たち《リトル・ウィッチズ》〉という綽名《あだな》をつけているが、〈ちっちゃな魔女たち《リトル・ウィッチズ》〉が大きくなることもないではない。この種の頭痛に効く薬があることも知ってはいるが――ネットで調べたのだ――いずれも処方箋なしでは入手できない薬だし、ブレイディは医者を恐れている。医者にかかったはいいが、もし脳腫瘍をわずらっているとわかったらどうする？　膠芽腫《こうがしゅ》だったら？　ウィキペディアによれば、もっとも悪性度の高い腫瘍だというではないか。就職フェアで無差別殺人を実行したのも、その手の腫瘍が原因だったらどうする？

　馬鹿をいっちゃいけない。膠芽腫だったら何カ月も前に死んでいたはずだ。

　それならいい。でも……医者からこの頭痛は精神の病気の徴候だといわれたら？　たとえば、妄想型統合失調症とかなんとか。ただし、自分が精神を病んでいることは受け入れている。当たり前の話だ――正常な人間なら、群集に車で突っこんだりしないし、自爆テロでアメリカ合衆国大統領を亡き者にしようなどとは考えない。正常な人間は弟を殺したりしない。正常な人間は、母親の部屋の前で足をとめて、いま母親は裸だろうかなどとは考えない。

　しかし異常な人間は、異常であることを他者に知られたくないと思っているものだ。

　ブレイディはコンピューターをシャットダウンし、作戦司令室をうろうろと目的もなく歩きまわる。〈アイテム2〉を手にとり、またおろす。これさえ独自の発明ではない――自動車泥棒連中はもう何年も前から類似のガジェットを利用していたことがわかった。最後にミセス・トレローニーのメルセデスにつかって以来、これをつかうのは控えている。しかし、そろそろこの頼りになる〈アイテム2〉を引退生活から引っぱりだす頃合かもしれない——人々がどんなものを車内に放置しているかは信じられないほどだ。〈アイテム2〉の使用には多少の危険がともなうが、なに、たいしたものではない。慎重に行動すればいいだけだし、おれはすこぶる慎重になれる男だ。

クソったれ元刑事、なんで餌に食いついてこない？

ブレイディはこめかみを揉む。

18

ホッジズがこれまで餌に食いつかなかったのは、危険を正しく認識していたからにほかならない。これは賭博でいう全賭けとおなじだ。まちがったメッセージを一度でも発信したが最後、ミスター・メルセデスからの連絡はそれっきり途絶えるはずだ。一方、自分がミスター・メルセデスの狙いどおりにふるまえば——犯人の正体を突きとめたい一心でおずおず不器用に行動を起こせば——あの卑劣な人でなし野郎にこてんぱんに叩かれてしまうだろう。

手をつける前に解決しなくてはならない疑問は単純だ——この関係ではどちらが魚になり、どちらが漁師になろうとしているのか？

とにかく、なにかを書かなくては。こちらの手もちの材料は〈青い傘〉だけなのだから。昔の警察人脈のだれかれに応援を頼むわけにはいかない。ミスター・メルセデスがオリヴィア・トレローニーとホッジズに送りつけてきた手紙は、容疑者が存在しないかぎり無益だ。一方、コンピューターでのチャットとなれば……

「……会話だ」ホッジズは声に出していう。

ただし、そのためには擬似餌《ルアー》が必要だ。それもとびっきり旨そうに見えるルアーが。自分を自殺志願者に見せかけることはできる。なに、造作もない。ついこのあいだまで、じっさいに自殺志願者だったのだから。死がそなえる魅力にまつわる瞑想だけでも、ミスター・メルセデスをひとしきりしゃべらせておけるだろう……しかし、自分がからかわれていることにあいつが気づくまで、どれだけの時間があるだろうか？　薬でハイになっているぼんくら犯罪者でも、警察が本当に百万ドルを提供したうえに七四七型ジェット機でエルサルバドルへ逃してくれると信じたりはしない。ミスター・メルセデスは、たまさか精神がいかれているだけで、すこぶる頭の切れる人物だ。

ホッジズは法律用箋を膝に引き寄せて真新しいページをひらくと、短い文章を大文字だけで大きく書きとめる。

あいつを煽るべし。

さらにホッジズはこれを四角い枠で囲み、先につくった捜査資料ファイルに法律用箋をおさめ、厚くなりつつあるファイルを閉じる。それからもひとしきり椅子に腰をおろしたまま、スクリーンセーバーにしている娘の写真を見つめる。いまの娘はもう五歳ではないし、あのころのように父親を神だと思ってもいない。

「おやすみ、アリー」

ホッジズはコンピューターの電源を落としてベッドに行く。眠りにつけるとは思っていないが……しかし眠りが訪れる。

19

ふっと目を覚ますと、ベッド横の時計では午前二時十九分、頭のなかに、バーのネオンサインにも負けないほどどまばゆく答えが光っている。危険ぶくみだが正しい行動——一瞬も躊躇せずに実行するか、そうでなかったら決して実行しないような行動だ。ホッジズは、トランクス一枚の青白い大きな幽霊になって書斎へ行く。コンピューターの電源を入れる。〈デビーの青い傘〉にアクセスし、《**いますぐはじめる**》をクリックする。

新しい画像があらわれる。今回あのカップルは、どこまでもつづく大海原の上を魔法の絨緞《じゅうたん》のようなものに乗って飛んでいる。銀色の雨が降ってはいるけれど、青い傘の下にいるふたりは安全で濡れてはいない。絨緞の下にはふたつのボタン。左は《**新規ユーザー登録**》、右は《**ユーザーネームでログイン**》だ。ホッジズは《**ユーザーネームでログイン**》をクリックし、あらわれた入力ボックスに《**kermitfrog19**》と打ちこむ。リターンキーを押すと、画面が切り替わる。画面上にはこんなメッセージがあらわれる。

merckill があなたとチャットを希望しています！
merckill とのチャットを希望しますか？
Y　N

ホッジズはカーソルを《Y》の上に移動させてマウスをクリックする。メッセージ入力ボックスがあらわれる。ホッジズは一瞬のためらいもなく、すばやく文字を打ちこんでいく。

20

そこから約五キロ離れた通称〝北の原っぱ《ノースフィールド》〟地区のエルム・ストリート四九番地に建つ家では、ブレイディ・ハーツフィールドが眠れずにいる。頭が痛む。ブレイディは思う――《フランキー》と。弟フランキーは、林檎のスライスをのどに詰まらせたとき、すぐ死んでいればよかった。もしそうなら、その後の人生ももっと単純にすんでいたものを。
ブレイディは母親を思う――たまにナイトガウンを忘れて全裸で寝てしまう母親を。

しかし思いの大半を占めているのは、あのでぶの元刑事のことだ。

結局ブレイディはベッドから体を起こして寝室を出る。母親の寝室の前で足をとめ、ひとしきり母親のいびきに耳をかたむける。広い宇宙でも、ここまでエロティックの対極にある音はないが、それでも足がとまってしまう。それから階段をおりて地下室に通じるドアをあけ、足を踏み入れて、ドアを閉める。闇のなかに立ったまま、音声コマンドを口にする。

「コントロール」

しかし声がしわがれていたせいで認識されず、地下室はあいかわらず暗いまま。ブレイディは咳ばらいののち、ふたたびコマンドを口にする。

「コントロール」

照明がともる。《混沌《ケイオス》》でコンピューター群すべてが動きはじめ、《暗闇《ダークネス》》で七台のカウントダウンが停止する。ブレイディはナンバー3の前にすわる。画面に散らばったアイコンのなかに、小さな青い傘がある。ブレイディは傘をクリックする——長くしゃがれた音とともに息を吐いて初めて、これまで息を殺していたことに気づく。

kermitfrog19 があなたとチャットを希望しています！
kermitfrog19 とのチャットを希望しますか？
Y　N

ブレイディは《Y》をクリックして身を乗りだす。勢いこんだ表情はしばし顔にとどまっているが、すぐ困惑が混じってくる。ついで短いメッセージをくりかえし、くりかえし読みなおすあいだにも困惑はまず怒りに、つづいて剝きだしの激怒へとスケールアップする。

現役時代には嘘っぱちの自白を山ほど見てきたが、こいつはケッサクだ！
退職したといっても頭が空っぽになったわけじゃない。
おまえがメルセデス・キラーでないことは非公開証拠で立証されてる。
馬鹿ぬかすな、変態野郎。

コンピューターのディスプレイを拳で突き破りたいという抗《あらが》いがたいほどの衝動が一気にこみあげてくるが、ブレイディは衝動を抑えこむ。いまブレイディは全身をわななかせながら椅子にすわったままだ。両目は現実を信じられぬ思いに大きく見ひらかれている。一分経過。二分経過。三分経過。

もうすぐおれは立ちあがる。立ちあがってベッドに行くんだ。

いや、そんなことをしてなんになる？　どうせ眠れっこないのに。

「でぶの老いぼれめ」ブレイディは熱い涙が目からあふれてつたい落ちはじめたことにも気づかずにささやく。「頭がからっぽ、でぶで役立たずなクソ野郎。あれはおれだった！　おれだったんだよ。そう、おれがやったんだ！」

非公開証拠で立証されてる。

そんなことがあるものか。

ブレイディは、あのでぶの元刑事を痛めつけなければならないという思いにしがみつき、その思いと同時に、思考能力がよみがえってくる。では、どうするべきか？　ブレイディはそれから三十分ほど、いくつかのシナリオを頭のなかで却下しながら具体的な方法を考えつづける。

やがて出てきた答えは、エレガントなほど単純だ。でぶの元刑事の友人――ブレイディがこれまでに確認できた範囲でいうなら、ただひとりの友人――は、白人名前の黒人小僧だ。で、あの黒人小僧が愛しているのは？　あいつの家族全員が愛しているのは？　飼い犬のアイリッシュセッターだ。オデルだ。

先ほどブレイディは〈ミスター・テイスティ〉の売れ筋商品の数リットル分に毒を混入させてやろうという夢想に耽《ふけ》っていたが、いまそれを思い出すと笑いがこみあげる。さっそくインターネットに乗りだして、下調べをはじめる。

勤勉に相当の注意を払うべし――ブレイディはそう思い、にやりとする。

気がつくと、いつしか頭痛は消えている。

毒餌

1

　ブレイディ・ハーツフィールドがジェローム・ロビンスンの犬の相棒、オデルに毒を盛る方法を突きとめるまで、それほど長い時間はかからない。ラルフ・ジョーンズという別人格があることも役に立つ――この人格はアマゾンやｅＢａｙといったサイトで注文をするのに充分な証明書のたぐいをそなえているばかりか、限度額の低いＶＩＳＡカードまでもっている。インターネットによく馴染む仮想人格をつくりあげるのがいかに簡単か、世の中の人々は知らなすぎる。きっちりと代金を支払っておけばそれでいい。支払いを怠れば、たちまち化けの皮を剥がされる。

　ブレイディはラルフ・ジョーンズになって、ガーデニングにつかうホリネズミなどの害獣駆除剤〈ゴファー・ゴー〉の五百グラム缶をひとつ買い、送り先としてラルフの私書箱の住所を伝える――〈ディスカウント・エレクトロニクス〉からそれほど遠くない〈スピーディ・ポスタル〉だ。

〈ゴファー・ゴー〉の主成分はストリキニーネ。ネットでストリキニーネ中毒の症状を調べたブレイディは、オデルが長いこと苦しむとわかって、うれしくなる。摂取後約二十分で、首と頭の筋肉が痙攣《けいれん》しはじめる。痙攣は急速に全身へと広がっていく。口は左右に引き延ばされて歯を剝きだしたようになる（というのは人間の場合で、犬がどうなるかはわからない）。嘔吐することもある——しかし、そのときにはもうかなりの毒が吸収されていて手遅れだ。激しい痙攣の発作が起こる。発作はどんどん激しくなり、やがて背骨が弓なりに大きく反ったままになる。背骨が折れる場合もなくはない。死にいたる場合——死は苦悶からの救済にちがいない、とブレイディは思う——死因は呼吸麻痺だ。外界から空気を肺へととりこむための神経系統があっさり機能しなくなるのだ。

いまから待ちきれない気分だ。

少なくとも、それほど長く待つことにはならないだろう……ブレイディはそう思いながら七台のコンピューターをシャットダウンし、階段をあがっていく。来週には必要な品が届いているはずだ。あれを犬に食わせるためには、肉汁もたっぷりのうまそうなハンバーグ用の生肉に混ぜるのがいちばんいいだろう。ハンバーグがきらいな犬はいないし、オデルにごちそうを差しだすための方策はもう正確に心得ていた。

ジェロームの妹のバーバラ・ロビンスンには、ヒルダという友人がいる。バーバラとヒルダはよく連れ立って、ロビンスン家から二ブロックのところにあるコンビニエンスストアの〈ゾニーズ・ゴーマート〉へ出かけている。どちらも口ではグレープ味の〈アイシーズ〉が好きだから通っているとは話してはいるが、ふたりが本当に好きなのは同年代の小さな友人たちといっしょに過ごす時間だ。少女たちは店舗裏手の駐車場にある低い石塀に腰かける——いってみれば、噂話をしたり、くすくす笑ったり、お菓子を交換したりしている半ダースほどの小鳥たちだ。ブレイディも〈ミスター・テイスティ〉の移動販売車を走らせているあいだ、彼らをしじゅう見かけている。手をふってやれば、みんな手をふりかえしてくる。

アイスクリームマンがきらいな者はいない。

ミセス・ロビンスンがバーバラにこの店への外出を許すのは週に一回か二回だ（〈ゾニーズ〉はドラッグ密売の場ではない――ミセス・ロビンスンも自分で確かめたことだろう）。しかし母親はこの外出を許可するにあたって条件を出している。ブレイディにもなんなく推理できる条件だ。バーバラひとりで店に行かないこと。一時間以内に帰宅すること。バーバラと友人たちはかならずオデルを連れていくこと。〈ゾニーズ・ゴーマート〉は犬を店内に連れこむことを禁止している。そのためヒルダと店でグレープ味のアイスを買ってくるあいだ、バーバラはオデルを外にある洗面所のドアハンドルにリードでつないでおかなくてはならない。

ブレイディはそのときを狙って、命とりの毒がはいったボール状のハンバーグをオデルに投げ与えるつもりだ――それも自分の車、特徴のないスバルを走らせて。あの犬はかなり大きい。だから二十四時間は生きながらえるかもしれない。そうなってほしいものだ。悲しさという感情には伝染力があるうえ、〝クソは下へ転がり落ちる〟という公理であますところなく表現できる特性もある。オデルが苦しめば苦しむほど、あの黒人少女とその兄が感じる悲しみはそれだけ大きくなるのだ。ジェロームはその悲しみをでぶの元刑事、別名カーミット・ウィリアム・ホッジズに伝えるはずだ。でぶの元刑事は、犬の死の責任が自分にあると思い知る――ブレイディの怒りをかきたてる無礼なメッセージを送ったことへの報復だ、と。オデルがくたばれば、あのでぶの元刑事にはわかるはずで——

母親のいびきをききながら二階までの階段を半分あがったところで、ブレイディは足をとめ、目を見ひらく——頭のなかで、ひとつの理解が形をとりつつある。

でぶの元刑事にはわかるはずだ。

だとすると、面倒なことになるのでは？　行動には結果がともなう。子供たちに売るために車に積んでいるアイスクリームに毒を混ぜる白昼夢に耽りながらも、じっさいの行動に移さない理由もそこにあるのでは？　実行しないのは、どこのレーダーにもひっかからず飛行をつづけたいからで、いまのところはそれが望みだ。

これまでのところホッジズは、ブレイディの手紙をもって警察署の友人たちを訪ねたりしていない。最初は、ホッジズが手紙をふたりのあいだの秘密にしておきたがっているからだと考えていた——ひょっとしたらホッジズはメルセデス・キラーを独力で突きとめる可能性に賭け、退職後のささやかな栄光を手にしようと企んでいるのではないか。しかし、いまではそれがまちがいだとわかる。退職刑事はおれのことを、犯人のふりをしている頭のいかれた男としか思っていない。だったら、なぜおれを追いつめようとするだろうか？

漂白剤やヘアネットといったマスコミには公開されていない情報を手紙の送り主のブレイディが知っていながら、ホッジズがどうしてそんな結論に達したのかはわからない。しかしどんな道筋かはともかく、あいつがその結論に達したことは事実。ここでいまおれがオデルに毒を盛れば、ホッジズは警察の仲間たちに助力を求めるだろう。手はじめは、昔のパートナーのピート・ハントリーだ。

もっと困ったことにもなりかねない――あの男を自殺に追いこむという目標とは裏腹に、生きる希望をあの男に与えてしまい、芸術の域に達するほど巧みなあの手紙の目的そのものを打ち壊してしまう。そんなことは願い下げだ。くそビッチのオリヴィア・トレローニーに生死をわかつ一線を越えさせたときには、人生最高のぞくぞくするような昂奮を味わった――あの女の車で何人もまとめて殺したとき以上の昂奮だったし、またおなじことをやってみたくもなった。事件の捜査を指揮した元刑事を自殺に追いこめれば――それ以上の勝利の美酒があるだろうか？

ブレイディは階段の途中で足をとめたまま、真剣に考えをめぐらせる。

それでも、あのでぶの豚野郎は自殺してくれるかも。犬を殺すことが、自殺を実行させる最後の背中のひと押しになるかも。

そうは考えても、自分でも本心からそうなるとは信じられないし、おまけに頭が警告の疼きを送りこんでくる。

いきなり、いますぐ地下室へ駆け降りていって〈青い傘〉にアクセスしたいという衝動が突きあげてくる。〝非公開証拠〟うんぬんの与太話がいったいなんのことなのか、でぶの元警官を問いつめ、そんなものを蹴散らしてやりたいという衝動が。しかし、それはとりかえしのつかない悪手だ。いかにもこちらがもの欲しげに見えるばかりか、必死になっているように受けとられかねない。

非公開証拠。

馬鹿ぬかすな、変態野郎。

《でも、やったのはおれだ！　自由を危険にさらし、命までも危険にさらして、このおれがやったんだ！　手柄をとりあげようとしても、そうはさせるか。ふざけんな！》

またしても、ずきずきと激しい頭痛。

低能のゴキブリじじいめ——ブレイディは思う。いずれにしても、この償いはしてもらうぞ。でも、あの犬がくたばってからだ。おまえの黒人の友だちも死ぬかも。ひょっとしたら、あの黒人一家が全員死ぬかも。あいつらが死んだあと、もっとたくさんの死人が出る。市民センターでの事件がピクニックに思えるほど多くの死が。

ブレイディは自室へあがって、下着姿でベッドに身を横たえる。頭はふたたび激しい痛みにさらされ、両腕は小刻みに震えつづけている（まるで自分がストリキニーネを摂取したみたいだ）。ここで朝まで苦しみながら過ごすことになりそうだ、ただし——

ブレイディは体を起こして、ふたたび廊下に出る。母親の寝室の前で四分近くも足をとめたのち、あきらめて寝室に足を踏み入れる。ついで母親のベッドに身を滑りこませると、たちどころに頭痛が軽くなっていく。ぬくもりのおかげだろう。あるいは母親の香りかもしれない——シャンプー、ボディローション、酒。いや、その両方の作用かも。

母親が寝返りをうつ。暗闇で母親の目が大きくひらかれている。「おや、わたしのハニーボーイかい。またつらい夜を過ごしてるんだね？」

「うん」熱い涙が目にこみあげてくるのが感じられる。

「〈ちっちゃな魔女〉？」

「今夜は〈おっきな魔女〉なんだ」

「あたしに助けてほしいの？」とはいえ母親には答えがあらかじめわかっている。ずきずき脈打つそれが母親の腹にあたっているからだ。「おまえはあたしによくしてくれてるものね」母親はやさしくいう。「だから恩返ししてあげる」

ブレイディは目を閉じる。母親の呼気には強烈な酒の臭気が混じっている。ふだんなら大きらいなにおいだが、いまは気にならない。「オーケイ」

母親は慣れた手つきですばやくブレイディの処理をすませる。長くはかからない。長くかかったことは一度もない。

「さあさあ」母親はいう。「おやすみなさい、ハニーボーイ」

ブレイディはほぼ即座に寝入る。

そして早朝の光に目を覚ませば、母親はまたいびきをかいて眠っている。口の端にはひと筋の髪が唾液でへばりついたままだ。ブレイディはベッドから起きあがって自室へ引き返す。いま頭は澄みわたっている。ストリキニーネをたっぷり含んだホリネズミ駆除剤がただいま配達中。いざ手もとに届いたら、あの犬を毒殺してやり、あとは野となれだ。あとは野となれ山となれだ。白人名前をもっている日焼けした黒人の若者たちは？　連中なんかどうだっていい。次にくたばるのはでぶの元刑事だ——それも、ジェローム・ロビンスンの苦悩とバーバラ・ロビンスンの悲嘆をたっぷりと味わったあげくの死。自殺かどうかを気にかける者がいるか？　大事なのはあいつがくたばることだけ。そしてそのあとは……。

「でっかいことをやってやる」ジーンズを穿き、無地の白いTシャツを着ながら、ブレイディはそう口にする。「栄光の炎だ」

その炎がどんなものになるかはまだブレイディ本人にもわからないが、それはいい。自分には時間があるし、その前にやるべきこともある。ホッジズのいう〝非公開証拠〟なるものを破壊しなくてはならないし、この自分こそ——ブレイディその人こそ——ホッジズが逮捕できなかった怪物、メルセデス・キラーであることを、あいつ本人に納得させなくてはならない。逮捕できなかった事実という塩を、ひりひり痛むまで傷口に擦りこんでくれよう。それが必要な理由はほかにもあって、もしホッジズがでっちあげの〝非公開証拠〟とやらを信じているのなら、ほかの警官たち——本物の現役警官たち——までもが信じこみかねないからだ。そんな事態は容認できない。いま必要なのは……

「信憑性だ！」ブレイディは無人のキッチンにむけて叫ぶ。「おれには信憑性が必要なんだ！」

ブレイディは朝食のしたくにとりかかる——ベーコンエッグだ。料理の香りが二階の母さんにまで届けば、食べようという気になってくれるかも。そうならなくても問題ない。自分が母さんの分を食べるだけ。とにかく腹がぺこぺこだ。

2

きょうは作戦成功だ——とはいえ、姿を見せたときの母親デボラ・アンはまだローブのベルトを締めているところで、ろくに目を覚ましてもいない状態だ。目の縁は充血が残って赤く、頬は血色をうしない、髪は四方八方に突き立っている。いまではふつか酔いに悩まされることはないが——頭脳も肉体もそこまで酒に慣れきっている——午前中はおおむね朦朧としたまま、テレビのクイズ番組をながめ、胃薬の〈タムズ〉をぽんぽん口にほうりこむだけで過ごすのがつねだ。午後二時を迎えて、母親にも世界の輪郭線がくっきり見えはじめると、その日最初の酒を口にする。

ゆうべのひと幕を覚えているのかいないのか、母親はその件を話題にしない。しかし考えれば、母親が話題にしたことは一度もない。それはブレイディもおなじだ。

母さんとのあいだでフランキーの話が出たこともないな——ブレイディは思う。そんな話題になったら、母子でなにを話せばいい？　いやはや、フランキーはひどい目にあって災難だったね、とでも？

「いいにおいだね。あたしの分はある？」

「好きなだけ食べていいよ。コーヒーは？」

「お願い。砂糖たっぷりで」母親はテーブル前の椅子にすわりこみ、カウンターのテレビに目をむける。電源が切れているが、それでもじっと見つめたままだ。ブレイディにはわからないが、ひょっとしたら母親はテレビがついていると本気で思っているのかも。

「制服を着てないんだね？」母親がいう——胸ポケットのところに〈ディスカウント・エレクトロニクス〉の店名がはいっている、前ボタンの青いシャツのことだ。ブレイディは自分でシャツにアイロンをかけている。床に掃除機をかける仕事や洗濯といった仕事とおなじで、アイロンがけも母親の得意分野ではない。

「十時までに出勤すればいいんだよ」ブレイディは答え、その言葉が魔法の呪文だったかのようにブレイディの携帯が目を覚まし、キッチンカウンターの向こう側から着信音を鳴らしはじめる。

「電話なんかほっときな、ハニーボーイ。朝食で外に出てたと嘘をいっておけばいいんだから」

それも魅力的だが、鳴っている携帯を無視できる力はブレイディにはない——壮大な破壊行為を実現させるため、いまはまだ判然としてはいないうえ、頻繁に変わりつづけている計画を、あっさり投げ捨てられないのとおなじだ。発信者表示を確かめてディスプレイに表示されている《**トーンズ**》の文字を見ても驚きはない。通称トーンズ、すなわちアントニー・フロビッシャーだ。〈ディスカウント・エレクトロニクス〉の（それも〈バーチヒル・モール〉支店の）お山の大将、お偉いさんだ。

ブレイディは電話をとりあげて答える。「きょうは遅番のはずだぞ、トーンズ」

「それはわかっているんだが、そこをなんとか出張サービスに出てほしいんだ。いや、ほんとに頼む、きみしかいないんだ」いくらトーンズでも、遅番出勤の日のブレイディに出張サービスを押しつけることはできない。だから、これほどへりくだった口調になっているのだ。「いっておけば、出張先はミセス・ロリンズだぞ。ほら、気前のいいチップをくれるのはわかってるだろ？」

チップをはずむのも当然で、なにせシュガーハイツ住まいだ。シュガーハイツ一帯は〈サイバーパトロール〉の上得意先であり、その顧客のひとりが——というかブレイディの得意客のひとりが——ほかならぬ故オリヴィア・トレローニーだった。まだ〈デビーの青い傘〉で会話をしていないころから、ブレイディはすでに二度、出張サービスで夫人の屋敷を訪れていた。いやはや、なんという昂奮のひとときだったことか。あの女がどれだけげっそりやつれたかを目のあたりにできた。両手がぶるぶる震えだすところも見られた。おまけに、あの女のコンピューターの中身を見る機会に恵まれたことで、ありとあらゆる可能性がひらけた。

「さあ、知らないけどね、トーンズ……」しかし、もちろん行くつもりだ。ミセス・ロリンズのチップだけが目当てではない。ライラック・ドライブ七二九番地の前を車で走りながら、こんなふうに考えるのが楽しいからだ——あの屋敷の門が閉まっているのは、ひとえにおれのおかげだ、と。ミセス・トレローニーの背中を最後にひと押しするためには、夫人のマックに小さなプログラムをひとつ仕込むだけでこと足りた。

コンピューター万歳。

「いいかい、ブレイディ。この出張仕事を引き受けてくれたら、きょうは一日ずっと店に出てこなくていい。どうだ？　仕事がおわったらビートルを駐車場に返して、そのあとあの馬鹿げたアイスクリームの移動販売車を転がす時間まで、なにもしないでぶらついていられるぞ」

「フレディは？　フレディを出せばいいじゃないか」そうたずねたのは、ただ相手をからかっているだけのこと。そもそもトーンズがフレディを出張に出せたのなら、いまごろあの女が現地へむかっているはずだ。

「きょうは病欠だよ。生理が重くて重くて死にそうだといってる。どうせ嘘っぱちの仮病さ。こっちにはわかっているし、向こうもわかっている。おまけにフレディは、おれが嘘を見抜いてることも承知してる。でも、もしおれが嘘をなじったりすれば、あいつはセクハラで苦情をいいたててくるね。で、あの女はおれがそこまでわかっていることも見抜いてるってわけだ」

ブレイディがにこにこ笑っているのを見て、母親も笑みを返してくる。それから母親は片手をもちあげてぎゅっと握るしぐさをし、その手をぐるぐると回しはじめる。《そんなやつはタマをねじりあげておやり、ハニーボーイ》のサイン。ブレイディの笑みが大きく広がって歯がのぞく。母親は酒飲みかもしれず、週に一、二回しか料理をしないかもしれず、めちゃくちゃ腹立たしくなることもあるが、こんなふうに息子の内心をあっさり読みとることもある。

「わかった、行くよ」ブレイディはいう。「自分の車で行ってもいいかな?」

「自家用車をつかう場合は出張手当が出ないことはわかってるな?」トーンズはいう。

「それが会社の方針だっていうこともね」ブレイディはいう。「そうだろ?」

「うむ……まあ、そうだ」

〈ディスカウント・エレクトロニクス〉のドイツの親会社であるシン・リミテッド社は、〈サイバーパトロール〉にフォルクスワーゲンをつかうのが有効な宣伝手段だと信じている。フレディ・リンクラッターにいわせれば、鼻汁みたいな緑色のワーゲンを走らせている人間にコンピューターを修理してほしがるような手あいは正気ではないということだし、この点についてはブレイディも同意見だ。それでも、世の中には正気でない人間が大勢いるらしく、出張依頼の電話はいっこうに途切れない。

とはいえ、ポーラ・ロリンズほど気前よくチップをはずむ客はめったにいない。

「オーケイ」ブレイディはいう。「でも、これでひとつ貸しができたからね」

「助かるよ、相棒」

ブレイディは、わざわざ〝おれはあんたの相棒なんかじゃない〟とはいわずに電話を切る――いわなくても、両者ともに知っているからだ。

3

ポーラ・ロリンズは豊満な体形のブロンド女で、住んでいるのは故ミセス・トレローニーの大邸宅から三ブロック離れた全十六室の擬似チューダー様式のお屋敷だ。部屋はひとつ残らずポーラのもの。ポーラがなにをしている女性なのかはまったく知らないが、どこぞの大金持ちの二番めや三番めの〝見せびらかし用ワイフ〟の座におさまってから離婚し、すこぶる有利な離婚条件を勝ちとったのではないだろうか。もしかしたらその大金持ちはポーラの見事なおっぱいに目がくらみ、婚姻前契約にまで頭がまわらなかったのか。ブレイディにはどうでもいい。知っているのは、たんまりチップを払える金持ちだということと、この女が自分にはぜったい言い寄ってはこないということだけ。もっけの幸いだ。そもそもミセス・ポーラ・ロリンズの見事な肉体などには、みじんの関心もない。

ただしポーラがブレイディの手をぎゅっと握って、そのままブレイディをドアの隙間から引っぱりこまんばかりだったことは事実だ。

「ああ……ブレイディ！　来てくれてよかった！」

水も食べ物もない絶海の孤島で三日を過ごしたあと、ようやく救助された女性のような口調だ。しかしブレイディは、ポーラが自分の名前を呼ぶ前に一拍の間があったことや、同時に目をちらっと下へむけて制服のシャツから名前を読みとったことに気づいている――ここに来たのはもう五、六回めなのに（それをいうなら、フレディもおなじくらい足を運んでいる。ポーラ・ロリンズはコンピューター虐待の常習犯だ）。しかし名前を覚えてもらえないことは苦ではない。むしろ、存在を忘れてほしいくらいだ。

「ただね……なにがわるいのか、わたしにはまったくわからないの！」

この脳たりん女にコンピューター不調の原因がわかったことが一度でもあるかのようないいぐさだ。この前――六週間前だ――ブレイディが来たときにはOSに致命的なエラーが発生するカーネルパニックが原因だったが、ポーラはコンピューターウイルスが自分のファイルを食いつくしてしまったにちがいないと思いこんでいた。ブレイディはコンピューターのある部屋から声をかけてポーラをなだめ、できるかぎりのことをすると話しかけた（ただし、あまり楽観的なことはいわないようにしながら）。そのあと椅子に腰を落ち着けてコンピューターを再起動させ、しばらく中身をながめたのちにポーラを部屋に招きいれて、きわどいタイミングで修理できた、と話した。あと三十分でも遅れていたら、あなたのファイルが本当に消えていてもおかしくなかった、と。あのときは八十ドルのチップをもらえた。その晩は母さんと外で夕食をとり、まずまずのシャンペンを一本あけた。

「なにがあったかを教えてください」ブレイディは脳外科医もかくやという重々しい口調でたずねる。

「わたしはなんにもしてないってば！」ポーラは声を張りあげる。いつでも声を張りあげる女だ。ブレイディが担当する出張サービスの顧客はひとり残らず声を張りあげる。それも女たちだけではない。トップクラスの地位にあるエグゼクティブがたちまち女々しい意気地なしになるのは、どんな局面よりも、自分のマックブックの中身がデータ天国へ昇天したかもしれない可能性に直面したときだ。

　ポーラはブレイディを引きずって客間（といってもアムトラックの長距離列車の食堂車にも負けない長さだ）を通り抜け、書斎へと案内する。

「わたしはこの部屋の掃除をしてたの。ここへはメイドの立ち入りを禁止しているし――窓ガラスをきれいに拭いて――床に掃除機をかけて――で、一段落して腰をおろし、メールを確かめようとしたら……スイッチを押しても、コンピューターがうんともすんともいわなくなってたの」

「なるほど。妙ですね」ブレイディは、ミセス・ポーラ・ロリンズがラテンアメリカ系のメイドを雇って家事をさせていることも知っているが、どうやらメイドは書斎への入室を禁止されているらしい。メイドにとっても幸運だ。ブレイディはすでにトラブルの原因を突きとめている――原因をつくったのがメイドだったら、おそらく解雇されただろう。

「ねえ、ブレイディ、なおしてもらえる？」目に涙がいっぱいたまっているせいで、ただでさえ大きな青い瞳がいっそう大きく見えている。いきなり頭にユーチューブで見た昔のアニメのベティ・ブープの顔が浮かび、〝プッ・プッ・ピィ・ドゥッ〟という声がつづく。おかげで笑い声をこらえなくてはならない。

「やってみましょう」ブレイディは雄々しい声でいう。

「わたし、お向かいのヘレン・ウィルコックスのところへ行く用事があるの」ポーラはいう。「でも、すぐにもどってくるわ。それに飲みたければ、キッチンに淹れたてのコーヒーの用意があるのよ」

そういいながらポーラは部屋を出ていき、この広大で豪華なお屋敷にブレイディをひとり残して外出する。上のフロアには、高価な宝飾品類がどれだけ散乱していることか。ただし、ポーラがその心配をする必要はない。ブレイディは出張サービス先から金品を盗んだりしないからだ。そんなことをすれば窃盗の現行犯でつかまりかねない。つかまらなかったにしても、盗難事件が起これば論理的に考えていちばん疑われるのはだれだ？　そういうこと。市民センター前に就職口欲しさで群れていた愚民の群れを片はしから刈り倒しながらも逃げきったというのに、処分の方法もわからないダイヤのイヤリングを盗んで逮捕されてしまっては元も子もないではないか。

ブレイディは裏口のドアが閉まるまで待ってから、客間へはいっていき、ポーラ・ロリンズが世界クラスの乳房をおともに道をわたる姿を見送る。ポーラの姿が見えなくなってから書斎へ引き返し、デスクの下へもぐりこんで、コンピューターの電源プラグをコンセントにつなぐ。どうせ掃除機をかけるときにプラグを抜いて、そのことを忘れていたにちがいない。

パスワード入力画面が出てくる。漫然と時間をつぶそうとして試みに《PAULA《ポーラ》》と名前を打ちこむと、ポーラ・ロリンズの個人的なファイルがどっさり置いてあるデスクトップ画面に切り替わる。いやはや、人はどこまで愚かになれるのか。

〈デビーの青い傘〉にアクセスし、でぶの元刑事からの新しいメッセージの有無を確認する。メッセージはない。しかし、ここで衝動のおもむくまま、退職刑事にメッセージを送りつけてやろうと思いたつ。かまうものか。

文章を書くのに、あまり考えすぎてはかえって駄目になることはハイスクール時代に学んだ。それよりもあつかいきれないほど多くのほかの考えが頭にはいりこんで重なりあってしまうのだ。それよりどんどん書くほうがいい。オリヴィア・トレローニーへの手紙もそんなふうに書いたし——白熱状態だったよ、ベイビー——ホッジズあての手紙もおなじ流儀で書いた。ただし、でぶの元刑事に送った手紙の場合には、書きおえたあとで二、三度読み返して文章のスタイルが一貫しているかどうかを確かめた。

いまブレイディはおなじスタイルで文章を書いていく——ただし、今回は短くおさめるようにと自分をいましめつつ。

じゃ、おれがどこでヘアネットや漂白剤のことを知ったんだろうね、ホッジズ刑事。非公開証拠っていうのはその手の品物のことだ——新聞にもテレビにも話が出なかったんだし。おまえは自分が愚か者ではないとほざく。でも、おれには愚か者にしか見えないよ。そりゃ、あれだけテレビばっかり見ていれば、脳味噌だっていいかげん腐っちま

うさ。
で、非公開証拠ってのはなんだ？
この質問にきっちりと答えてもらおうか。

ブレイディはメッセージを頭から読みなおして、一カ所だけ手をくわえる――一語で書いていた《ヘアネット》にハイフンを挿入したのだ。自分が当局から目をつけられる立場になるとは思えないが、万一そうなった場合に文章のサンプル提供を求められるはずだ。それくらいなら、こっちから提供してやりたい。群集に車で突っこんだときにはマスクをかぶっていたが、こうして文章を書くときにはメルセデス・キラーというマスクをかぶる。

ブレイディは《送信》ボタンをクリックし、インターネットの履歴をひらいてみる。つかのま、ブレイディは愉快な思いで手をとめる。というのも、〈白ネクタイと燕尾服《ホワイトタイ・アンド・テイルズ》〉というサイトの履歴がいくつかあったからだ。フレディ・リンクラッターに教えられたので、どんなサイトかは知っている――女性専用のエスコートサービスだ。どうやらポーラ・ロリンズには秘密の生活があるらしい。

しかし、ひるがえって考えるなら、だれにでも秘密の生活があるのでは？

ともあれ、ブレイディには関係のないことだ。ブレイディは〈デビーの青い傘〉訪問の履歴を消去してから、大きな工具箱をひらいて、工具のたぐいを適当にとりだしてならべだす――ユーティリティディスク、モデム（壊れているが、どうせポーラにはわからない）、ＵＳＢメモリ各種、それに電圧調整器。最後の品はコンピューター修理には縁もゆかりもないが、見た目がいかにもテクノロジーっぽい。さらにリー・チャイルド作品のペーパーバックをとりだして読み進めるうちに二十分たち、サービスを依頼した顧客が裏口から帰ってくる。

ポーラ・ロリンズが戸口から顔を突きだしたときには、ペーパーバックは影もかたちもなく、ブレイディは適当にならべた品物を工具箱へ片づけているところだ。ポーラは不安のいりまじった笑みをブレイディに送る。「うまくいった？」

「最初はいい状態には見えませんでした」ブレイディは答える。「でも、不具合の原因を突きとめましたよ。トリマースイッチが故障して、それがエインプ回路をシャットダウンさせていたんです。こういった場合、コンピューターのプログラムは起動しないことになっています。もし起動していたら、データが全部消えてしまいますからね」深刻ぶった顔でポーラを見つめ、「故障した部品が発火してもおかしくはありませんでした。以前にもそういった事故例がありまして」

「ああ……まあ……そんな……大変だわ」ポーラはいう――一語ごとに区切る芝居がかった口調でいいながら、片手を胸の高い位置にあてながら。「本当にもう大丈夫なの？」

「ええ、まちがいありません」ブレイディはいう。「ご自分でお確かめください」

ブレイディはそういってコンピューターの電源を入れ、ポーラが猿でもわかるパスワードを入力するときには、わざと顔をそむけて見ていないふりをする。ポーラは二、三のファイルをひらき、満面の笑みでブレイディにむきなおる。「ブレイディ、あなたは神さまからの贈り物ね」

「母からもよくおなじことをいわれました。といっても、ぼくがビールを合法的に買える年になるまででしたけど」

ポーラは、生まれてからこのかた、こんなに笑える冗談を耳にしたことはないとでもいう風情でけたたましく笑う。ブレイディも声をあわせて笑う——というのも、いきなりひとつの幻想が頭をかすめたからだ。ポーラの両肩を膝で押さえつけて動きを封じ、悲鳴をあげているその口に、ポーラ自身のキッチンからもってきた肉切り庖丁を深々と突き立てている自分の姿が。軟骨が切れる感触が手に伝わってくるかのようだ。

4

ホッジズは〈青い傘〉サイトを頻繁にチェックしている。そのためブレイディが《送信》ボタンをクリックしてから、わずか数分後には新着メッセージに目を通している。

ホッジズはにやにや笑っている。そのせいで皮膚が引き延ばされてつややかになり、ハンサムといってもいいほどの顔になっている。これで両者の関係が明確に規定された——つまりホッジズが漁夫、ミスター・メルセデスが魚だ。魚といっても狡猾な魚ではある——いきなり身をひるがえして、釣り糸を引きちぎることもある魚だ。だから慎重に相手をしてやり、じわりじわりと糸をたぐって船に引き寄せる必要がある。それができれば、そして忍耐強くなれれば、遅かれ早かれミスター・メルセデスはホッジズとの会見に同意する。まちがいない——というのがホッジズの読みだ。

なぜなら……わたしを自殺へ追いやる策がしくじれば、あいつに残された道はひとつだけになる——すなわち殺人に。

ミスター・メルセデスが賢明に立ちまわりたければ、このままそっと立ち去るはずだ。もし本当にそう行動すれば、道はそこで行きどまり。しかし、あいつはそうしない。ひとつには怒り狂っているからだが、それは理由の一部、しかもごく小さな一部分だ。はたしてミスター・メルセデスは、自分がどれだけ狂気におかされているかを知っているのだろうか？　このメッセージに確たる情報がひとつ含まれていることに気づいているだろうか？


あれだけテレビばっかり見ていれば、脳味噌だっていいかげん腐っちまうさ。


きょうの午前中までは、ミスター・メルセデスによって自宅を監視されていたのではないかと強く疑っているだけだった——それがいま確たる知識に変わった。この極悪人はわたしの住んでいる界隈にまでやってきていたのだ。それも一度ならず。

ホッジズは法律用箋を引き寄せ、考えられる返事の候補を書きつけはじめる。魚が釣針を感じているいま、隙のない文面にしなくては。いまはまだ魚はその痛みの正体を見抜いてはいないが、それでも痛みを感じて怒ってはいる。魚が痛みの正体を察する前に、この怒りをもっと煽り立ててやる必要があるし、それにはリスクがともなう。釣糸が切れるというリスクこそあれ、それでも釣糸を引いて、釣針をさらに深く埋めこんでやらなくては。どうすれば……？

ふっと、昼食の席でのピート・ハントリーの言葉が思い出される。なんの気なしに口にしていた言葉。それで答えがわかる。ホッジズはざっと法律用箋に書きとめ、書きなおし、さらに推敲《すいこう》する。書きあげたメッセージにいま一度目を通し、これでうまくいくはずだと判断する。手短で辛辣。おまえが忘れているものがあるんだよ、馬鹿。でっちあげの自白をするようなやつが知るはずのないことがね。いや、それをいうなら本当の自白をする者だって知っているはずがない……走る凶器に乗りこむ前に、ミスター・メルセデスが凶器を頭から尻尾まで丹念に調べていればわかったことだ。しかし、おそらくそんなことはしていなかったはずだ。

この見立てが見当ちがいなら、釣糸はすっぱりと切れて、魚はするりと逃げてしまうことだろう。しかし、昔からことわざにもいうではないか——虎穴にいらずんば虎児を得ず。魚にはいますぐにでもメッセージを送信したいところだが、悪手だとわかってもいる。魚にはいましばらく出来のよくない古い針をくわえたまま、おなじところを堂々めぐりに泳いでいてもらおう。問題は、そのあいだこちらがなにをしているかだ。いまほどテレビが色褪せて思えたためしはない。

ホッジズはあることを思いついて——けさは多くの思いつきが頭に浮かぶ——デスクのいちばん下の抽斗をあける。この抽斗には、ピートとふたりで街の聞き込み捜査をしていたときに携行していた小型のメモ帳をおさめた箱がある。このメモ帳がまた必要になるとは予想もしていなかったが、ホッジズは新品をひとつとりだしてチノパンツの尻ポケットにおさめる。

メモ帳はポケットにぴったりとおさまる。

5

　ホッジズはハーパー・ロードを半分ほど進んだところで、昔とまったくおなじように一軒一軒まわってドアをノックしはじめる。道を横断し、また横断して引き返し、だれひとり逃さないようにしながら来たほうへともどっていく。きょうはウィークデイだが、驚くほど多くの人々がノックやドアベルに応じて顔を出す。家にいる母親たちもいるが、多くはホッジズとおなじ退職した年金生活者だ——経済の底が抜け落ちる前に住宅ローンを払いおわる程度には運に恵まれたが、それ以外の面ではとうてい悠々自適とはいえないレベルの人々。その日暮らしではないし、その週暮らしというほどではないが、月末が近づけば食費と高齢者用の薬代をうまく天秤にかけなくてはならない人たち。

　ホッジズの口実は単純だ。いつの場合も単純な口実がベストと決まっている。数ブロック先で空き巣が発生した、犯人は若者たちだろう、それで場ちがいに思えるような車が——それも二度三度と——このあたりを走っていたのを目にしていないか、とたずねる。この通りの制限時速の四十キロをさらに下まわる低速で走っていたかもしれない、とも話す。これ以上の言葉を費やす必要はない。人々はみな警察ドラマを見ているので、〝地取り〟がなにを意味しているかは知っている。

ホッジズは人々に身分証を見せる。身分証の写真の下にある氏名などの重要な情報の上には《退職》という赤字のスタンプが捺してある。ホッジズは慎重に、こんなふうに調べてまわってはいるが、警察から依頼されたわけではなく、純粋に個人でやっていることだと説明する（いまの段階でいちばん望ましくないのは、ダウンタウンのマロウ・ビルディングにある警察署にだれかが電話でこの件を問いあわせることだ）。なんといっても自分もこの町内に住んでいる身であり、それゆえ街の安全にかかわりがある身だ、とも話す。

ミセス・メルボルン――この未亡人が丹精している花壇は犬のオデルを魅了してやまない――は、家にあがってコーヒーを飲んでいかないかとホッジズを誘う。夫人が寂しそうなので、ホッジズはこの誘いを受ける。この女性とまともな会話をするのは初めてだが、ホッジズにはこの女性が、よくいえばかなり奇矯な――もっと露骨にいえば完全に頭がおかしい――女性だとすぐにわかる。ただし話しぶりは明瞭そのもの。その点だけは認めるほかない。ミセス・メルボルンは自分が目にした黒のSUVの説明をして（「車内が見通せない黒のスモークガラスだったわ、テレビの〈24〉に出てきたのとおんなじ」）、その車には特殊なアンテナがついていたと話す。ホイッパーズというアンテナだ――そういいながら片手を前後にふり動かして形状を示す。

「なるほど」ホッジズはいう。「それはメモしておかなくては」メモ帳のページをめくり、新しいページにひとこと、《ここから出ていかなくては》とだけ書きつける。

「それがいいわ」ミセス・メルボルンは目を輝かせている。「そうそう、奥さまが家を出られてしまって、本当にお気の毒に思ったことをいっておかなくちゃ。たしか、もうお別れになったのよね?」

「万事が不一致だという点だけは夫婦で意見が一致しました」ホッジズは本心とは裏腹に愛想よく答える。

「こうしてあなたとお話しできたのも、あなたが町内に目を光らせているとわかったのもうれしかったわ。さあ、クッキーをもう一枚どうぞ」

ホッジズは腕時計に目をむけ、メモ帳をぱたんと閉じて立ちあがる。「いただきたいのは山々ですが、そろそろおいとましないと。昼に人と会う約束があるもので」

ミセス・メルボルンはホッジズの太った体に目を走らせる。「病院かしら?」

「カイロプラクティックです」

ミセス・メルボルンは眉を曇らせ、そのせいで顔全体が目のある胡桃《くるみ》の殻に変わる。「あらあら、考えなおしたほうがいいわよ、ホッジズ刑事。だって、俗に〝背骨へし折り屋〟っていわれるくらい危険だもの。施術台に横になって体をあずけたら、それっきり二度と歩けなくなった人もいるというし」

ミセス・メルボルンは玄関までホッジズを見送る。ホッジズがポーチに足を踏みだすと、夫人がこういいはじめる。

「わたしだったら、アイスクリームマンもいちおう調べてみるわ。今年の春は、なんだかあの車がいつもこのへんを走ってる気がする。ローブズ・アイスクリーム工場は、あの小さな移動販売車のスタッフを雇うときに身上調査をやってると思う? やってることを祈るわ。だって、あの男はなんとなく怪しげだもの。もしかしたら……ショタコーンとかいう変態かも」

「移動販売のスタッフは紹介状をもっていると思いますが、いちおう調べてみましょう」

「ぜひともお願い！」ミセス・メルボルンは歓喜の声でいう。

ここでミセス・メルボルンが鉤つきの長い棒──昔のヴォードヴィルのショーに出てきたようなもの──をもちだして、自分を家のなかへ引きもどそうとしたらどうしよう？　そんなことを思っていると、頭のなかに子供のころに読んだ『ヘンゼルとグレーテル』の魔女のイメージがふっと浮かんでくる。

「それから──たったいま思いついたけど──最近よく見かけるヴァンが何台かあるのよ。見た目はいかにも配送業者のヴァンみたい──車体に社名がはいっているから。でも、会社の名前なんて、だれだってでっちあげられるでしょう？」

「その可能性はつねにありますね」ホッジズはいいながら玄関前の階段をおりていく。

「一七番地の家にもぜひ行ってちょうだいな」ミセス・メルボルンは丘のふもとあたりを指さす。「あと少しでハノーヴァー・ストリートっていうところのお宅よ。あそこには最近引っ越してきた人たちが住んでいるんだけど、すごく大きな音で音楽をかけるの」

ホッジズは情報提供の礼を述べると、足を引きずって道をわたる。黒のＳＵＶに〈ミスター・テイスティ〉の販売スタッフか。おまけに、アルカーイダのテロリストで満員の配達ヴァンときた。

道をわたったところで会ったのは専業主夫。名前はアラン・バウフィンガー。

「ゴールドフィンガーとまちがえないでくださいね」いいながら、日陰になっている家の左側に置いてあるローンチェアにすわるようホッジズにすすめる。ホッジズは喜んで誘いに応じる。

　バウフィンガーは、グリーティングカードづくりで生計を立てていると話す。

「得意なのは、ちょっとばかり皮肉の棘を利かせたカードです。たとえば、表には《お誕生日おめでとう！　いちばんすてきなのはだれ？》と書いてある。カードをひらくと内側は光沢のあるアルミフォイルで、まんなかに溶けたクラックが流れてるんです」

「ほう？　で、その心は？」

　バウフィンガーは両手をかかげ、カードの輪郭を示すような形にする。「〝おまえじゃない。でもおまえのことは大好きさ〟」

「愉快に思わない人もいるのでは」ホッジズは思いきっていう。

「たしかに。でも、ちゃんと愛のメッセージで締めくくってます。そういうカードが売れるんです。まずがぶりと嚙みついてからハグをする。さて、きょうのご用件はなんでしょうか、ミスター・ホッジズ？　いや……ホッジズ刑事とお呼びしたほうがいい？」

「最近では、ただのミスターです」

「わたしは、いつもどおりの車しか見ていませんよ。目当ての家をさがしている人や、学校が退《ひ》けると出てくるアイスクリームの移動販売車を別にすれば、ゆっくりとあたりをうかがって走っているような車は見ていませんし」バウフィンガーは意味深に目をぎょろりとまわす。「ミセス・メルボルンからは、どっさり話をきかされたんでしょう？」

「いや、その……」

「あの人はNICAPの会員です」バウフィンガーはいう。「NICAPというのは、全国《ナショナル・イン》空中現象調査委員会《ヴェスティゲーション・コミッティー・オン・エリアル・フェノミナ》の略ですよ」

「気象関係ですか？　竜巻とか雲の形成プロセスとか？」

「空飛ぶ円盤です」バウフィンガーは両手を空へむけてもちあげる。「あの女性は連中がわたしたちのなかにまぎれこんでいるものと思ってます」

　まだ現役で警察署に勤務していて公式な捜査の指揮をとっていたら、ぜったい口にしない言葉をホッジズは口にする。「ついでに、〈ミスター・テイスティ〉はショタコーンの変態だとも思ってますな」

　バウフィンガーは目尻から涙がこぼれるまで大声で笑いつづける。「あの男はもう五、六年ばかり、この界隈を鐘の音のテーマソングを流しながら、小さな移動販売車を転がしてまわってます。その五、六年のあいだに、いったい何人の少年を毒牙にかけたことやら」

「わかりません」ホッジズは立ちあがると、「数十人単位でしょうか」といいながら、片手をさしだす。バウフィンガーが握手に応じる。退職した年金生活者について、ホッジズはまた新しい知見を得る――隣人はみな語るべき物語があって、それぞれ特徴のある性格をそなえている。さらには、興味をかきたててくれる者さえいる。

　そのあとホッジズがメモ帳をポケットにしまっていると、バウフィンガーの顔に心配そうな表情があらわれてくる。

「どうかしましたか？」ホッジズは単刀直入にきく。

　バウフィンガーは通りの反対にある家を指さしていう。「あの家で出されたクッキーを食べたりはしていませんよね？」

「いただきましたよ。でもどうして？」

「わたしだったら、数時間はトイレのそばを離れないように心がけますね」

6

自宅に帰りつくころには土踏まずが痛み、足首が高いCの音で歌い、留守番電話のメッセージライトが点滅している。電話をかけてきたのはピート・ハントリー。昂奮もあらわな口調だ。

「電話をくれ。信じられない。とてもじゃないが事実だとは思えないぞ」

それを耳にするなり、ホッジズの胸に理不尽な確信が芽生える――ピートと新しいパートナーのイザベルが、ついにミスター・メルセデスをつかまえたにちがいない、と。胸を嫉妬の刃で深々と刺された気分につづいて――いかれた話だが事実だ――怒りがこみあげる。心臓が激しい動悸を刻むなか、ホッジズはスピードダイヤルでピートに電話をかける。しかし、留守番電話サービスにつながるだけだ。

「メッセージをきいた」ホッジズはいう。「すぐ電話をかけてくれ」

電話を切って身じろぎもせず椅子に腰かけたまま、指先だけは落ち着きなくデスクの表面をとんとん叩く。だれがあのサイコ野郎をつかまえようと問題ではない――そう自分にいいきかせるが、やはり〝だれが〟の部分は大問題だ。逮捕されたとなれば、自分があの犯人《パーク》（奇妙なことだが、この単語が頭にこびりついている）とメッセージをやりとりしていた事実が明るみに出るだろうし、そうなれば、かなり熱いスープに投げこまれるような目にあうからだ。しかし、それさえ重要ではない。重要なのは、ミスター・メルセデスがいなくなったら、すべてがふりだしにもどるという点だ——午後のテレビと父親が残した拳銃をもてあそぶ日々に。

ホッジズは黄色い法律用箋をとりだし、近所の聞きこみでかわした会話の記録を書きつけはじめる。一、二分ばかりこの仕事をつづけたのち、法律用箋を調査ファイルに投げもどして、ぴしゃりとカバーを閉じる。ピートとイザベル・ジェインズがあの男を逮捕したのなら、ミセス・メルボルンが見たというヴァンや不気味な黒いSUVにはクソほどの意味もなくなる。

ふと〈デビーの青い傘〉にアクセスして、merckill にメッセージを送りたい気持ちになる——《あいつらにつかまったのかい?》と。

馬鹿馬鹿しい。しかし、奇妙にも魅力的だ。

電話が鳴って、ホッジズは受話器をひったくるようにとりあげる。しかし、かけてきたのはピートではない。オリヴィア・トレローニーの妹だ。

「ああ……」ホッジズはいう、「こんにちは、ミセス・パタースン。お元気ですかな?」

「ええ、元気」ジャネル・パタースンはいう。「それから、わたしのことはジェイニーと。お忘れ? わたし、ジェイニー、あなた、ビル」

「ジェイニーですね、ええ」

「なんだか、わたしの声をきいてもあまりうれしくないみたいね、ビル」もしや、ほんの少しとはいえジャネルは男と女のゲーム気分になっているのか? だったら楽しくないか?

「いえいえ、電話はうれしいのですが……あいにく、まだ報告できることがひとつもないので」

「そっちを期待していたわけじゃないの。電話をかけたのは母のことよ。母についてはいちばん詳しい〈サニーエイカーズ〉の看護師が、マクドナルド・ビルディングの昼間のシフトで勤務してる――母はこのビルに小さなつづき部屋を所有してるの。わたしはこの看護師に、母の意識がまたしっかりしたら知らせてくれと頼んでおいたの。いまでも、そういうときがあるから」

「そういうお話でしたね」

「その看護師からついさっき電話があって、昔の母が――一時的ではあれ――もどってきたと知らせてくれたわ。一日か二日は頭がすっきり澄んでいて、そのあとまた曇ってしまうかもしれない。母と会って話をききたい気持ちに変わりはない？」

「それもひとつの手だと思います」ホッジズは用心深く答える。「しかし、うかがえるのはどうしてもきょうの午後になってしまいます。いまは電話待ちなので」

「姉の車を盗んだ犯人に関係する電話？」ジャネルは昂奮した口調だ。ホッジズは思う――きっとわたしもおなじような口ぶりにちがいない。

「そのあたりをぜひ解き明かしたくて。あとで電話をかけなおしてもいいですか？」

「もちろん。わたしの携帯番号はわかる？」

「ええ」

「ええ」ジャネルはからかうように、ホッジズの口調を真似る。神経がぴりぴりしていたにもかかわらず、この物真似にホッジズは笑みを誘われる。「なるべく早く電話してね」

「心がけます」

ホッジズは電話を切る。しかしまだ受話器から手を離さないうちに呼出音が鳴りだす。今回はピートだ。しかもさっき以上に昂奮した声を出している。

「ビリー、さっきは電話を切らなくちゃいけなくてな。やつを取調室に閉じこめてある——いっておけば、おまえさんがいつも幸運の部屋と呼んでいた第四取調室だぞ。でも、おまえさんに知らせずにはいられなくてな。やつをつかまえたぞ、相棒。ああ、とっつかまえてやった！」

「だれをつかまえたって？」ホッジズはしっかりした声をたもちながら、そうたずねる。心臓の鼓動もいまは落ち着いているとはいえ、こめかみの疼きが感じられる程度には強い。〝どくっ・どくっ・どくっ〟と。

「デイヴィスの野郎だよ！」ピートは声を張りあげる。「ほかにだれがいる？」

デイヴィスか。テレビカメラと相性のいい妻殺しの男。ビル・ホッジズは安堵に目を閉じる。安堵を感じている場合ではないが、それでもほっとしたのは事実だ。

ホッジズはいう。「つまり猟区管理官がやつの別荘近くで見つけたという遺体が、奥さんのシーラ・デイヴィスだと判明したんだな？　まちがいないだろうね？」

「まちがいない」

「こんなに早くDNA鑑定の結果を手に入れるとは、いったいだれのケツをひっぱたいた？」

ホッジズの現役時代には、サンプルの提出からDNA鑑定の結果が出るまで一カ月なら御の字、平均所要日数は六週間だった。

「DNAなんか必要ない。もちろん公判では必要だが、いまは——」

「必要ないとはどういう意味——？」

「いいから黙って話をきけ。あいつがふらりと通りを歩いて署にやってきて自白したんだよ。付添の弁護士もなければ、でたらめの正当化の言葉もいわずにね。こっちがミランダ警告を読みあげて被疑者の権利を伝えると、最後まできいてから、弁護士は不要だといったんだ。ただ、心の重荷をおろしたいだけだ、といって」

「びっくりだ。わたしたちがやった事情聴取のときと変わらず、よどみない話しぶりなのか？　おまえを騙そうとしてるんじゃないんだろうな？　先々のことまで考えたロングゲームじみた企みじゃないのか？」

　もしつかまえたら、ミスター・メルセデスもその手の策を企みそうだ——ホッジズは思う。ただのゲームではなく、長期にわたって先々まで考えたロングゲーム。悪意のしたたるような二通の手紙で、それぞれ異なるスタイルをわざわざつくりあげていた裏には、そういう目論見があるのでは？

「ビリー、奥さんだけじゃないんだ。デイヴィスがこっそりつきあっていた愛人たちのことは覚えてるか？　やたらに大きく髪をふくらませ、ついでにおっぱいもふくらませてて、ボビ・スーとかなんとか、その手の名前の女たちだよ」

「もちろん。その女たちがどうしたって？」

「今度の件が公表されたら、あの若い女たちは、まだ命があることをひざまずいて神に感謝したくなるだろうよ」

「話が見えないんだが」

「ターンパイク・ジョーだよ、ビリー。ここからペンシルヴェニアまでの州間高速道路のあちこちのサービスエリアで、合計五人の女性が強姦されて殺された事件があっただろう？　最初の事件は一九九四年、最後が二〇〇八年だ！　ドナルド・デイヴィスはあれも自分の犯行だと話してる！　デイヴィスがターンパイク・ジョーだったんだよ！　やつは日時や場所や事件の詳細を話してる。どれも事実と一致した。これが……舞いあがらずにいられるか！」

「まったく同感だよ」ホッジズはいう――まぎれもなく本心そのままの言葉だ。「おめでとう」

「ありがとよ。でも、きょうの朝は出勤以外になにもしていないんだがな」ピートはけたたましく笑う。「スロットマシンでスーパービッグな大当たり《ジャックポット》を当てた気分だよ」

　ホッジズはあいにくおなじ気分ではない。しかしスーパービッグな大当たり《ジャックポット》を逃したわけではないことは、せめてもの救いだ。調査するべき事件があることに変わりはないのだ。

「さて、そろそろ取調室にもどらないと。下手をしてあいつが心変わりを起こしてたらことだ」

「ああ、わかった。でも、ピート……その前にひとつだけいいか？」

「なんだ？」

「やつに公選弁護人をつけろ」

「ああ、ビリー――」

「本気でいってるんだ。尋問でやつに洗いざらい吐かせるのはいいが、その前に――記録に残すためだけでも――公選弁護人の手はずをととのえていると、やつに通告しておけ。署のあるマロウ・ビルディングにだれかがやってくる前に、やつをぎゅうぎゅう搾りあげるのはかまわん。でも、手順をきっちり踏むのも大事だぞ。いいか、きいてるのか？」

「わかった。賢明な判断だな。イザベルにやらせておこう」

「それがいい。さあ、取調室へもどれ。やつの首根っこを押さえろ」

信じがたいことにピートがときの声をあげる。人もその手の声を出すと話にはきいていても、じっさいに——本物の雄鶏ならともかく——人があげるのをきいたのは初めてだ。「ターンパイク・ジョーだぞ、ビリー！　くそったれ・ターンパイク・ジョーときた！　信じられるか？」

ピートはそういうなり、昔のパートナーのホッジズに答える隙を与えずに電話を切る。ホッジズはそのままの場所に五分近くもすわったまま、時間差で訪れてきた震えがおさまるのを待つ。おさまってからジェイニーことジャネル・パタースンに電話をかける。

「わたしたちがさがしている男に関係した話じゃなかったのね？」ジャネルはいう。

「あいにくちがいました。別の事件がらみだったんです」

「あらあら。残念」

「たしかに。で、いまもまだ老人ホームへいっしょに行ってくれる気はあります？」

「あるわ。外の歩道で待ってるから」

外へ出る前に最後にいま一度と思い、ホッジズは〈青い傘〉のサイトをチェックする。メッセージは届いていないし、いまのところ注意を払って組み立てたメッセージを送るつもりもない。送るのなら早くても今夜でいい。それまでしばらく、魚には食いこんだ釣針の感触を味わっていてもらおう。

それからホッジズは家をあとにする——きょうはここへ帰らないかもしれないという予感ひとつないままに。

7

〈サニーエイカーズ〉は豪勢な施設だ。あいにくエリザベス・ウォートンはそうではない。いまこの女性は車椅子にすわって背中を丸めている。その姿勢からホッジズが連想したのは、ロダンの彫刻〈考える人〉だ。窓から午後の日ざしが斜めに射し入り、ミセス・ウォートンの髪の毛を後光と見まがうほど精妙な銀色の雲に変えている。窓の外には完璧な手入れをほどこされた芝生がうねるように広がり、数名の壮健な高齢者たちがスローモーションでクローケーの試合をしている。ミセス・ウォートンのクローケーの日々はもうおわっている。二本の足で立てる日々もまた過去になっている。ホッジズがこの前見たときには——隣にピート・ハントリー、そしてこの女性の隣にはオリヴィア・トレローニーがすわっていた——すでに体を折り曲げられたような状態だった。そしていまは、へし折られた状態だといえる。

先細りになった白のスラックスに青のストライプのセーラーシャツという、いかにも活動的な服装のジャネルが車椅子の横にしゃがみ、ミセス・ウォートンの痛ましいほどねじれた手をさすっている。

「きょうの気分はどう、母さん?」ジャネルはたずねる。「この前より元気そうだけど」

この言葉が事実なら……ホッジズの背すじが凍る。

ミセス・ウォートンはなんの感情も——困惑さえも——のぞかせず、褪せた青い瞳を娘にむけたままだ。ホッジズは落胆する。ジャネルとここまで来るドライブは楽しかったし、ジャネルを見ているのも楽しかった。ジャネルについて前より詳しくなれたのもうれしかった。いいことだ。それがあればこそ、ここへ来たのも無駄足ではない。

そのとき、小さな奇跡が起こる。白内障で濁った老女の目が澄みわたる——つづいて、ひび割れた唇が微笑のかたちをつくる。

「よくきたね、ジェイニー」手はほんの少ししかあがらない。しかし目はすばやくホッジズのほうをむく。いまその目は冷ややかだ。「あら、クレイグ」

ここへ来るまでの車内での会話で、ホッジズはクレイグが何者かを知っている。

「クレイグじゃないわ。わたしのお友だち。名前はビル・ホッジズ。前にも会ったことがあるはずよ」

「いいえ、会ったことなんかないはず……」という言葉が尻すぼみに消えていき——眉を寄せながら——こうつづける。「あなたは……あのときの刑事のひとり?」

「いかにもそのとおりです」すでに退職していることを話そうとは、ホッジズは最初から考えもしない。老女の脳味噌に機能している回路が残っているうちは、とにかく話を単純にしておくのがいちばんだ。

ミセス・ウォートンはますます眉を寄せ、ひたいに深い皺の川ができる。「あなたたちはオリヴィアがキーを車に忘れていって、だから犯人が車を盗めたって考えてた。あの子はそれはもう何度も何度も話をしたのに、あなたたちはまるっきり信じようとしなかったっけ」

ホッジズはジャネルの真似をして車椅子のすぐ横に片膝をつく。「ミセス・ウォートン、いまでは当時のわたしたちの見解がまちがっていたと思うようになりました」

「もちろん、あなたたちはまちがってたよ」老女は視線をすばやく、まだ生きているほうの娘へと移動させ、骨が棚をつくっているひたいの下からジャネルを見あげる。そんなふうに目を動かすことでしか、なにかを見ることができないのだ。「クレイグはどこ？」

「あの人とは去年離婚したのよ、母さん」

ミセス・ウォートンはちょっと考えてから答える。「あんなクズ男、厄介払いできてよかったじゃないか」

「その意見には全面的に賛成。ね、ビルがいくつか質問したいといってるんだけど、いいかしら？」

「いけない理由は思いつかないね。でも、その前にオレンジジュースが飲みたい。ついでに痛みどめの薬も」

「いまから看護師さんの部屋へ行って、薬の時間かどうかをきいてくる」ジャネルはいう。「ビル、わたしが席をはずしても――？」

ホッジズはうなずき、二本の指をふって《かまわん、行ってこい》とジェスチャーで伝える。ジャネルが居室から出ていくなりホッジズは立ちあがり、面会者用の椅子をよけて進み、エリザベス・ウォートンのベッドに腰かけて両膝のあいだに両手をはさみこむ。メモ帳は持参していたが、目の前でメモをとっていてはミセス・ウォートンの注意をそらしてしまうことになるのではないかと心配だ。ふたりはしばし無言のまま見つめあう。ホッジズは老女の頭のまわりに広がる銀色の光輪に目を奪われる。きょうの朝、ここのスタッフが髪をととのえた形跡も残っているが、それからの数時間で髪はまた自分勝手に形を変えてしまっている。それでもホッジズは喜ばしい気分になる。脊柱側彎症の影響で体は醜くねじくれているが、髪の毛は美しい。乱れ放題に乱れていて美しい。

「いまにして思えば」ホッジズはいう。「わたしたちは娘さんにひどいことをしたといえます」

そのとおり。たとえオリヴィア・トレローニーが意図せざる共犯者だったとしても、ホッジズは夫人がキーをイグニションから抜き忘れたという説を捨てきれなかったし、ピートとふたりで進めた捜査はお粗末のひとことだ。好意をいだけない相手の言葉を、人はあっさりと——あまりにもあっさりと——頭から信じなかったり、払い捨てたりしがちだ。

「当時わたしたちはある種の先入観で目をふさがれていました。そのことをお詫びいたします」

「それはジェイニーの話？　ジェイニーとその亭主のクレイグの？　あの男はジェイニーに乱暴したのよ。クレイグが気にいってつかっていたなんとかいうドラッグをジェイニーがやめさせようとしたら、あの男は暴力をふるったの。あの子は一回だけっていったけど、あいつはもっと何回も殴ってると思うわ」ミセス・ウォートンは片手をのろのろともちあげ、青白い指で鼻を軽く叩いてみせる。「母親にはわかるものなの」

「いえ、ジェイニーの話じゃありません。オリヴィアの話です」

「あの男はオリヴィアが薬を飲むのをやめさせたのよ。そりゃあの子は、クレイグみたいな薬の依存症者になりたくないからっていってたけど、もともとおなじ話じゃないし。オリヴィアにはあの薬が必要だったの」

「それは、ミセス・トレローニーが服用していた抗鬱剤のことですか？」

「あの薬を飲んでいたからこそ、あの子は外へ出ていけたの」ミセス・ウォートンは言葉を切って考えこむ。「ほかの薬もあったわ――くりかえし何度もなにかをさわって確かめたりせずにいられなくなるのを抑える薬。あの子……オリヴィアは……奇妙な考えにとりつかれてて……それでも善人だった。根っこの部分ではとびっきりの善人だったわ」

そういってミセス・ウォートンはさめざめと泣きはじめる。

ナイトスタンドにクリネックスの箱がある。ホッジズは数枚を抜きだしてミセス・ウォートンに差しだすが、手でなにかをつかむのが容易ではないことを見てとると、代わりに目もとをぬぐってやる。

「お世話さまね。ええと……お名前はホッジズだったかしら？」

「ええ、ホッジズです」

「あなたはいい人ね。もうひとりの刑事ときたら、それはもうオリヴィアに意地わるく当たってた。あの刑事に面とむかって笑われたっていってた。いつも笑っていたって。あの刑事が笑っているのが目の色でわかった、とね」

本当だろうか？　もし本当の話なら、ピートのことが恥ずかしい。それに気づいていなかった自分も恥ずかしく思える。

「ところで、ミセス・トレローニーに薬をやめたほうがいいといったのはだれなんです？　覚えてますか？」

ジャネルがオレンジジュースと、母親の鎮痛剤がはいっているとおぼしき紙コップを手にして引き返してくる。ホッジズはその姿を目の隅でとらえながら、先ほどとおなじ二本の指をふりうごかすジェスチャーで、この場を離れてくれと伝える。いまはミセス・ウォートンの気がそらされてほしくないし、そうでなくても混濁している記憶をさらに混濁させかねない薬を飲んでもほしくない。

ミセス・ウォートンは黙ったままだ。ついで、このままなにも答えてくれないのではないかとホッジズが気を揉みはじめたのと同時に口をひらく。「あの子のペンパルよ」

「娘さんはその男と〈青い傘〉で会っていたんですか？　〈デビーの青い傘〉で？」

「会ってはいないの。顔をあわせたことはないって」

「いいえ、わたしがいっているのは――」

「〈青い傘〉は〝ごっこ遊び〟みたいなものよ」白くなった眉毛の下から見つめてくる老女の目は、ホッジズを大馬鹿者呼ばわりしていた。「あの子のコンピューターのなかにしかない場所。フランキーは、あの子のコンピューター・ペンパルよ」

新しい情報がもたらされるたびに、ホッジズはきまってみぞおちのあたりに電気ショックめいたものを感じる。これがあの男の本名でないことは確実だ。しかし名前にはパワーがあるし、変名には往々にして意味がある。フランキー。

「フランキーという男が、ミセス・トレローニーに薬をやめろといったんですか？」

「ええ。薬をそのまま飲んでいると中毒になるといって。ジェイニーはどこ？　あの薬を飲みたいのだけれど」

「もうすぐもどってくるはずですよ」

ミセス・ウォートンはしばし自分の膝に目を落として考えこむ。「フランキーは、自分もあの子とおなじ薬を残らず飲んでいて、そのせいであんなことを……そう、あんなことをしてしまった、と話してた。薬を飲むのをやめたら気分も晴れてきたとも話してた。薬をやめたら、自分のやったことはまちがいだったとわかった、とも話した。でも、同時に悲しくもなった、なぜなら二度となかったことにはできないからだ。あの男がそう話したの。自分にはもう生きている価値がない、とも。だから、オリヴィアにいったの——フランキーと話すのはおやめなさいって。あいつはよからぬ男だ。あいつは毒だ、とね。そうしたら、あの子は……」

ふたたび涙があふれはじめる。

「あの子はいったの……フランキーを救わなくてはならないって」

今回ジャネルがドアからはいってきたときには、ホッジズはうなずいてみせる。ジャネルは母親のすぼまった口、薬をねだっている口に青い錠剤を二錠押しこめて、ジュースを飲ませる。

「ありがとうね、オリヴィア」

ホッジズが見ていると、ジャネルは最初顔をしかめ、すぐ笑みをのぞかせて、「どういたしまして、お母さん」といい、ホッジズにむきなおる。「わたしたち、そろそろ帰ったほうがいいみたい。母さんがずいぶん疲れてるから」

いわれずとも見てとれはしたが、帰るのは気がすすまない。事情聴取をしていると、話が出つくしていないことが肌で感じられるようになる。少なくともまだ一個は林檎が木に残っている。「ミセス・ウォートン、オリヴィアはフランキーという男について、ほかになにか話していませんでしたか？　こんなふうにおたずねするのも、あなたのおっしゃるとおりだからです。ええ、あの男は悪人です。ですからもう二度とほかの人を傷つけないように、なんとしてもつかまえたいんですよ」

「あの子がキーを車に置き忘れたはずはないの。ぜったいに」まっすぐ射している光のなかで背中を丸めてすわっているエリザベス・ウォートンは、毛羽だった青いローブ姿の括弧の片割れのようで、頭に銀の光のガーゼをかぶっていることもまったく意識していない。一本の指がふたたびもちあげられる――警告するように。「わたしたちの愛犬は二度とラグマットに吐かなかった。そんなことはたった一度だけ」

ジャネルがホッジズの手をとって、口の動きでこう伝えてくる。《さあ、帰りましょう》

習慣はなかなか消え去らない。ジャネルが上体をかがめて、最初は母親の頬に、つづいて干からびた唇の端にキスをしているあいだ、ホッジズは昔の決まり文句を口にしている。「お時間を割いていただいてありがとうございました。たいへん役に立ちます」

ふたりが居室のドアにたどりつくと同時に、ミセス・ウォートンがはっきりとした口調でいう。「幽霊さえ出なければ、あの子はいまでも自殺なんてしていなかったはずよ」

ホッジズはふりかえる。隣のジャネル・パタースンは大きく目を見ひらいている。

「なんの幽霊ですか？」

「ひとりは赤ちゃん」ミセス・ウォートンは答える。「ほかの人たちといっしょに殺されたかわいそうな子。夜になると、赤ちゃんがひたすら泣きつづけているのがオリヴィアにはきこえていたの。パトリシアという赤ちゃんだと話してたっけ」

「ご自宅でのことですか？　娘さんのオリヴィアは、ご自宅でその泣き声を耳にした？」

エリザベス・ウォートンはそれとわからぬほど小さくうなずく――といっても、あごを少し沈ませたにすぎないが。「それからお母さんの声がきこえることもあった。オリヴィアは、お母さんが自分を責めていたと話してたわ」

ミセス・ウォートンは背中を丸めて車椅子にすわったまま目をあげた。

「お母さんが金切り声で叫ぶんですって。『どうしてあの男に、わたしの赤ちゃんを殺させるようなことをしたの？』と。オリヴィアが自殺したのは、それが理由よ」

8

いまは金曜の午後、住宅街の通りは学校から解放された子供たちで大にぎわいだ。数はそれほどでもないが、それでもハーパー・ロードにもちらほら子供たちが歩いている。ブレイディにとっては、移動販売車をのろのろと走らせて六三番地の家の前を通り、その隙に窓から屋内をのぞく格好の口実だ。ただしカーテンが閉ざされていて、室内は見えない。家の左側に張りだした屋根の下のガレージも空っぽで、芝刈機があるばかりだ。自宅にすわりこんでテレビを見ているのが本来の居場所のはずなのに、かの退職刑事はぽんこつの古いトヨタであちこちを走りまわっているとみえる。

どこを走りまわっているかはさして大きな問題ではない。しかしホッジズが自宅を留守にしている事実に、ブレイディはなにがなし不安な気分にさせられる。

ふたりの幼い少女がそれぞれの手に金を握りしめて、歩道の端へと駆け寄ってくる。ふたりとも知らない人に――とりわけ知らない男の人に――近づいてはいけないことくらい、家でも学校でも教わっているはずだ。しかし、気だてのいい〈ミスター・テイスティ〉以上に〝知らない男の人〟から遠く離れた存在があるだろうか？

ブレイディはふたりにアイスクリームを売る――ひとりはチョコレート、もうひとりはバニラ。ふたりはくすくす笑う。ありていにいえば片方は醜いし、もうひとりはそれ以上に目もあてられない面相だ。ふたりにアイスクリームをわたして釣り銭を用意しながら、ブレイディはガレージに見当たらないトヨタのカローラのことを思い、ホッジズが決まりきった午後の習慣からはずれたことが自分にどう関係するのかを考える。〈青い傘〉にホッジズからの新しいメッセージでも来れば参考になり、元刑事がなにを考えているのかを知る手がかりにもなるのだが。

いや、手がかりにならなくても、ホッジズからのメッセージは欲しい。

「おまえがおれを無視できるはずはないさ」頭上で鐘が鳴ってチャイムが響くなか、ブレイディはそう口にする。

それからハノーヴァー・ストリートをわたってショッピングモールに移動販売車をとめ、エンジンを切ると（うれしいことに、たまらなく耳ざわりな鐘の音も消えてくれる）、座席の下からノートパソコンをとりだす。移動販売車のなかがいつでも凍えるほど寒いので、パソコンは断熱ケースに収納してある。パソコンを起動させ、近くのコーヒーショップのWi‐Fiを利用して〈デビーの青い傘〉にアクセスする。

　なにもない。

「くそったれめ」ブレイディは小声でつぶやく。「おれを無視するとはいい根性してるな、**くそったれ**」

　ノートパソコンをケースにしまっているときに、ブレイディはコミックブック専門店の店先に立っているふたりの少年が話しながら自分のほうを見て、にやにや笑っていることに気づく。この商売で五年の経験があるブレイディには、ふたりが六年生か七年生で、知能指数はふたりあわせてもせいぜい百二十、失業保険の小切手をもらうだけの長い未来が待っていることがわかる。いや、遠く中東の〝砂漠の国〟であっさり断ち切られるだけの未来か。

　ふたりが近づいてくる。コンビのうち、馬鹿ぶりがきわだっているほうの少年が先を歩いている。ブレイディは笑顔で販売窓口から乗りだす。「やあ、いらっしゃい」

「その車にジェリー・ガルシアを閉じこめてるかどうかを知りたくってさ」馬鹿面《づら》がいう。

「いいや」ブレイディは一段とにこやかな笑顔で、一九九五年に死去したギタリストをネタにした与太話につきあう。「でも、つかまえていたら解放してやるはずさ」

　ふたりの落胆した顔があまりにも愚かしく見えたので、ブレイディは笑いそうになる。しかし笑わずに。馬鹿面のズボンを指さす。

「おや、社会の窓があいてるぞ」ブレイディはそういい、馬鹿面が下を見おろした瞬間を狙って、あごの下の柔らかい肉を指でぴしっと弾く。思っていたよりも多少強く――じっさいにはかなり強く――弾いてしまったが、かまうものか。

「やったぜ、大成功」ブレイディは陽気にいう。

馬鹿面は〝やられた、一本とられた〟という顔でにやにや笑っているが、のどぼとけのすぐ上には赤いみみずばれのような痕が残り、目は不意をつかれた驚きの涙でうるんでいる。

馬鹿面と薄ら馬鹿面のコンビは移動販売車から離れていく。馬鹿面が顔をうしろへめぐらせて、こちらを見ている。下唇を突きだした顔は、どこにでもいる思春期目前の虫けら同然のガキ――九月になればビール中学校の廊下をのらくらするガキ――ではなくなって、いきなり三年生に逆もどりしたかのようだ。

「マジ痛かったぞ」馬鹿面が、驚きあきれたような口調でいう。

ブレイディは自分に怒り心頭だ。指で弾いたら少年の目に涙がこみあげたのだから、いまの言葉は嘘いつわりない真実だろう。同時に、馬鹿面と薄ら馬鹿面のふたりに顔を覚えられてしまったことを意味してもいる。詫びることもできなくはないし、心から詫びているしるしにアイスクリームを無料でふるまってもいいが、ふたりはまさにそのことを覚えてしまうだろう。些細なことだ。しかし、些細なことが積もり積もれば、いつか大きなことになりかねない。

「わるかったね」ブレイディはいう。本心から。「ちょっとふざけただけだ」

馬鹿面が中指を突き立て、薄ら馬鹿面も団結のしるしに中指を突き立てる。ふたりはコミックブック・ショップにはいっていく。どうせあの店では——ブレイディがあの手の少年たちのことを知っていればの話だが、なに、ちゃんと知っている——五分ばかり立ち読みをしたあげく、買わなければ店から出ていけと店員から申しわたされるのがおちだ。

ふたりはおれのことを覚えているだろう。馬鹿面にいたっては両親におれのことを話すかもしれず、両親はローブズ社に苦情を申し入れるかもしれない。ありそうもないとはいえ、完全にないともいえない。そもそも、最初は馬鹿面ガキの無防備なのどを軽く弾くだけのつもりだったのに、痕が残るほどの力をこめてしまったのはだれのせいだ？　おれがそんなふうに動揺していたのは、ひとえにあの元刑事のせいだ。あいつのせいで、おれがへまをした。こんなにおもしろくないことはない。

ブレイディはアイスクリームの移動販売車のエンジンをかける。スピーカーから鐘の音が奏でるメロディが流れはじめる。ブレイディは左折してハノーヴァー・ストリートにはいって、ふたたび毎日の巡回ルートをたどりはじめる——アイスクリームやハッピーボイズやポーラーバーを売り、午後の日ざしのなかで砂糖をふんだんにふりまき、すべての速度制限をきっちり守りながら。

9

午後七時をまわればレイク・アヴェニューの駐車スペースには空きがたくさんあるのだろうが――オリヴィア・トレローニーがよく知っていたとおり――ホッジズとジャネル・パタースンが〈サニーエイカーズ〉からもどってきた午後五時にはないも同然だ。それでもホッジズは三、四軒先の建物の前に空きスペースを見つける。狭いスペースだったが（隣の車が若干はみだしているからだ）、それでもホッジズはトヨタを手早く、あっさりとそのスペースにおさめる。

「あんまり上手なのでびっくり」ジャネルはいう。「わたしにはぜったいに無理ね。だって、運転免許の実技試験では、縦列駐車ができなくて二回も落ちたんだから」

「融通のきかない試験担当にあたったんですね」

　ジャネルは微笑んだ。「三回めの試験にミニスカートを穿いていったのが合格のこつだったみたい」

　ミニスカート姿のジャネルを自分がどれほど見たがっているかを思いながら――スカートが短ければ、それに越したことはない――ホッジズはいう。「こつというほどのものはありません。歩道の縁石に対して四十五度の角度でバックしはじめれば、しくじりっこない。ただ、ずっと大きな車は話が別です。トヨタは大都市の駐車スペースにいれるのに最適です。あまり向かないのは、たとえば――」ホッジズはさっと口をつぐむ。

「――たとえばメルセデス」ジャネルが代わって言葉を締めくくる。「うちに寄ってコーヒーでも飲んでいって、ビル。メーターにはわたしが駐車料金を入れておくから」

「いいえ、自分で払います。最大料金を入れておきましょう。あなたと話しあうことがたくさんありますから」

「母と話して新しくわかったことがあるのね？　だから、帰り道はずっと口数が少なかったんでしょう？」

「ええ。お話しします。でも、話の出発点はそこじゃありません」いまホッジズはジャネルの顔を真正面からまじまじと見つめている。たやすく見つめたくなる顔だ。ちくしょう、おれがあと十五歳若ければ。いや、十歳でもいい。「あなたには正直に話しておくべきでしょう。ひょっとしたら、あなたはわたしがそもそも仕事欲しさに訪ねてきたと感じているかもしれない。しかし、ちがいます」

「いいえ」ジャネルはいう。「あなたがわたしを訪ねてきたのは、姉があんなことになって、罪の意識を感じているからじゃないかしら。わたしは、そんなあなたを利用したの。でも、すまないなんて思ってない。あなたは母にきちんと接してくれた。親切に。とても……とってもやさしく」

ジャネルがすぐ近くにいる。午後の日ざしで見ると、その瞳の青は前よりも翳《かげ》りを帯びて、しかも大きく見ひらかれている。唇は、まだ言葉の先をつづけようとしているようにひらいている——しかし、ホッジズはジャネルに言葉をつづける機会を与えない。どれほど愚かしく、どれほど無鉄砲な行為なのかをいっさい考えず、ホッジズはジャネルにキスをして……驚かされる。ジャネルがキスに応じたばかりか、ホッジズのうなじに右手をかけて、ふたりの唇がもっとしっかり触れあうようにしたからだ。キスはせいぜい五秒程度しかつづかないが、こんなキスがかなり久しぶりだったことで、ホッジズにはもっと長く感じられる。

ジャネルは身を引き、ホッジズの髪を片手で梳《す》きあげていう。「午後のあいだ、ずっとキスしたいなって思ってた。さあ、上へ行きましょう。わたしはコーヒーを淹れるから、あなたは報告をしてちょうだい」

しかし報告がおこなわれたのはずっとあとになってからであり、コーヒーは結局淹れられずにおわる。

10

ホッジズはエレベーターのなかでもジャネルにキスをする。今回ジャネルはホッジズのうなじで両手を組みあわせて、ホッジズの両手はジャネルの背中のくぼみを通過して白いスラックスにまで達し、ヒップのカーブにぴったりあてがわれている。ホッジズは突きだしすぎた太鼓腹がジャネルの引き締まった腹部に密着していることを意識し、ジャネルがこの腹に嫌悪感をいだいているにちがいないと思うが、いざエレベーターのドアがあくと、ジャネルは頰を紅潮させて両目をきらきら輝かせ、小さな純白の歯をのぞかせて微笑んでいる。ジャネルはホッジズの手をとり、エレベーターからアパートメントの玄関までの短い廊下をみちびいていく。

「来て」ジャネルはいう。「さあ、早く。これからふたりでやるの。だから、さあ、早く――どっちかが冷めないうちに」

おれにはその心配はないな、とホッジズは思う。身も心もすべてが熱くなっている。最初ジャネルは玄関ドアを解錠できない。鍵をもっている手がひどく震えているからだ。それでジャネルは自分で笑いだす。ホッジズは自分の手でジャネルの手を包みこみ、そうやってふたり力をあわせてシュラーゲ社の鍵をスロットに挿しいれる。

ホッジズが最初にジャネルの姉や母親と会ったアパートメントの室内は、いま薄暗い。太陽がぐるっと動いて建物の反対側に移動したからだ。いま湖面は深く沈んだ色、紫に近いコバルトブルーだ。セールボートは出ていないようだが、貨物船が一隻見えていて——

「早くして」ジャネルがいう。「さあ、早く、ビル。いまになってやめるなんていわないで」

ふたりは寝室のひとつにはいる。ジャネルの寝室なのか、オリヴィア・トレローニーが木曜日に泊まるときにつかっていた部屋なのかはわからないが、知りたいとも思わない。過去数カ月の自分の暮らし——午後のテレビ、レンジ調理のディナー、父の形見であるスミス&ウェッスンのリボルバー——すべてがいま遠いものに、退屈きわまる外国映画に出てくる架空の人物の暮らしなみに遠いものに感じられる。

ジャネルはストライプのセーラーシャツを頭から脱ごうとするが、シャツがヘアクリップにひっかかってしまう。ジャネルがあげる不満げな笑い声が、服でくぐもって響く。

「この癪《しゃく》にさわる服を脱ぐのを手伝ってくれたらうれしい——」

ホッジズはジャネルのなめらかな脇腹を両手で撫でてあげていき——最初に肌に触れた瞬間、ジャネルがわずかにびくっとする——裏表になったシャツの内側に手をさしいれる。ジャネルのブラジャーは無地の白いコットン製。ホッジズがジャネルの腰を押さえて胸の谷間にキスをするあいだ、ジャネルのほうはホッジズのベルトをはずし、スラックスのボタンをはずす。ホッジズは思う――人生がいまの段階にいたっても、わが身にこんなことがふりかかるとわかっていたら、スポーツクラブ通いを再開して体を鍛えていたものを。

「どうして――」ホッジズはいいかける。

「お願い、黙って」ジャネルは片手でホッジズの体の前面を撫でおろし、手のひらといっしょにスラックスのジッパーをおろす。小銭のぶつかりあう金属音をたてながらスラックスが靴のまわりまで落ちていく。「おしゃべりはあとまわし」そういって硬くなっているホッジズを下着の上からつかみ、シフトレバーのように動かす。ホッジズは思わず小さな声を洩らす。「出だしは上々ね。お願いだから、途中で元気をなくさないで。いい、ぜったいよ」

ふたりはベッドに倒れこむ。ホッジズはまだトランクス姿、ジャネルはまだブラジャーと、おなじく無地のコットンのパンティー姿。ホッジズはジャネルを仰向けにしようとする。しかし、ジャネルは抵抗する。

「あなたが上になっちゃだめ」ジャネルはいう。「ひとつになっているあいだに心臓発作でも起こされたら、わたしが押しつぶされちゃう」

「ひとつになっているあいだに心臓発作を起こしたら、わたしは現世にいちばん大きな未練を残してあの世へ行く男になるな」

「じっとしてて。とにかく動かないで」

ジャネルは両手の親指をトランクスのウエストゴムにひっかける。同時にホッジズはジャネルの乳房を下から手につつみこむ。

「さあ、足をあげて。手は休めちゃだめ。ちょっとだけ親指をつかって……そうされるのが好きなの」

こういったジャネルの命令に、ホッジズは苦もなくしたがえる。昔からマルチタスクは得意だ。

一瞬ののち、ジャネルが上からホッジズを見おろしている。髪の毛がひと筋ほつれて、ジャネルの片目の前にかかる。ジャネルは下唇を突きだして息を吹きかけ、髪を払いのける。「じっとしてて。わたしに全部まかせて。調子をあわせて。ボス風を吹かしたくないけど、セックスは二年ぶりで、最後のセックスはさんざんだった。だからきょうは楽しみたい。そのくらいしてもばちは当たらないわ」

なめらかながら吸いつくような感触をそなえたジャネルの温かな部分の肉が、ホッジズを飲みこみ、熱くつつみこむ。ホッジズはたまらず腰を突きあげてしまう。

「動かないでっていったのに。次は好きなだけ動いていい。でも、いまはわたしが動く番よ」

容易ではなかったが、ホッジズはなんとか指示にしたがう。

ジャネルの髪がまた目の前に垂れ落ちるが、今回ジャネルは下唇をつかって吹き払うことができない。下唇を小さく嚙んでいるせいだが、痛みはあとで感じることになるのだろう、とホッジズは思う。ジャネルは両手を広げてホッジズの白髪混じりの胸毛に荒っぽく手のひらをこすりつけ、その手を恥ずかしいほど突きだしたホッジズの腹部へ進ませる。

「どうやら……ちょっとダイエットするべきみたいだね」ホッジズは荒い息の下からいう。

「口をしっかり閉じていて」ジャネルはそういって腰を——ほんの少しだけ動かし、目を閉じる。「ああ……すごく……深くまで。気持ちいい。ね、ダイエットの心配なんて、あとまわしにしていいから。わかった？」

ジャネルはふたたび動きはじめ、いったん動きをとめて角度を調整したが、そのあとは一定のリズムを確立する。

「わからない……あとどのくらい我慢できるか……」

「とにかく我慢して」ジャネルはまだ目を閉じたままだ。「しっかりこらえてもらわなくちゃ、ホッジズ刑事。素数を数えるとか。子供時代の愛読書を思い出すとか。頭のなかで木琴《XYLOPHONE》を逆から綴るとかしてもいい。とにかく、わたしにあわせて。あと少しだから」

ホッジズは耐えぬき、ジャネルにあわせることができる。

11

どうにも気分が落ち着かないときなど、ブレイディ・ハーツフィールドはかつての自分がおさめた最大の勝利のルートをふたたびたどることがある。そうすると心が落ち着くのだ。この金曜日の夜、アイスクリームの移動販売車を会社の駐車場にもどし、事務所のシャーリー・オートンとお義理でひとつふたつジョークをかわしたのちも、ブレイディはまっすぐ家に帰らない。家には帰らずにダウンタウンまで自分のぽんこつ車を走らせるが、車体前部の絶え間ない小さな揺れも、やたらに大きいエンジン音も気に食わない。新しく車を買う（新しく中古車を買う）出費と修理にかかる出費を、もうじき天秤にかけなくては。おまけに母親のホンダは、自分が乗っているスバル以上にメンテナンスを必要としている。とはいえ最近の母親はめったにホンダに乗って出かけないが、これはいいことだ——一日のうち、母親がどれくらい酔っているかを思えば。

ブレイディがたどる〝思い出の散歩道〟の出発点は、ダウンタウンのまばゆい明かりを通りすぎてすぐのレイク・アヴェニュー——ミセス・トレローニーが木曜日の夜にいつもメルセデスをとめていた場所からはじまり、マルボロ・ストリートをたどって市民センターにたどりつく。ただし今夜にかぎっては、コンドミニアムより先へは進まない。ブレイディは、後続車があやうく追突しかけるほどの急ブレーキを踏む。後続車のドライバーは怒りもあらわに長々とクラクションを鳴りわたらせるが、ブレイディは注意を払いもしない。いまのブレイディにとって、その音は湖の対岸で鳴っている霧笛も同然だ。

後続車はブレイディの車を迂回して進み、横を通りすぎざまドライバーが助手席の窓をあけ、ありったけの大声で《この大馬鹿野郎》と悪罵をぶつけてくる。ブレイディはその声にも意識をむけない。

市内を走るトヨタ・カローラは数千台はあるだろうし、青いトヨタ・カローラも数百台はあるだろう。しかし《**地元警察を支援しよう**》というバンパーステッカーを貼っている青いトヨタ・カローラが何台ある？　一台だけに決まってるじゃないか。だったら、あのでぶの元刑事は自殺した女が住んでいたコンドミニアムでいったいなにをしている？　どうしてあの元刑事は、いまあの部屋に住んでいるオリヴィア・トレローニーの妹を訪ねたりしている？

答えは明白に思える――退職刑事ホッジズは、いま狩りをしているのだ。

昨年の勝利を追体験したい気分はもう消えている。ブレイディは違法な（そして、ふだんのブレイディらしからぬ）Uターンをすると、車をノースサイドへむけて走らせる。そうやって自宅を目指すブレイディの頭には、たったひとつの思いしかない。その思いがネオンサインのように点滅をくりかえす。

このくそ野郎。このくそ野郎。このくそ野郎。

いま事態は、想定ルートをはずれかけている。いま事態はブレイディの手に負えなくなりかけている。こんなことがあっていいはずはない。

なんらかの手を打たなくては。

12

湖の上空に星が輝きだすころ、ホッジズとジャネル・パタースンはキッチンのテーブルで宅配の中華料理を食べ、烏龍茶を飲んでいる。ジャネルはふわふわした白いバスローブ姿。ホッジズはトランクスとTシャツ。愛を交わしたあとでバスルームへ行ったついでに（ジャネルはベッドのまんなかで体を丸めて、まどろんでいた）体重計に乗ったホッジズは、前回確かめたときよりも二キロ瘦せているとわかってうれしくなった。これぞ第一歩。

「どうしてわたしを？」ホッジズはいまキッチンでたずねる。「いや、勘ちがいしないでほしい——信じられないほどの幸運に恵まれた気分だし——それどころか神の恵みを授かった気分でさえあるんだから。ただ、ほら、こっちはもう六十二歳、おまけに太りすぎの男だ」

　ジャネルは烏龍茶をひと口飲む。「そうね、いっしょに考えてみるのもいいんじゃない？子供のころオリー姉さんとテレビでよく昔の探偵ものの映画を見たけれど、ああいう映画だったら、わたしはお金にがめつい悪女か、まっ白できれいな体を武器にして、海千山千の皮肉上手な私立探偵をたらしこもうとしてるナイトクラブのタバコ売り娘《シガレット・ガール》というところね。ただし、わたしはお金にがめつくはないし——最近、数百万ドルの遺産を相続した身だもの——まっ白できれいな体も、あちこち肝心なところが垂れ落ちかけている。気がついたでしょう？」

　気がついていなかった。いま気がついているのは、ジャネルが質問をはぐらかしているという事実だけだ。そこでホッジズはジャネルの言葉の先を待つ。

「いまので答えになってなかった？」

「ぜんぜん」

　ジャネルはぎょろりと目玉をまわす。「『男ってほんとに馬鹿ね』というのを、もっと穏やかにいえればいいとは思うし、『どうしようもなくムラムラしていて、あそこに張った蜘蛛の巣を払いたかった』というのを、もっと遠まわしにいう言葉を思いつければいいのにと思う。でもあんまり思いつけなかったから、とりあえずいまの言葉を答えにさせて。つけくわえるなら、あなたに惹かれていたってこと。初々しい乙女だった時代はもう三十年も前だし、最後に男と寝てからずいぶんたってる。いまは四十四歳だから、欲しいものに手を伸ばす自由はあるわけ。いつも手に入れられるとはかぎらなくても、手を伸ばすのは自由よ」

　ホッジズは心底から驚きながらジャネルを見つめる。まさか……四十と……四歳だって？

　ジャネルはいきなり高笑いをはじめる。「いいことを教えてあげましょうか？　あなたのその目つきこそ、わたしが本当に久しぶりにかけてもらった最高にすてきな褒め言葉なの。どんな言葉よりも正直な褒め言葉でもある。その目つきだけで。だから、もうちょっと詳しく話をきかせて。わたしを何歳だと思ってた？」

「四十歳かなと思ってた。それ以上ということはないだろうと。そのとおりなら、ずっと年下の女を恋人にしたがる男みたいな気分になったはずだよ」

「馬鹿いわないの。逆に、あなたがお金持ちだったら、世間はわたしを金目当ての若い女だと決めてかかったはず。それをいうなら、あなたが二十五歳の女と寝ても、世間はその女を金目当てだと頭から決めてかかったはずだし」ジャネルはいったん言葉を切る。「でも、もしそうなったら――あえていわせてもらうけど――あなたは娘同然の年下女に目のない男になったでしょうけど」

「そうはいっても――」

「ええ、あなたは年寄り――でも、それほど年寄りじゃないし、それほど太ってもいない。ただし、いまみたいな暮らしをつづけてたら、いずれそうなっちゃいそう」ジャネルは手にしたフォークをホッジズへむける。「女がこんなふうに正直になるのは、男と寝たあとでもまだその男が好きで、いっしょに夕食をとってもいいと思えるときだけよ。さっき、セックスが二年ぶりだと話した。嘘じゃない。でも、心から好きだと思える男と最後にセックスしたのはいつのことだと思う？」

　ホッジズは見当もつかずに、かぶりをふる。

「ジュニアカレッジ時代。相手は一人前の男でさえなかった。フットボールチームの二軍のタックルで、鼻の頭に大きな赤いにきびがあったっけ。でも、すごくやさしかった。下手くそだったし、あっという間に果ててしまったけれど、でもやさしかった。嘘だと思われるかもしれないけど、その人ったらセックスのあと、わたしの肩に顔を埋めて泣いたの」

「つまり……これはちがうんだね？　なにとちがうかというと……なんというか……」

「お礼《サンキュー》ファック？　それともお情け《マーシー》ファック？　ちょっとは信用して。それから、ひとつ約束しておく」ジャネルがそういって身を乗りだすとローブの前がはだけ、乳房のあいだの薄暗い谷間があらわになる。「あと十キロ痩せてくれたら、思いきってあなたを上にしてあげる」

　ホッジズはこらえきれずに笑いだす。

「最高だったわ、ビル。後悔なんかぜんぜんしてない。わたし、体の大きな男に弱いみたいなの。鼻の頭ににきびのあるタックルは体重が百十キロくらいあった。別れた亭主は背の高い痩せっぽち——最初にひと目見たときから、つきあってもろくなことはないと見抜いていて当然だったのに。この話はもうおしまいにしていい？」

「ああ」

「ああ」ジャネルは笑顔で物真似をしてから立ちあがる。「居間へいらっしゃい。こんどはあなたが調査の結果を報告する番よ」

13

　ホッジズは──中身のないテレビ番組をながめながら亡父の遺品である古い制式拳銃をもてあそんで過ごした長い午後の話こそ伏せたが──それ以外のすべてを打ち明けていく。ジャネルは真面目な顔で一度も話をさえぎらず、視線をほぼホッジズの顔にすえたまま話にききいっている。話がおわると、ジャネルは冷蔵庫からワインのボトルをとってきて、ふたり分のグラスに注ぐ。グラスはかなり大きく、ホッジズは迷っている顔で自分のグラスを見つめる。

「飲んだらまずいな、ジェイニー。車を運転するからね」

「でも、今夜はもう運転しないの。あなたはここに泊まっていくのよ。犬や猫を飼っているのでもないかぎりは」

　ホッジズは頭を左右にふって、どちらも飼っていないことを示す。

「あら、おうむも飼ってないの？　あの手の昔の映画だったら、あなたみたいな探偵さんの事務所にはおうむがいて、依頼人になりそうな客に無礼なことをいうと決まってるのに」

「いえてる。そしてきみは、事務所の秘書だ。名前はジェイニーではなくローラ」

「あるいはヴェルマ」

　ホッジズはにやりと笑う。世の中にはある一定の波長があって、いまふたりの波長はぴったりひとつになっている。

ジャネルがふたたび身を乗りだし、今回もあの魅惑の光景をつくりだす。「問題の男のプロファイリングをしてちょうだい」

「あいにく経験がなくてね。そっちの仕事には専門のスタッフがいたんだ。警察にひとりいたほか、州立大学の心理学科の先生ふたりに委託していたよ」

「とにかくやってみて。あなたのことをググったけど、検索結果を見るかぎり警察署はじまって以来の凄腕刑事のひとりだったみたい。賞賛の言葉がどっさりあったわ」

「まあ、運に恵まれたことも二、三回はあったかな」

口に出すと嘘くさいほど謙虚にきこえる言葉だが、幸運が大きな要素だったことはまぎれもない事実だ。幸運、そしていつでも準備を欠かさなかったこと。ウディ・アレンのいうとおりだ——成功の八十パーセントまでが、向こうから転がりこんでくるのである。

「ためしにやってみて？　上出来だったら、またふたりで寝室へ行ってもいいかも」ジャネルはそういって、鼻に皺を寄せる。「もちろん、あなたが二ラウンドは無理なくらい老けこんでなければね」

いまの気分から察するに、いくら老けこんでいるとはいえ三ラウンドも無理ではないようだ。ずいぶん長いあいだ禁欲の夜を過ごしてきたおかげで、そっち方面の貯金はふんだんにあるはずだ。いや、これは希望的観測か。いまもなお心の一部——かなり大きな一部——は、これが驚くほど真に迫った夢ではなく現実だということを確信できずにいる。

ホッジズはワインを少しだけ口にふくむと、そのまま舌の上で転がして、考えるための時間を稼ぐ。ジャネルのローブの胸もとがふたたびしっかりかきあわされていることも、精神集中の助けになる。

「オーケイ。最初にいえるのは、まだ若い男だろうということかな。二十歳から三十五歳のあいだだと見てる。ひとつにはコンピューター・マニアぶりからの推測だが、それだけじゃない。もっと年かさの人間が複数の人間を殺す場合、犯人が狙うのはもっぱら自分の家族と仕事先の同僚だ。そのあと犯人は自分の頭に銃をつきつけて、すべてをおわらせる。調べれば、凶行の理由も見えてくる。動機がね。奥さんに家から追いだされたあげく、裁判所の接近禁止命令までとられたとか。ボスからリストラされたうえに、オフィスを引き払うにあたって警備員をふたりばかり配置されるという辱めをうけたとかね。借金で首がまわらなくなった。クレジットカードが限度額オーバーになった。自宅が水害にあった。ローンが返済できずに車が回収された、とか」

「でも、それだったら連続殺人犯はどうなるの？　たしかカンザス州の連続殺人犯は中年男じゃなかった？」

「デニス・レイダーだね。逮捕時にはたしかに中年だったが、殺人に手を染めたのは三十歳になるやならずのときだったはずだ。それにあの男の場合は性的快楽殺人だった。ミスター・メルセデスは性的快楽を求める殺人者ではないし、従来の意味あいでの連続殺人犯でもない。最初はたしかに無差別大量殺傷だったが、そのあと個人に目標をさだめた――最初はお姉さん、その次はわたしだ。そもそもミスター・メルセデスは拳銃をふりまわしたり盗難車を走らせたりして、お姉さんやわたしを追いまわしたわけじゃないね？」

「たしかに――いまのところは」ジャネルはいう。

「この犯人はハイブリッド型だ――ただし、もっと若い殺人者とのあいだに一定の共通点をそなえてもいる。たとえばデニス・レイダーよりは、ワシントンDCの〈ベルトウェイ・スナイパーズ〉のひとりだったリー・マーヴォとの共通点のほうが多い。マーヴォとそのパートナーは、一日に六人の白人を殺す計画を立てていた。完全な無差別殺人だよ。たまたま運わるく彼らの銃のスコープ内を横切った人間が殺されたわけだ。性別も年齢も関係なし。彼らは十人殺したところでつかまったが、ふたりの殺人狂の数字としてはわるくない。供述によれば、犯行の動機は人種がらみだということになっているし、マーヴォのパートナーだったジョン・アレン・ムハンマド――ずっと年上で、いってみれば父親役だった男だ――についていえば、これは真実だと思う。ただしマーヴォの動機はもっと複雑なものじゃないかな。本人にも理解できないいろいろな要素のごった煮めいたものが動機だったと思う。綿密に調べれば、性的混乱や生い立ちなどが大きな要因として浮かびあがってきそうだ。おなじことがミスター・メルセデスにもいえるように思う。まず若い。頭がいい。環境に適応するのも巧みだから、周囲にいる仲間たちの大半には、この男が本質的には一匹狼だということがわからない。いざつかまったときには、まわりの人間はみんな口をそろえて、『まさか、そんなことをしでかしたなんて信じられない。いつだって感じのいい男だったのに』というんだろうな」

「テレビドラマのデクスター・モーガンみたいな？」

ジャネルが引きあいに出したドラマなら、ホッジズも知っている。ホッジズは強調のために強くかぶりをふる。といっても、あのドラマが嘘っぱちだらけのファンタジーランドを舞台にしていることだけが理由ではない。

「デクスターの場合、あんなことをする理由をちゃんと自覚している。ところがこっちの男はちがう。まずまちがいなく独身だ。デートの習慣もない。性的不能かもしれない。いまもまだ実家暮らしだという可能性も大いにある。もしそうだったら、両親はそろっていないかもしれない。父親とふたり暮らしなら、父子のあいだは冷えきっていて距離がある——街ですれちがう赤の他人同然に。母親とのふたり暮らしなら、母親が息子のミスター・メルセデスを夫の代理にしている可能性もある」ジャネルがなにかいいかけたのを見て、ホッジズは手をかかげて制する。「だからといって、母子のあいだに性的な関係があるとはいってないぞ」

「ええ、肉体関係はないかもしれない。でも、話しておきたいことがある。寝ていなくても、相手の男と性的関係をもつことはありうるわ。ただのアイコンタクトにも、相手の男が近くに来るとわかっていて身につける服にも、その種の関係はひそんでいる。あるいは、手のしぐさのなかにもね——軽く触れる、そっと叩く、撫でる、ハグをする。この件はどこかにセックスの要素があるはず。だってほら、犯人があなたに送ってきた手紙……あんなことをやったときにコンドームをつけていたというくだり……」ジャネルは白いバスローブにつつまれた体を震わせる。

「あの手紙の九十パーセントまではノイズだよ……でも、セックスの要素がひそんでいるのは確かだな。あらゆるところにひそんでいるな。同時に怒りや攻撃性や孤独、不適応感覚なんかも……しかし、そんな方面に踏みこんで道に迷ってもしかたがない。そこまでいくと、プロファイルではなく分析だ。そんな高尚な仕事をするほどの高給はもらってない——いや、まだ給料をもらっていたころの話だ」

「わかった……」

「この犯人は壊れてる」ホッジズはあっさりいう。「おまけに邪悪だ。外から見るときれいなのに、切ってみると中身は腐ってまっ黒、蛆虫がいっぱい詰まっている林檎みたいなものだ」

「邪悪……」ジャネルはため息めいた声でいう。それからホッジズに語りかけるのではなく、ひとりごとのような口調で、「ええ、邪悪な男に決まってる。吸血鬼みたいに姉の生血をすってたんだもの」

「不特定多数の人と顔をあわせるような仕事についていてもおかしくない——うわべだけは魅力的な男にちがいないからね。そうだとしたら低賃金の仕事だな。ただし、昇進やキャリアアップは望めない。平均以上の知能がありながら、長期的な精神集中と組みあわせることができないからだ。犯人の行動からは、この男が衝動と好機のみに頼っている人間であることが察せられる。市民センターの大量殺傷事件がいい例だよ。犯人が前々からお姉さんのメルセデスに目をつけていたのは事実だと思う。ただし、あの車でなにをすればいいかを思いついたのは、就職フェアのわずか数日前じゃないかな。数時間前でもおかしくない。あとは、具体的にどうやってメルセデスを盗んだのかがわかればいいんだが」

ホッジズは言葉を切って、こう思う——でもジェロームのおかげで、その方法も半分まではわかってきた。スペアキーがグラブコンパートメントに入れっぱなしだったというあたりだろう。

「こいつの頭のなかには、殺人のアイデアが次々とひらめいては消えていくんだろうな——凄腕ディーラーが目にもとまらぬ速さでシャッフルしているカードみたいに。たぶんこれまでにも、飛行機爆破だの放火だのスクールバスの狙撃だの、水道システムへの毒物投入だのを考えただろうし、州知事や大統領の暗殺まで考えていても不思議はないね」

「そんなことって……」

「そしていまは、わたしに焦点を絞りこんでる。いいことだよ。そのほうが、やつをつかまえやすくなる。これがいいことだという理由は、もうひとつある」

「というと？」

「犯人になるべく小さな規模で考えさせておきたいからだ。一対一レベルの考えにとどめておきたい。やつがそんなふうに考えている時間が長ければ長いほど、市民センターの事件のようなホラーショウを――それももっと大規模な事件を――ふたたび起こしてやろうと思いたつのを先に延ばせる。いま、わたしがなにを恐れているかがわかるかい？　犯人がすでに標的候補のリストをつくっているかもしれない、ということだ」

「でもあの男は手紙で、二度とこういったことをする気はないと書いてなかった？」

ホッジズはにやりと笑う。その笑みで顔全体がぱっと輝く。「ああ、たしかに。この手の連中がいつ嘘をついているかを見抜く手がかりはなんだと思う？　唇が動いていたら、その言葉は嘘だ。ただしミスター・メルセデスの場合は、手紙を書いているときだといえる」

「あるいは、標的にした相手と〈青い傘〉というサイトでやりとりをしているとき。オリー姉さんを相手にしたときみたいに」

「ああ」

「あの男が姉相手に成功したのは、姉の心が壊れやすかったからだったとすれば……こんな話をしてごめんなさい、でも……犯人があなた相手でもおなじように成功できると踏んでいるのは、あなたにも姉と似た事情があるからなのでは？」

ホッジズはワインのグラスに目を落とす。グラスは空になっている。半分だけワインを注ごうとしたところで、ホッジズは寝室でのリターンマッチにアルコールがおよぼす影響を考え、グラスの底に小さく浅い水たまりができる程度で妥協する。

「ビル？」

「そうかもしれないな」ホッジズはいう。「退職からこっち、ずっとふらふらしているだけだったからね。でも、いまはきみのお姉さんほど……道に迷っているような状態ではない……」少なくとも、いまはちがう。「……それに、その点は重要じゃない。手紙や〈青い傘〉でのやりとりからは、それとはちがうことが読みとれるんだ」

「だったらなにが読みとれるの？」

「あいつが監視していた、ということだ。それが読みとれる。これはあいつの弱点になる。また、あいにく監視しているからこそ、わたしの仲間にとって、あいつは危険な存在になる。わたしがこうしてきみと話していることを、あいつに知られているとは思わないが――」

「あら、話以上のこともしているのに」ジャネルはそういうと、両方の眉毛をグルーチョ・マルクス流に動かしてみせる。

「――あいつもオリヴィア・トレローニーに妹がいたことは知っているし、その妹がいま市内にいることを知ってもいると推測できる。だから、これからきみは用心の上にも用心を重ねるべきだ。ここにいるときにはドアに鍵がかかっていることをかならず確かめ――」

「いつも気をつけてるわ」

「――ロビーからインターフォンで話しかけられても、決して相手を信用しないこと。お届け物があるとか受領のサインが必要だという言葉なら、だれにだって口にできる。外出のときは、つねに周囲に目を光らせていること」ホッジズは、わずかなワインにも口をつけずに身を乗りだす。飲みたい気持ちはもう失せている。「いちばん大事なことをいうよ。外にいるときには、まわりの車にも目を光らせること。車で外出しているときだけではなく、徒歩で移動しているときにもだ。BOLOという言葉を知ってるかい?」

「警察の略語で、〝周囲に目をくばれ《ビー・オン・ザ・ルックアウト》〟という意味ね」

「そのとおり。だから外出中は、自分の近辺にくりかえしあらわれる車がないかどうか、つねにBOLOを心がけているように」

「あの女の人がいっていた黒のSUVみたいな車ね」ジャネルは微笑んでいう。「ミセス……なんとかっていう人」

ミセス・メルボルンだ。あの女性のことを思い出したとたん、頭の奥でなにかの連想スイッチがはいってむず痒くなる。しかし、痒い部分を掻くことはおろか、場所を特定さえできないうちに、スイッチは切れてしまう。

ジェロームもやはり周囲に目を光らせている必要があるだろう。ミスター・メルセデスがホッジズの自宅界隈を車で流しているのなら、芝刈りや網戸の張替えや排水溝掃除をしているジェロームを目にしているはずだ。ジェロームもジャネルも十中八九安全だろう。しかし、〝十中八九〟のレベルでは足りない。ミスター・メルセデスは無差別殺傷をやってのけるような男だし、ホッジズは計算しつくして相手を挑発するルートを定めている。

ジャネルはそんなホッジズの内心を読んでいるかのようだ。「それでもあなたは……なんといっていたかしら？　そう、あの男を煽ろうとしている」

「そのとおり。もうじき、きみのコンピューターを拝借して、やつをまた少しだけ煽ってみるよ。メッセージはすっかり完成しているんだが、ちょっと書き足したいことがあってね。パートナーがきょう大事件を解決した。それを利用しようと思う」

「あら、どんな事件？」

ジャネルに話してはいけない理由はひとつもない。どうせあしたになれば、新聞に記事が出る。遅くとも日曜日には。「ターンパイク・ジョーの事件だ」

「パーキングエリアで女の人が次々に殺された事件？」この問いにホッジズがうなずくと、ジャネルはつづける。「犯人はあなたがプロファイルしたミスター・メルセデスと合致する？」

「ぜんぜん。しかし、そのことを教えてやる義理はないさ」

「なにをやろうとしているの？」

そこでホッジズは腹案を打ち明ける。

14

翌日の朝刊まで待つ必要はない。妻殺しの容疑で逮捕ずみのドナルド・デイヴィスが連続殺人犯のターンパイク・ジョーでもあると自供した件は、夜十一時のニュース番組のトップで報じられる。ホッジズとジャネルは、このニュースをベッドで見ている。ホッジズにとってリターンマッチは多大な奮闘を要するひと幕だったが、すばらしく満ちたりたひと幕でもあった。ホッジズはまだ息を切らしていて、体の汗をシャワーで流す必要があったが、これほどの幸せを感じるのは本当にずいぶん久しぶりだ。これほど充足しきった気分は。

ニュースキャスターが次のニュース——排水管で身動きがとれなくなった子犬の話——に進むと、ジャネルがリモコンを手にしてテレビの電源を切る。「オーケイ。うまくいきそうね。でも、ものすごく危険だわ」

ホッジズは肩をすくめる。「警察の力に頼れない以上、これが前へ進むための最善の策だよ」

ホッジズに不満はなにもない。なぜなら、これこそ進みたいと思っている方向だからだ。

自室ドレッサーの抽斗にしまってある武器、アーガイルの靴下にボールベアリングを詰めただけという、ありあわせの材料でつくったにしては効果的な武器のことをちらりと考える。無防備な人々の群れに、世界でもいちばん重量級のセダンを突っこませるという暴挙をやってのけた人でなしにあの〈ハッピースラッパー〉をつかえたら、どれほど胸のすく思いを味わえることか。それが実現する見込みはまずないが、完全にゼロともいえない。最上の世界においては(あるいは最悪の世界においても)、おおむねこの言葉があてはまる。

「母の別れぎわの言葉はどう解釈する? オリー姉さんが幽霊の声をきいたっていうあの話は?」

「それについては、あと少し考えてみないと」ホッジズは口ではそういうが、じっさいにはすでに考えていたし、その推理が正しければミスター・メルセデスに通じる道をまたひとつ確保できるはずだ。好みだけをいうなら、ジェローム・ロビンスンをいま以上に深入りさせたくはないが、別れぎわのミセス・ウォートンの発言を手がかりに調べを進めるなら、ジェロームに関与してもらうほかはないかもしれない。ジェロームなみにコンピューターまわりに詳しい警官なら半ダースばかり心あたりはあるが、そのだれにも頼るわけにはいかないからだ。

幽霊たちか……ホッジズは思う。機械のなかの幽霊たち。

ホッジズは体を起こし、両足をベッドからふりおろす。「泊まっていけというお誘いがいまも有効なら、シャワーを浴びてこようと思うんだ」

「ええ、まだ有効よ」ジャネルは顔を近づけ、ホッジズの首筋に鼻を寄せてくる。そのあいだ片手でホッジズの二の腕を軽く握る——それがホッジズの体に、心地よい震えのさざなみを走らせる。「ええ、シャワーを浴びたらもどってらっしゃい」

シャワーをすませてトランクス姿にもどったホッジズは、コンピューターを起動させてくれとジャネルに頼む。ついで隣にすわったジャネルが興味津々で見まもるなか、ホッジズは〈デビーの青い傘〉の下にするりと滑りこみ、merckill あてにメッセージを送信する。十五分後、ジャネル・パタースンがぴたりと身を寄せるなか、ホッジズは眠る……子供のころ以来たえてなかったように深くぐっすりと。

15

あてもなく数時間ばかり車を走らせたのちにブレイディが帰宅したのはもう夜も更けたころで、裏口ドアにメモが貼りつけてある。

《どこへ行ってたの、ハニーボーイ？　オーブンに自家製ラザニアがあるわ》

この不ぞろいで下へ傾いた筆跡をひと目見れば、これを書いたときの母親がすでに酒をどっさり飲んでいたことがわかる。ブレイディはメモを剝ぎとって家へはいる。

いつもなら真っ先に母のようすを確認するところだが、今夜ブレイディは煙のにおいを嗅ぎつけ、あわててキッチンへと急ぐ。キッチンにはうっすら青い煙がただよっている。ありがたいことに、キッチンの煙探知機は故障したままだった（前々から交換するつもりだったが、いつもほかにもっと火急の用事があったせいで忘れていたのだ）。オーブン上の換気扇が強力だったことも幸いした。この換気扇が煙をそこそこ吸いこんでくれたおかげで、屋内のほかの煙探知機が作動せずにすんだ。ただし、いますぐ換気しないことには警報が鳴りわたりそうだ。

オーブンは摂氏百八十度にセットされている。まずオーブンを切ってからシンク上の窓をあけ、つづいて裏口のドアもあける。掃除用具を入れてあるクロゼットに床置き式扇風機がある。ブレイディは暴走中のオーブンに扇風機をむけ、風量を最大にしてスイッチを入れる。

それをすませると、ブレイディは居間へ行って母親のようすを確かめる。母親はソファで酔いつぶれて眠っている――着ているハウスドレスのトップははだけ、裾は腿までずりあがり、アイドリング中のチェーンソウを思わせるほどやかましく、規則的ないびきをかいている。ブレイディは目をそむけ、小声で《くそっ・くそっ・くそっ・くそっ》と毒づきながらキッチンへとってかえす。

キッチンテーブルにすわったブレイディは顔を伏せ、両手をこめかみにあてがい、指を深く髪に突き立てる。ひとつ歯車が狂っただけで、どうしてこうつづけて番狂わせが起こるのか？食卓塩〈モートンソルト〉のパッケージに書かれているモットーが頭に浮かぶ。いわく――《降るときはいつだってどしゃ降り》。

換気をはじめて五分後、ブレイディは思いきってオーブンの扉をひらく。先ほど帰宅したときには空腹で胃がちくちく痛んでいたかもしれないが、オーブンのなかで煙をあげている黒焦げの物体をひと目見たとたん、しつこく残っていたその痛みもきれいさっぱり消えていく。水洗いではオーブンの金属皿をきれいにできない。〈ブリロ〉のクレンザーいり金属たわしをひと箱つかって、ごしごしこすっても、金属皿はきれいにならない。工業用レーザーをつかってもきれいにならないかもしれない。この金属皿はもうおしゃかだ。とはいえ、不幸中のさいわいかもしれない――帰宅したら消防署員たちが駆けつけていて、母親が消火隊にウォッカコリンズをふるまっているようなことにはなっていなかったのだから。

ブレイディは――核燃料メルトダウンの惨状を見ているにしのびなく――オーブンの扉を閉め、代わりにまた母親のようすを見にいく。あらわになっている母親の足に視線を往復させているあいだも、ブレイディはこんなふうに考えている――いっそ本当に母親が死んでいたほうがましだった、と。

それからブレイディは地下室へ降りていき、音声コマンドで照明をつけ、ずらりとならんだコンピューター群を起動させる。ナンバー3のPCの前にすわり、カーソルを〈青い傘〉のアイコンにあわせ……そこでためらう。でぶの元刑事からの新着メッセージが届いていないのではないかと思ったからではない――届いているかもしれないと思ったがゆえのためらいだ。もしメッセージがあれば、自分が読みたい種類のものではないだろう。番狂わせつづきのいまなればこそ、読みたくないメッセージのはず。それでなくたって、いまは頭がめちゃくちゃ混乱している。このうえ、わざわざ混乱させなくてもいいのでは？

ただし、あの元刑事がレイク・アヴェニューのコンドミニアムでなにをしていたのかという疑問の答えが見つかるかもしれない。あの男はオリヴィア・トレローニーの妹に事情聴取をしていたのか？　そんなところか。六十二歳にもなるのだから、あの女と一発よろしくやっていたはずはない。

ブレイディはマウスをクリックする。はたして画面にこう出てくる。

kermitfrog19 があなたとチャットを希望しています！

kermitfrog19とのチャットを希望しますか？

Y　N

ブレイディは《N》の上にカーソルを置いたまま、マウスのなめらかにへこんでいる部分に人差し指の腹で幾度も円をえがく。マウスボタンを押し、いまここですべてに終止符を打っちまえと自分をけしかける。ミセス・トレローニーが相手だったときとはちがって、あのでぶの元刑事を自殺へと追いこめなかったことはすでに明らかだ。だったらなにをためらうことがある？　切りあげるのが賢明では？

しかし、答えを知らずにはいられない。

それ以上に重要なのは、あの退職刑事を決して勝たせないことだ。

ブレイディがカーソルを《Y》の上に動かしてクリックすると、たちまち画面にメッセージが——それもかなりの長文が——表示された。

これはこれは、嘘を自白といいはっているわが友との再会だろうか。本来なら返答さえするべきじゃない。おまえのような連中は掃いて捨てるほどいるからね。しかしおまえが指摘してくれたようにわたしは退職した身だし、たとえ話し相手が頭のいかれた男でも、テレビのドクター・フィルだの深夜にどっさり流されるTVショッピングだのよりはましだ。〈オキシクリーン〉とかいう漂白剤のコマーシャルをあと三十秒でも見せられた日には、おまえにひけをとらないほど頭がいかれちまいそうだよ、**ははは**。それにこのサイトを紹介してくれたことでも礼をいっておかないとな。教えてもらわなければ一生知らずにおわったはずだ。おかげで新しい（頭の正常な）友だちが三人もできた。いっておけばひとりは女性でね、最高にごきげんなお下劣トーク炸裂だ!!!　さてさて本題だぞ、わが〝友だち〟よ、説明してやる。

その一。テレビで〈ＣＳＩ〉を見たことがあれば、メルセデス・キラーがヘアネットをしていたことやマスクに漂白剤をふりかけたことくらい、だれだって見とおせるはずだ。そういうことだよ馬鹿。

その二。おまえがもし本当にミセス・トレローニーのメルセデスを盗んだ犯人なら、通常のキーよりも機能が限られたヴァレーキーに言及しなかったはずはないんだ。ま、これはおうちで〈ＣＳＩ〉を見ているだけじゃ見抜けないけどね。だから――くりかえしですまないが――そういうことだよ馬鹿。

☺

その三（きちんとノートをとっているだろうね）。きょう、昔のパートナーから電話をもらった。悪人をひとりつかまえたんだ。この悪人というのは、**正真正銘の**自白のプロでね。ニュースをチェックしたまえ、わが友。そして、この男がこの先二週間でほかにどんな自白をするかを想像してみるといい。

それでは楽しい夜を過ごしたまえ。ついでにいっておく。どうせなら、おれだけじゃなく、ほかの人間にも妄想をきかせて困らせたらいいいんじゃないか？

ブレイディはどこかで見たアニメのキャラクターを漠然と思い出す――南部訛でしゃべる大きな雄鶏のフォグホーン・レグホーンだったか。あのキャラクターは怒るとまず首が、つづいて頭が温度計に変わり、温度がどんどん上昇して《オーブン》から《フライパン》、最後は《核爆発》にいたる。人を侮辱して怒りの炎を限界までかきたてる傲慢きわまりないメッセージを読みながら、ブレイディはあのアニメのキャラクターとおなじことが自分の身に起こっているように感じる。

ヴァレーキー？

ヴァレーキーだと？

「いったいなんの話だ？」ブレイディはいう。その声はささやきとうなり声の中間だ。ホテルやレストランで駐車場の係員《ヴァレー》にわたす限られた機能しかないキー。「おまえはいったいなんの話をしてやがる？」

ブレイディは立ちあがると、棒のようになった足でふらふらと地下室を歩きまわり、歩きながら痛みで目がうるむほど強く髪を引っぱる。母親のことはもう忘れている。黒焦げのラザニアのことも忘れている。なにもかも忘れ、いま念頭にあるのは憎たらしいこのメッセージだけだ。

しかもあの男は図太くもスマイリーフェイスまで入れてきた。

スマイリーフェイスを！

爪先が痛くなるほど強く椅子を蹴りとばす。椅子は地下室を転がって、大きな音とともに壁にぶつかる。ついでブレイディは身をひるがえして、ナンバー3のコンピューターの前へ急ぎ、禿鷹のように背中を丸めて顔を近づける。とっさにこみあげてきたのは、いますぐ返信してやりたい衝動だ。癪にさわるあの元刑事を嘘つきと罵り、肥満が原因でアルツハイマー症になりかけた低能野郎と罵り、雑用アルバイトの黒人小僧のちんぽしゃぶりに精を出すカマ掘り野郎と罵ってやる。しかしそこで、わずかながら理性に似たものが——ちらちら揺れて、いまにも消えそうになりながらも——出現し、ブレイディを落ち着かせる。転がった椅子をとってきてすわると、ブレイディはこの市の新聞社のサイトにアクセスする。《**速報**》という見出しをクリックしなくても、ホッジズが得意げに吹聴していたニュースの中身はわかる——記事はあすの朝刊の一面に掲載予定だ。

　この地域の犯罪関係のニュースを丹念に追いかけているので、ブレイディはドナルド・デイヴィスの名前も、鑿《のみ》で彫りあげた彫刻のように整ったその風貌も熟知している。警察がデイヴィスを妻殺しの容疑で追いかけていることも知っていたし、犯人はこの男にちがいないとも思っていた。そしていま、この男は自白した。ところが自白したのは妻殺しだけではない。サイト掲載のこの記事によれば、そのうえさらに五人の女性の強姦殺害も自白しているというではないか。簡単にいうと、こいつは自分がターンパイク・ジョーだと認めているのだ。

　最初ブレイディは、でぶの元刑事の駄法螺《だぼら》だらけのメッセージとこの事件がどう関係するのか、まったくわからない。しかし次の瞬間、バケツ一杯のインスピレーションを一気にぶちまけるようにすべてが見えてくる。ドナルド・デイヴィスは自分がまだ〝胸のつかえをおろしたい〟気分にあるうちに、市民センターの大量殺傷事件も自分の犯行だったと自白するつもりだ。いや、もう自白したあとなのかもしれない。

ブレイディは宗教的法悦に身をまかせている人のように、勢いよく体を回転させる——一度、二度、そして三度。頭が割れるようだ。胸も首も両のこめかみも、激しく脈打っている。そればかりか、歯茎や舌にまで脈がどくどくと感じられる。

デイヴィスがヴァレーキーについてなにか話したのか？　だからこんな展開になっているのか？

「そんな使用人用のキーなんかなかった」ブレイディはいう……しかし、そう断言できるだろうか？　もし存在していたら？　もしヴァレーキーが存在していて……警察がこの男に罪を着せてしまったら……このおれ、ブレイディ・ハーツフィールドはあの偉大なる勝利をかすめとられてしまう……あれだけ危険な橋をわたったのに……。

もう我慢できない。ブレイディはふたたびナンバー3の前にすわると、kermitfrog19 あてのメッセージを書きはじめる。ごく短いメッセージ。しかし手がわなわな震えていたので、書き上げるまで五分近くもかかる。最後まで書くなり、あらためて目を通す手間もかけず送信する。

ケツ穴野郎だけあってはクソがぎっしり詰まってるな。そうともキーはイグニションに挿さっちゃいなかった。でも**ヴァレーキー**じゃない。グラブコンパラートメントにあったスペアキーだ。おれがどうやってドアロックを解除させたかは、**ない知恵しぼって考えろタコ。**あの犯罪をやってのけたのはドナルド・デイヴィスじゃない。くりかえす。**ドナルド・デイヴィスはあの事件の犯人じゃない。**あいつが犯人だなどと発表したら、おまえもことも殺したやるしその場合いまのおまえなみに腑抜けた殺しにはならないから覚悟しる。

署名
本物のメルセデス・キラー

追伸。おまえの母親はとんだ淫売だった。アナル中出し大好き淫乱で、ケツ穴から垂れた精子をぺーろぺろしてたぞ。

ブレイディはコンピューターをシャットダウンして上の階へもどると、ソファで高いびきの母親をそのままにはせず、寝室まで連れていく。アスピリンを三錠飲み、追加でもう一錠飲んでから自分のベッドに横たわるが、目を大きく見ひらいたまま体を震わせるうち、夜明けの最初の光が東の空に射してくる。そこからやっと二時間ばかり眠ることができる——ひどく浅く、やたらに夢を見て、少しも休まらない眠りだ。

16

土曜日の朝、ホッジズがスクランブルエッグをつくっていると、ジャネルがシャワーで濡れた髪もそのままに白いバスローブを羽織った姿でキッチンにあらわれる。顔からうしろへ髪を撫でつけていると、ジャネルは実年齢よりもさらに若々しい。ホッジズは思いを新たにする

——四十と四歳だって？

「さがしたけどベーコンが見つからなくてね。いや、どこかにあるはずなのはわかっているよ。別れた妻がよく話していたんだが、アメリカ人男性の圧倒的大多数は、冷蔵庫内限定の視力喪失症にかかっているそうだ。患者のためのホットラインがあるかどうかは知らないけど」

　ジャネルは無言でホッジズの腹部を指さす。

「オーケイ」と答えたが、ジャネルのお気に入りらしき返事を思い出していいなおす。「ああ」

「ところで、コレステロールの数字はどんな具合？」

　ホッジズはにっこり笑ってたずねる。「トーストは？　全粒粉だ。いや、きみが買ってきた品なんだから、そんなことはわかってるだろうね」

「一枚。バターは塗らずにジャムを少しだけ。で、きょうはなにをするつもり？」

「まだ決めてないんだ」そうはいったものの、すでにシュガーハイツに行って警備員のラドニー・ピープルズから話をきこうと考えている——ただしピープルズが勤務中でゲート前の警備にあたっていればだ。コンピューターのことでジェロームと話もしなくては。やるべきことはいくらでもある。

「〈青い傘〉はチェックした？」

「その前にきみの朝食を用意したくてね。いや、自分の分も」嘘ではない。目が覚めてまっさきに感じたのは、頭のなかの空っぽの穴を埋めたいという思いではなく、自分の体に栄養をとりこみたいという思いだった。「それに、きみのPCのパスワードも知らないし」

「≪・janey《ジェイニー》≫」

「アドバイスをひとつ。そのパスワードを変更しておくように。というか、わたしが仕事を手伝ってもらってる若者のアドバイスだが」

「ジェロームだっけ？」

「そのとおり」

ホッジズがスクランブルした卵は六個ほど。ふたりはそれを等分にして、すっかりたいらげる。つかのまホッジズは、ゆうべのことを後悔しているかと質問したい気持ちに駆られるが、すでにジャネルの朝食のあいだのふるまいで答えは出ていると結論を出す。

食器をシンクに片づけてから、ふたりはジャネルのコンピューターの前へ行き、それから四分近くも無言ですわったまま、merckillからの最新のメッセージを二度三度と読み返す。

「これはびっくり」やがてジャネルがいう。「あなたはこの男を煽りたがってた。で、この男は全力で煽られたみたいね。タイプミスに気がついた？」そういって《**コンパラートメント**》や《**解除さた**》を指さす。「これも犯人の――あなたはどういってたかしら？――文章スタイル上のマスクのひとつ？」

「そうは思わないな」ホッジズは《**殺したやるし**》を見つめて微笑む。どうしても口もとがゆるんでしまう。魚は釣針の存在を察したうえ、針はますます深く食いこんでいる。痛むはずだ。焼けるような痛みだ。「いかにも、めちゃくちゃ怒り狂っている人がやりがちなタイプミスだと思う。この男にとっていちばん予想外だったのは、こんなふうに自分の信憑性が疑われる事態だ。だから、そのことで頭が変になるような思いを味わってるんだろうよ」

「いちだんと」

「は？」

「もとから変だった頭がいちだんと変になってるってこと。次のメッセージを送るといいわ、ビル。もっとこの男をつっつくの。そういう目にあって当然なんだから」

「了解」ホッジズは考え、キーを打ちはじめる。

17

ホッジズが服を着おわると、ジャネルが廊下まで見送りに出てきて、エレベーターの前でねっとりと長いキスをしてくれる。

「ゆうべあんなことがあったなんて、いまもまだ信じられないよ」ホッジズはいう。

「あら。本当にあったことよ。あなたが手もちのカードを正しく切れば、またおなじことが起こるかも」ジャネルは例の青い瞳で、ホッジズの顔をさぐるように見つめる。「でも、長期にわたる関係を結ぶとかいう約束はなし――わかってくれる？　そうなったときにはそうなる。一度に一日ずつ」

「この年になると、すべてをそんなふうに受けとめるんだよ」エレベーターのドアがあく。ホッジズは足を踏み入れる。

「ちゃんと連絡をしてね、カウボーイ」

「わかった」エレベーターのドアが閉まりかけるのを、ホッジズは手で押さえる。「くれぐれもＢＯＬＯを忘れるなよ、カウガール」

　ジャネルは神妙な顔でうなずくが、目に宿るきらめきをホッジズは見逃さない。「ジェイニーは頭っから お尻までＢＯＬＯを欠かすものですか」

「携帯電話をいつも手もとに置いておくように。スピードダイヤルに緊急通報の９１１を登録しておくといい」

　ホッジズはドアから手を離す。ジャネルが投げキッスをする。ホッジズがお返しの投げキッスをするより先にドアが閉まる。


　車はきのうとめたままの場所にある。しかしメーターは駐車無料タイムがはじまる前に時間切れになったらしく、フロントガラスのワイパーにチケットがはさみこまれている。ホッジズはチケットをグラブコンパートメントにしまいこみ、代わりに携帯電話をとりだす。いつもながら、自分では守っていないアドバイスを偉そうに垂れてしまった——退職してからというもの、ノキアを携帯するのをいつも忘れてしまう。昨今の携帯電話の進化を思えば、このノキアはもはや先史時代の遺物だろう。昨今ではこの携帯に電話をかけてくる人はめったにいない。

　しかしけさは、留守電メッセージが三本はいっている。どれもジェロームからだ。二番めと三番めのメッセージ——ゆうべの午後九時四十分と十時四十五分に録音されたもの——いまどこにいるのか、なぜ返事の電話をしないのかという苛立たしげな問い合わせで、ジェロームはいつもの声で話している。そしていちばん最初のメッセージはきのうの午後六時半、タイロン・フィールグッド・ディライトとしての元気な声でこんなふうにはじまっている。

「ミスタア・ホッジズ、どこさいる？　話したいこといっぺえあるんだぞ！」ここでジェロームにもどって、「やつの手口がわかったかもしれない。車を盗んだ方法がね。とにかく電話を待ってる」

腕時計を確かめる。土曜日の朝のこの時間では、ジェロームはまだ起きていないだろう。だったらまっすぐジェロームの家へ行こう。その途中で自宅に立ち寄って、手帳をとってくればいい。カーラジオをつけるとボブ・シーガーの〈忘れじのロックン・ロール〉が流れてきて、ホッジズは大声でいっしょに歌う——昔のレコードを棚から出してこよう。

18

昔々、ものごとがもっと単純だった時代、つまりアプリやiPadやサムスンやギャラクシー以前、超高速4G通信の世界になる以前、週末は〈ディスカウント・エレクトロニクス〉にとっては大忙しのかき入れどきだった。あのころは若者が店でCDを買ったが、いまどきの若者はiTunesでヴァンパイア・ウィークエンドの曲をダウンロードし、大人たちはeBayをながめているか、見逃したテレビドラマをHuluで追いかけ視聴したりしている。

きょうの土曜日、午前中の〈ディスカウント・エレクトロニクス〉の〈バーチヒル・モール〉支店には閑古《かんこ》鳥《どり》が鳴いている。

トーンズことアントニー・フロビッシャーは高齢の女性客にHDテレビを売りつけようと奮闘中だが、商品自体がすでに時代遅れの骨董《こっとう》品だ。フレディ・リンクラッターは裏で休憩中、マルボロの赤箱をつづけざまにふかしながら、同性愛者の権利を訴える最新のシュプレヒコールを考えているのだろう。ブレイディは店舗裏の部屋で一台のコンピューターの前にすわっている。ビジオ製のPCは大昔のモデルで、履歴はもちろん、キーストロークもいっさい記憶させないように仕掛けずみだ。いまブレイディはホッジズからの最新メッセージを凝視している。片目が——左目が——せわしなく不規則なチック性の痙攣を起こしている。

いいか、おれの母親をわるくいうのはやめろ。☺おまえが不出来な嘘を見抜かれたのはおれの母親のせいじゃない。グラブコンパートメントからスペアキーを盗みだした？　よくいうよ。オリヴィア・トレローニーはちゃんとキーを二本もっていた。なくなっていたのはヴァレーキーだ。小さな磁石つきの箱に入れて、後部バンパーの裏に貼りつけていたんだよ。本物のメルセデス・キラーはあのキーを盗んだにちがいない。

これでもうおまえに書き送るべきことはおしまいだな、すかたん小僧。おまえの〝おもしろ指数〟は現在のところかぎりなくゼロ近くを低空飛行中だし、ドナルド・デイヴィスは市民センターでの事件についても白状する意向だと確かな筋からきいてもいる。となると、おまえはどうなる？　どうせ死ぬほど退屈なクソみたいな生活を送るしかないんだろ。そうだ、この楽しい楽しい文通をおわりにする前に、ひとつ別の話をしてやろう。おまえはおれを殺すと脅迫した。これは重罪だが、どう思う？　おれは気にしない。しょせんおまえは、ひと山いくらのありふれた腰抜けだ。インターネットにはその手の〝口だけ野郎〞がごまんといる。おれの家を訪ねて（おまえがおれの家を知ってることはわかっている）、面とむかって脅迫してみる気はあるか？　腰が引けるか？　そうだろうよ。メッセージのしめくくりは、おまえのうすのろ頭でもわかるように、すごく簡単な言葉にしてやる。

くたばれ。

ブレイディは怒りのあまり、この場に凍りついてしまったようにさえ感じる。自分はこのま、ビジオのがらくた同然のコンピューター、八十八ドル八十八セントなどというふざけた安売り表示つきコンピューターに顔を近づけた姿勢のまま動けず、凍傷でくたばるか、体が自然発火して死ぬかする……いや、その両方がなぜか同時に起こって死ぬのかもしれない。

しかし壁に影がさすのを見たとたん、自分が動けることがわかる。すばやくクリックしてでぶの元刑事からのメッセージを画面から消した直後、フレディ・リンクラッターが体をかがめてモニターをのぞきこんでくる。

「なに見てたのよ、ブレイズ？　なに見てたか知らないけど、隠すのだけはめちゃ速いのね」

「ナショナル・ジオグラフィック製作のドキュメンタリーだよ。題名は〈レズビアンたちが攻撃するとき〉だ」

「あんたのユーモアのセンスに点数をつけたら」フレディはいう。「あんたの精子測定数をうわまわるかも。でも、それも怪しいと思う」

トーンズことアントニー・フロビッシャーがふたりのもとにやってくる。「エッジモントから出張サービスの依頼だぞ。どっちが行く？」

フレディが口をひらく。「あんな〝田舎っぺ天国〟くんだりに出張サービスに行くか、野生のいたちをケツに突っこまれるかのどっちかを選べっていわれたら、あたしは喜んでいたちを選ぶけど」

「ぼくが行くよ」ブレイディはいう。片づけなくてはならない野暮用がある。それも一刻も早く片づけるべき雑用が。

19

ホッジズが到着すると、ロビンスン家のドライブウェイではジェロームの妹のバーバラが友だちと縄とびで遊んでいる。全員がスパンコールつきのTシャツを着ている——どれもボーイズバンドの写真がプリントされた品だ。ホッジズは片手に事件ファイルをたずさえ、芝生を横切っていく。バーバラが近づいてきてホッジズとハイタッチと握手をしてから、すぐ駆けもどって、縄とびロープの自分の側を手にとる。ジェロームはショートパンツと袖を切り落としたシティカレッジのTシャツという姿でポーチの階段に腰かけ、オレンジジュースを飲んでいる。その横には犬のオデルが控えている。ジェロームはホッジズに、家族はスーパーマーケットの

〈クローガー〉へ行っていて、みんなが帰ってくるまで子守役を引き受けていると事情を話す。

「っていうけどさ、バーバラにはもう子守なんか必要ないんじゃないのかな。あいつはうちの両親が思っている以上にものがわかってると思うよ」

ホッジズは隣に腰をおろす。「いやいや、そういう思いこみは禁物だ。これについてはわたしの言葉を信用しろ、ジェローム」

「ええと……それはどういう意味？」

「その前に、きみが割りだしたことを話してほしい」

ジェロームは答えを口にはせず、少女たちの遊びを邪魔しないように歩道ぎわに寄せてとめてあるホッジズの車を指さす。「あの車の年式は？」

「二〇〇四年だ。だれもが足をとめて賞賛のまなざしをむけてくる車じゃないが、走行距離はもうずいぶん稼いでる。買いたいのか？」

「遠慮する。ロックしてきた？」

「ああ」このあたりは治安のいい地域で、しかもここにすわっていれば車をずっと見ていられるにもかかわらず、ロックしてきた。習慣の力だ。

「キーを見せてもらえる？」

ホッジズはポケットをさぐってキーをジェロームにわたす。ジェロームは電子キーを調べてうなずく。

「ＰＫＥだね。つかわれはじめたのは一九九〇年代、初期はオプションアクセサリーだったけど、二十一世紀になるころからほとんどの車に標準装備されるようになった。ＰＫＥがなんの略かは知ってる？」

　市民センターの無差別殺傷事件の主任捜査官であり、何度も何度もオリヴィア・トレローニーの事情聴取をした経験もあって、ホッジズにはその知識がある。「パッシブ・キーレス・エントリー」

「正解」ジェロームは電子キーにふたつあるボタンの片方を押す。ホッジズのトヨタのパーキングライトが点滅する。「これでロック解除」つづいてもう片方のボタンを押し、「これでロック。じゃ、キーを返すね」といってホッジズにキーを返す。「これで安全、問題なしだね？」

「話の流れからして、安全だとはいえないんじゃないか？」

「ぼくにはコンピューター・クラブをつくっている大学生に知りあいがいるんだ。あ、その人たちの名前を教えるつもりはないから、質問はお断わりだよ」

「そんなことは考えもしなかったな」

「悪事を働く連中じゃないけど、悪事のこつはなんでも心得てる——ハッキング、クローニング、情報ジャックとか、そのたぐいのことをね。その連中がいうにはＰＫＥシステムは〝もってけ泥棒〟と公言しているも同然だそうだ。車をロックしたりロック解除したりするために電子キーのボタンを押すと、キーから長波でシグナルが送られる。コードがね。もし耳にきこえるとすれば、ファックス番号をスピードダイヤルに登録したときみたいに〝ピーピー・ブーブー〟という感じにきこえるはずだ。ここまではわかる？」

「ここまではなんとかね」

　ドライブウェイでは女の子たちが〝サリーは路地にいる《サリー・イン・ジ・アリー》〟とかけ声をかけてロープをまわし、

バーバラ・ロビンスンが機敏な身ごなしでロープの輪から出入りをくりかえしている。小麦色のたくましい足がちらちらのぞき、ピッグテールの髪が跳ねている。

「知りあいの話だと、適切なガジェットさえあれば送信されるコードを読みとるのは簡単らしい。ガレージのドア用リモコンやテレビのリモコンを改造すればいいだけだけど、車のすぐ近くまで行く必要がある。二十メートル弱くらいかな。でも、もっと出力をあげることもできる。必要な部品は、近所の親切な家電量販店あたりで全部そろう。トータルの費用は百ドル程度。それで電波を受信できる距離が百メートルくらいになる。それから運転手が目当ての車から降りるところを見張る。運転手がロックボタンを押したら、こっちはこっちで自分のボタンを押す。そうすれば、キーから送信されたコードをガジェットが受信して保存する。運転手がその場を離れて姿が見えなくなったら、またボタンを押す。ドアロックが解除されて、車に乗りこむことができるってこと」

ホッジズは自分のキーを見おろし、ジェロームに目を移す。「そんなことができるのか？」

「ああ、できるよ。友人たちがいうには、いまでは難度があがっているんだけど――メーカーが改良をくわえた結果、ボタンを押すたびにコードが変更されるようになってるそうだ――でも、不可能ではないってさ。人間が考えてつくったシステムなら、人間が頭をつかってハッキングできる。ね、ぼくがここにいるの、見える？」

ホッジズはジェロームの存在を意識するどころか、その声もろくにきいてはいない。ミスター・メルセデスになる前のミスター・メルセデスについて夢中で考えているからだ。あの男は、いましがたジェロームが教えてくれたガジェットを購入したかもしれないが、いや、自作した可能性のほうが高そうだ。では、そのガジェットを利用したのはミセス・トレローニーのメルセデスが初めてだったのか？　それはありそうもない。

　となれば、ダウンタウンで発生した車上荒らしを洗いなおす必要がありそうだ。いつの時点からはじめるか……二〇〇七年からはじめて、二〇〇九年の初春までの事件をしらみつぶしに調べてやろう。

　記録課に友人がいる。マーロ・エヴェレット。あの女性には貸しがある。マーロならあれこれ穿鑿せず、記録をあらためて調べてくれるはずだ。そのうえで捜査担当の警察官が〝被害者は車をロックしわすれていたものと思われる〟と結論づけた事件があぶりだされれば、すべてを教えてもらえるだろう。

　すでに頭のなかでは教えてもらっているのだが。

「ミスター・ホッジズ？」ジェロームはわずかに不安げな顔つきでホッジズをまじまじと見つめている。

「なにかな、ジェローム？」

「市民センターの事件の捜査をしているとき、このＰＫＥがらみの話を自動車盗難を担当してる警官たちに問い合わせてみた？　だって、そういう警官ならなにか知ってるはずだし。別に新しい話じゃないしね。友人たちの話だと名前まであるらしい。ＰＫＥ《ピーク》にひっかけて〝盗み《スティー》見グッズ《リング・ザ・ピーク》〟っていうんだって」

「メルセデスの正規ディーラーに勤めている主任整備士に話をきいたよ。主任はキーがつかわれたはずだ、といってた」ホッジズはいう。しかしその言葉は自分の耳にすら、弱々しく言いわけがましいものにしかきこえない。いや、それどころではない――無能な者の言葉だ。主任整備士は――いや、捜査関係者全員が――キーがつかわれていたという思いこみに立っていたのだ。だれもが反感をいだいていた奇矯な中年女性がイグニションに挿しっぱなしにしたキーがつかわれた、と。

　ジェロームが笑みを見せる。若々しい顔には不似合いな奇妙な笑みだ。「ディーラー勤務の人がぜったい口にしない話がいろいろあるんだよ、ミスター・ホッジズ。正確にいうなら、あの連中は嘘をついてるわけじゃない。ただ、ある種の事実を頭から消しているだけだ。たとえばエアバッグは万一のときにも乗員の命を守るように配置されているとは話しても、いざエアバッグが作動したら眼鏡のレンズが割れて眼球に刺さるかもしれないなんて話さない。ある種のSUVは横転して上下さかさまになる率が高いんだけど、それも伏せる。あるいは、PKEのシグナルを盗むのがいかに簡単なことかとか。でも車上荒らしの犯人たちは知ってるはず。そうだよね？　ていうか、知ってるに決まってるよ」

忌まわしい真実――それはホッジズがそんなことをまったく知らなかったということだ。知っているべきだったのに知らなかった。ピートとふたり、ほぼ途切れなく外まわりで捜査にあたり、夜はせいぜい五時間ほどしか眠らなかった。書類の山が積みあがっていった。車上荒らし担当からのメモが届いていたにしても、捜査ファイルのどこかに埋もれてしまったのだろう。その件を昔のパートナーであるピートにたずねる勇気はないが、いずれにしろ近々すべてを打ち明けることになる気がする。もしも自分で解明できなければ。

　その一方ではジェロームにすべてを知らせる必要もある。なぜならホッジズがつついて刺激しているのは、正気をなくした相手だからだ。

　バーバラが汗だくになり、息を切らして駆け寄ってくる。「ジェイ兄さん、わたしとヒルダとトーニャの三人で〈レギュラーSHOW～コリない2人〉を見てもいい？」

「ああ、いいぞ」ジェロームは答える。

　バーバラは兄に両腕をまわして、頬を頬に押しつける。「ねえ、わたしの大事なお兄ちゃん、わたしたちにパンケーキをつくってくれる？」

「無理」

　バーバラはさっとハグの腕をほどいて兄から一歩あとずさる。「ひっどい。おまけにけちんぼ」

「〈ゾニーズ〉で〈エッゴ〉の冷凍ワッフルを買ってくればいい」

「だって、お金ないもん」

　ジェロームはポケットをさぐって、妹に五ドル札を手わたす。これでジェロームは、またハグをしてもらえる。

「これでもまだ、ひっどいお兄さんかい？」

「ううん、すてきなお兄ちゃん！　最高のお兄ちゃん！」

「店には友だちといっしょに行くんだぞ」ジェロームはいう。

「オデルも連れていきなさい」横からホッジズもいう。

　バーバラはくすくすと笑う「うん、オデルはいつもかならず連れてってあげるもん」

　跳ねるような足どりで歩道を歩いていく少女たち（ひっきりなしにおしゃべりをしながら、

オデルのリードを順ぐりにまわしあっている）を眺めながら、ホッジズは漠然とした不安を心の奥底に感じる。安全のためにロビンスン一家を屋内に足どめするような措置をとれるはずもないが、それにしても三人の少女たちはあまりにも小さい。

「ジェローム、もしだれかがあの女の子たちに手出ししてきたら、オデルは……その……」

「あの子たちを守るかってこと？」ジェロームは真剣な顔になっている。「それはもう命を懸けて守るね、ミスターH。文字どおり命を懸けて。なにが心配？」

「これからもきみが慎重な行動を心がけることを期待していいかな？」

「もっちろん！」

「オーケイ。これから、きみにたくさんの話をきかせようと思う。ただし、その見返りとしてひとつ約束してほしい。これからは、わたしのことをビルと気軽に呼ぶように」

ジェロームは考えこむ。「慣れるまでちょっとかかるかもしれない。でも、わかった」

ホッジズはおりおりに法律用箋に書きとめたメモを参照しながら、ジェロームにほぼすべてを話していく（ただし、どこで夜を過ごしたのかは伏せる）。話しおえたころ、バーバラとふたりの友人が〈エッゴ〉の箱を投げあって楽しげに笑いながら、〈ゾニーズ〉から帰ってくる。女の子たちはテレビを見ながら午前中のおやつを食べるため、屋内へとはいっていく。

そしてホッジズとジェロームはポーチの階段に腰かけたまま、幽霊について話しあう。

20

エッジモント・アヴェニューは戦闘地域のように見える。しかしロウブライアー・アヴェニューより南の地域にかぎっていえば、第二次大戦後に工場での働き口を目当てにケンタッキーやテネシーあたりから移り住んできた山地民《ヒルビリー》の子孫が暮らす白人の戦闘地域だ。いまでは工場がのきなみ閉鎖され、住民の大多数はオキシコンチンの価格高騰で、この強力な鎮痛剤から茶色いタール状の粗悪なヘロインに鞍替えしたジャンキーだ。エッジモント・アヴェニューに軒をつらねているのはバーと質屋と小切手換金所で、土曜日の午前中といういま、そのすべてがぴったりと店を閉ざしている。営業中なのは二軒だけ。一軒は〈ゾニーズ・ゴーマート〉の支店、もう一軒がブレイディの出張サービスの目的地である〈バトゥールズ・ベーカリー〉というパン屋だ。

ブレイディは〈サイバーパトロール〉のワーゲンを――たとえ不心得者が乗りこもうとしても目を光らせていられるよう――店の正面にとめてから、工具箱を手にして、おいしそうな香りのする店内に足を踏み入れていく。カウンターのなかにいるパン屋の薄汚い男が、ＶＩＳＡカードをふりたてている客と激しくやりあいながら、**《ＰＣ故障中につき現金払いのみ》**というボール紙の掲示を指さしている。

このパキスタン系の男のコンピューターは、忌まわしいフリーズ状態だ。ブレイディは三十秒おきに路上のワーゲンを目で確かめながら、〈画面フリーズのブギ〉を演奏する——具体的には、altキーとctrlキーとdelキーの同時押しだ。コンピューターのタスクマネージャーが画面に出現する。ブレイディは、エクスプローラーが〝応答していないプログラム〟に分類されていることを即座に見てとる。

「深刻かい？」パキスタン野郎が不安げにたずねる。「頼む、そんなに深刻なエラーじゃないっていってくれよ」

ふだんの日だったら、この男を焦《じ》らしてやったはずだ。バトゥールのような男がチップをくれるからではなく——そもそもこの手の客はチップを出さない——もう少し〈クリスコ〉の植物油めいた脂汗《あぶらあせ》をかかせてやりたい一心で。しかし、きょうはあきらめる。出張サービスを引き受けたのは、店から出てショッピングモールへ行くための口実にすぎない。だから、この仕事はできるだけ早くおわらせたい。

「いえ、もう大丈夫ですよ」ブレイディはそういって《**タスクの終了**》を選択し、パキスタン野郎のコンピューターを再起動させる。一瞬ののち、レジマシンの機能が復活して、四種類のクレジットカードのアイコンも表示される。

「あんたは天才だ」バトゥールは感歎の声をあげる。つかのまブレイディは、この香水のにおいをぷんぷんさせている下品な男にハグされるのではないかと恐怖に震える。

21

ブレイディは〝ヒルビリー天国《ヘヴン》〟をあとにすると、空港を目指して北へむけて車を走らせる。〈バーチヒル・モール〉には〈ホームデポ〉の支店があって、目的の品がそろっているのはほぼ確実だったが、あえて〈スカイウェイ・ショッピング・コンプレックス〉を目指す。いまやっているのは危険度が高く、無謀といえば無謀、おまけに不必要なことだからだ。〈ディスカウント・エレクトロニクス〉と通路一本でへだてられているだけのホームセンターで買物をして、事態をさらに悪化させることはできない。そう、人は自分が食事をする場ではクソを垂れないものだ。

ブレイディが用事をすませるのは〈スカイウェイズ・ガーデンワールド〉。店をひと目見るだけで、ここへ来て正解だったとわかる。晩春の土曜日の日中、店は買物客でごった返している。農薬売場でブレイディは、すでにカモフラージュ用の商品——肥料、腐葉土、種子、それに柄の短いガーデニング用のこて——がおさまっているショッピングカートに害獣駆除剤〈ゴファー・ゴー〉の缶を二本追加する。ネットで注文した毒物があと数日で安全な私書箱に届く予定でいながら、こんなふうに対面販売でおなじ毒物を買うのは正気の沙汰ではないが、もう待ちきれない。ぜったいに無理だ。現実問題としていうなら、月曜まではあの黒人一家の愛犬に毒を盛るチャンスはないだろう——火曜や水曜になってもおかしくない。しかし、なにかをせずにいられない。とにかく実感していたい……そういう気分を、シェイクスピアはどう表現していただろうか？　剣をとって、押し寄せる苦難に立ち向かうとかなんとかだ。

　ブレイディはカートを押して列にならび、自分にいいきかせる。もしレジ係の女の子（またしても肌の浅黒いあの手の連中のひとりで、まったくこの市には連中がうじゃうじゃいる）が〈ゴファー・ゴー〉についてなにかしゃべったら、たとえ《この薬は効きますね》とかなんとか、底意のまったく感じられないひとことであっても、ブレイディはすべてを中止するつもりだった。相手に顔を覚えられて特定される危険があまりにも大きい。《ええ、まちがいありません。あのときガーデニング用のこてとホリネズミの駆除剤を買っていった神経質な態度の若い男の人です》

　ブレイディは思う。やはりサングラスをかけてくるべきだったか？　かけていても目立つことはなかっただろう。ここにいる男の半分はサングラスをかけている。

　後悔先に立たず。レイバンは〈バーチヒル・モール〉の駐車場にとめたスバルの車内に置いてきた。いまできるのはここで列にならび、焦《あせ》るな、落ち着けと自分にいいきかせることくらいだ。だがそれは、〝青い北極熊のことを考えるな〟という命令なみに無理な注文だ。

《あの男に目を引かれたのは汗をかいていたからです》浅黒い肌のレジ係の女の子（なにも知らない以上、パン屋のバトゥールの親戚でもおかしくない）は警察にそう話すだろう。それに、ホリネズミ駆除用の毒薬を買っていったことでも記憶に残りました。ストリキニーネを含む駆除剤ですから。

つかのま、この場から逃げだしたくなった。しかし、前だけではなく、背後にもすでに行列ができていて、いま列から離れたら、かえってそのことで人々の注意を引いてしまうのでは？　そんなことをすれば、ここにいる人たちから変に思われ――

背後から背中をつつく指。「おまえさんの番だよ」

ブレイディは進退きわまり、カートを前へ進める。カートの底では〈ゴファー・ゴー〉の黄色い缶が思いきり大声でわめいている。ブレイディの目にはその黄色が狂気の色に見えている。それも当然。この店へ来たこと自体が狂気の沙汰だ。

ついで、心を落ち着かせてくれる考えが浮かぶ。熱があるとき、ひたいに置かれるひんやりした手のように心地いい考えだ――市民センターにあつまっていた人々の群れに車で突っこんでいくほうが、よっぽど狂気の沙汰だったのに……うまく逃げおおせたじゃないか？　そうとも。だったら、こんなことは巧みに片づけられるはずだ。浅黒い肌のレジ係はブレイディには目もくれないまま、商品をバーコードスキャナーに通している。それどころか支払いは現金かカードかとたずねるときにも、ブレイディの顔を見もしない。

ブレイディは現金で支払う。

いくらなんでも、クレジットカードで払うほど頭がいかれてはいない。

フォルクスワーゲンにもどると（ちなみに蛍光グリーンのボディがまわりからほとんど見えないように、二台の大型トラックのあいだにとめた）、ブレイディは運転席に腰をおろし、心臓の動悸《どうき》がおさまるまで深呼吸をくりかえす。これから車を走らせる道路のことを思うと、さらに気分が落ち着いてくる。

まずはオデルだ。あの犬っころは悲惨な死を迎える。たとえロビンスン一家にはわからなくても、でぶの元刑事にはそれが自分のせいだとわかるはずだ（純粋に科学的な興味だが、あの退職刑事がそのことを一家に白状するかどうかはぜひ知りたい。とはいえホッジズは白状しないだろう）。そして第二幕はあの男本人だ。ホッジズには数日の猶予をくれてやり、そのあいだ罪悪感にまみれてもらおう。どう転ぶかわからない。ひょっとしたら、あの男にはやはり自殺傾向があったということになるかも。ただし、おそらくそうはならない。となると、方法は未定ながらホッジズを殺すことになる。そして第三幕は……。

いよいよ派手な大舞台。このあと百年も人々の語り草になるような大事件。そこで問題になるのは、派手な大舞台とは具体的になんなのか、という点だ。

ブレイディはキーをイグニションに挿し、ワーゲンのちんけなラジオをＢＡＭ－１００局にあわせる。週末はいつもロック一辺倒のプログラムになる局だ。ブレイディはＺＺトップ特集の最後の部分をかろうじてきくことができる。ついでボタンを押してＫＩＳＳ－92局に変えようとしたそのとき、ブレイディの手が凍りつく。局を切り替える代わりにブレイディはボリュームをあげる。

ディスクジョッキーはブレイディに、いまアメリカでいちばんホットなボーイズバンドが一回だけのコンサートのために、この市にやってくる予定だと告げている——そう、そのとおり、ラウンドヒアが来週の木曜日、ＭＡＣでコンサートをひらく予定だ、と。

「よい子のみんな、チケットはもうほとんど売切れだけどね、ＢＡＭ－１００のすてきなスタッフが十席ばかり押さえてる。で、このチケットをリスナーのみんなに月曜日からプレゼントしちゃおう。電話受付開始の合図にはちゃーんと耳をすませていて――」

ブレイディはラジオを切る。いまその両目はうっすら霞《かす》んで遠くを見つめ、深く考えをめぐらせている。MACというのは巨大複合施設の通称で、正式には中西部文化芸術センター《ミッドウエスト・カルチャー&アーツ・コンプレックス》だ。センターは全体で市の一ブロックを丸々占めていて、大人数を収容できるホールがある。

ブレイディは思う――最後の打ち上げ花火にはもってこいじゃないか。そうだとも、うまくいったら最高の見せ場になるぞ。

MACのミンゴ記念ホールの収容人数はどのくらいか？ 三千人？ いや、四千人だったか？ 今夜ネットで調べよう。

22

ホッジズは近場のデリカテッセンで昼食を調達し（ちなみに買ったのはサラダで、胃が求めてやまないこってりとしたハンバーガーではない）、家へ帰る。どうやら昨夜の喜ばしき奮励努力の影響がここへ来て追いついてきたらしい。ジャネルに電話をかけなくてはならないのだが――というのも、故ミセス・トレローニーが住んでいたシュガーハイツのお屋敷ですませるべき仕事があるらしい――今回の捜査における自分の次なる一手は、とにかく短時間でも昼寝をすることだ、とホッジズは決める。居間の留守番電話を確かめたが、《**未再生メッセージ**》

にはゼロが表示されているだけだ。〈デビーの青い傘〉ものぞいたが、ミスター・メルセデスからの新着メッセージは見あたらない。ホッジズは横になると、体内時計のアラームを一時間後にセットする。目を閉じる前、最後に頭をよぎったのは、またしても携帯電話をトヨタのグラブコンパートメントに置きっぱなしにしてしまった、という思いだ。

携帯をとりにいかなくては——ホッジズは思う。ジャネルには携帯と固定の両方の番号を教えてある。しかしジャネルは旧人類というよりは、むしろ新人類。用事があれば、まず携帯にかけるだろう……。

それっきりホッジズは眠りこむ。

眠りからホッジズを叩き起こすのは旧人類用の電話だ。寝返りを打って受話器をつかみあげようとした拍子に、現役警官の時代には一度も狂わなかった体内時計が、いまでは本人と足なみをそろえて退職を決意したことを思い知らされる。なんと、三時間近くも眠りこけていたからだ。

「はい？」

「携帯の留守電はチェックしないの？」ジャネルだ。

携帯電話のバッテリーが切れていると話そうかと思ったが、嘘をつくことからはじまる関係は——たとえ一回に一日ずつと決めたような関係でも——ありえない。それに、いまはそんなことが重要ではなさそうだ。ジャネルの声は不明瞭でかすれている——ずっと大きな声をあげていたかのように。あるいは泣き叫んでいたかのように。

ホッジズは上体を起こす。「どうした？」

「きょうの朝、母が脳卒中を起こしたの。いまわたしがいるのは、ワルソー郡記念病院。〈サニーエイカーズ〉にいちばん近い病院よ」

ホッジズは足を大きくふって床におろす。「それは大変だ。容態は……あまりよくないのか？」

「よくない。オハイオのシンシナティにいる叔母のシャーロットとフロリダのタンパにいる叔父には電話で連絡した。ふたりともこっちへむかってる。シャーロットのことだから、きっと娘——わたしのいとこ——ホリーも連れてくるでしょうね」ジャネルは笑うが、笑い声にはユーモアのかけらもない。「もちろん、みんな来るに決まってる——ほら、お金を追いかける人にまつわる昔からの言葉があったじゃない？」

「わたしもそっちへ行ったほうがいいのかな？」

「もちろん来てくれたらうれしい。でも、親戚にあなたのことをどう説明すればいいのかしら。初対面の瞬間からベッドをともにしたいと思った男の人だ、なんて紹介するのはまずいように思うのね。かといって、オリー姉さんが死んだ件を調査してもらうために雇った男の人だと紹介でもしようものなら、日付が変わらないうちからヘンリー叔父さんの子供たちのフェイスブックに話が出ちゃいそう。ヘンリー叔父さんの子供たちは、シャーロット叔母さん以上にゴシップが大好きだから。でも叔父さんも叔母さんも、秘密を守る人の見本じゃないし。せめてもの救いはホリーが不気味なだけという点ね」ここでジャネルは水っぽい音をさせながら、深々と息をつく。「ったく……いまだけは愛想よく接することになりそう。シャーロット叔母さんともヘンリー叔父さんとも、もう何年も会ってない。ふたりともオリー姉さんの葬式に来なかったし、そもそもわたしの生活ぶりを追いかける気がまるでなかったことだけは確かね」

ホッジズはいまの発言に考えをめぐらせてから口をひらく。「わたしは友人だ……そういうことにしておけばいい。以前はヴィジラント警備サービス社の警備員としてシュガーハイツで働いていた。きみはお姉さんの遺品を整理したり、遺言状の件を弁護士と処理したりするためにあの屋敷へやってきて、そのときわたしと会ったことにすればいい。弁護士は……チャムだったか」

「シュロンよ」ジャネルは水っぽい音をたてて深々と息を吸う。「その話で問題ないわ」

問題はないはずだ。真面目くさった顔で嘘をならべるテクニックとなったら、警官は他の追随を許さない。「これからそっちへむかうよ」

「でも……そっちの市内で片づけなくてはいけない用事があるのでは？　捜査のために……」

「先に延ばせない用事はひとつもない。そっちまでは一時間かかるな。土曜の交通事情を考えれば、もうちょっと早く着けるかも」

「ありがとう、ビル。心の底からお礼をいわせて。もしわたしがロビーにいなかったら――」

「――さがすよ。これでも、百戦錬磨の捜査員だぞ」いいながらホッジズは靴を履く。

「こっちへ来てくれるなら、着替えをもってきたほうがいいみたい。道の先にあるホリデイイン・ホテルに三部屋を押さえたの。そのうち一室をあなたに貸すわ。お金持ちでいることの利点のひとつ。アメックスのプラチナカードのご威光はいわずもがなね」

「ジャネル、市内まで車で帰るのはなんてことないぞ」

「ええ。でも、母が死ぬかもしれない。きょうとか今夜のうちにそんなことになったら……本気で友だちにそばにいてほしいと思うはずだから。だって……ほら……その……」

　涙でジャネルの声が途切れる。ジャネルが言葉をしめくくらずとも、ホッジズにはその先の言葉がわかる。そう、さまざまな手配をしてもらうため、だ。

　十分後、ホッジズは〈サニーエイカーズ〉とワルソー郡記念病院を目指して、東へ車を走らせている。てっきりジャネルは集中治療室エリアの待合室にいると思ったが、じっさいには病院の外で、とまっている救急車のバンパーに腰かけている。ホッジズがその横に車を寄せると、ジャネルはすぐトヨタに乗りこんでくる。沈んだ表情とすっかり落ちくぼんだ目もとをひと目見るだけで、ホッジズは知るべき必要のあることをすべて察しとる。

　ジャネルはもちこたえているが、ホッジズが見舞客用の駐車場に車をとめたところで、ついに屈する。ホッジズはジャネルを両腕で抱きしめる。ジャネルは、エリザベス・ウォートンが中部標準時で午後三時十五分をもって他界した、と話す。

　ちょうどわたしが靴を履いていたころだな……ホッジズは思いながら、ジャネルを抱きしめる腕に力をこめる。

23

いまはリトルリーグのシーズンたけなわ。ブレイディはよく晴れたこの土曜日の午後をマッギニス・パークで過ごす。三面あるグラウンドのすべてで野球の試合がおこなわれている。うららかな陽気で商売は繁盛だ。試合に出ている弟たちの晴れ姿を見るために、小学校高学年くらいの女の子たちが大勢やってきている。アイスクリームを買うための行列にならんで待っているあいだに女の子たちが話しているのは、まもなくMACで開催されるラウンドヒアのコンサートのことだけのようだ。どうやらこの子たちも行くらしい。ブレイディもすでに行くと決めている。あとは、例の特製ベストを着用して会場入りする手だてを考えだせばいいだけだ――ボールベアリングといくつものブロック状のプラスティック爆弾を仕込んだあのベストを。

おれの生涯最後の挨拶だ――ブレイディは思う。何世紀も語りぐさになる大見出し。

そんなことを思うと気分が上向きになる。移動販売車に積みこんできたアイスクリームがすっかり売れたこともだ――ジューシースティクスさえ夕方の四時には売切れ。アイスクリーム工場へもどって車のキーを(決して家に帰らないように思える)シャーリー・オートンに手わたしがてら、ブレイディは日曜午後のシフトが予定されているルーディ・スタンホープと勤務を代わってもらえないかと頼む。日曜日は――好天に恵まれた場合という条件こそついてまわるが――いつも決まって忙しく、ローブズ社の三台の移動販売車はマッギニス・パークだけではなく、市内のほかの四つの大きな公園でも商売をする。頼みこむときには、ブレイディはとっておきの少年っぽい笑みもあわせて披露する。シャーリーはこの笑顔にからきし弱い。

「いいかえると」シャーリーはいう。「午後の勤務を二日つづけて休みたいのね?」

「そういうこと」ブレイディは、母親が弟のところを訪ねたいといっていて、どうしても一泊、ことによったら向こうに二泊しなくてはならなくなる……と説明する。もちろん弟なんかいない。旅行といっても、このところ母親が興味をもっている旅行は、ソファを離れて酒のキャビネットまで行き、またソファへ引き返してくるあいだの物見遊山《ものみゆさん》だけだ。

「ルーディなら、ふたつ返事で引き受けてくれるはずよ。どう、ルーディにはあなたが自分で連絡する?」

「いや、きみが頼めば、それだけで決定事項になるからね」

クソ女のシャーリーがくすくす笑うと、何へクタールにも広がる贅肉が不気味な動きでぶるんぶるんと震える。ブレイディが私服に着替えているあいだ、シャーリーは電話をかける。ルーディは日曜日のシフトを喜んで手放し、ブレイディの代わりに火曜日のシフトを引き受ける。これでブレイディは、二日つづけて午後の時間を〈ゾニーズ・ゴーマート〉の監視にあてることができる。二日もあれば充分のはずだ。二日とも少女が犬を連れて店に来なかったら、水曜日にあらためて病欠の電話を入れればいい。あくまでも必要に迫られたらの話で、そこまで時間がかかるとは思えないが。

ローブズ社をあとにしてから、ブレイディは〈クローガー〉に短時間だけ立ち寄って必要な品々を買う。自分たちに必要な品——卵や牛乳やバターといった基本的な食料品や〈ココアパフ〉などだ——を手にとったのち、精肉売場でハンバーグ用の五百グラムの挽肉もあわせて買う。赤身肉九十パーセント。オデルの最後の食事として、これ以上にふさわしい品はない。

自宅へ帰るとガレージのドアをあけ、〈ガーデンワールド〉で買った品をすっかり車から運びだす。そのさい、〈ゴファー・ゴー〉の缶は慎重を期して高い棚に置く。母親がガレージへ来ることはめったにないが、危険性は少しでも減らしておきたい。作業テーブルの下に小型冷蔵庫がある——ガレージセールで、ただ同然の七ドルで手に入れたものだ。いつもはソフトドリンクを入れてある。ブレイディはコークとマウンテンデューのうしろに生の挽肉のパッケージを隠すと、残りの食料品をもって母屋へはいっていく。キッチンでは喜ばしい光景が目に飛びこむ——母親がツナサラダにパプリカをふりかけていて、そのサラダがじつにうまそうだ。

母親はブレイディの視線をとらえて笑う。「ラザニアの埋めあわせをしようと思ったの。あのときはすまなかったね。でも、とにかく疲れてたからさ」

そうじゃなくて、へべれけに酔っ払っていたんじゃないか——ブレイディは思うが、ともあれ母親はすべてを完全に投げだしていたわけではなかった。

母親は口紅を塗りなおしたばかりの唇をつんと突きだす。「さあ、母さんにキスをしておくれ、ハニーボーイ」

ハニーボーイは母親の体に両腕をまわし、長くねっとりとしたキスをする。母親の口紅はなにやら甘い味だ。それから母親はブレイディの尻をぴしゃりと叩き、夕食のしたくがととのうまで地下室でコンピューターでもいじっておいで、という。

ブレイディは元刑事に短い一文だけのメッセージを残す——《**こてんぱんにしてやるよ、じいさん**》。それから〈バイオハザード〉をプレイするうちに、母親から呼ばれる。ツナサラダは上出来で、ブレイディは二回もお代わりをする。その気になれば、母親はまっとうな料理もつくれる。母親は午後のあいだ、小ぶりのグラスで二、三杯ひっかけるのを我慢していたのだろう、いまその穴を埋めてあまりある特大のグラスで最初の一杯を用意しはじめるが、ブレイディは黙って見のがす。九時を迎えるころには、母親はソファで高いびきだ。

ブレイディはこの機会を利用してネットを検索、近づくラウンドヒアのコンサートについて残らず調べる。ユーチューブで動画をチェック――ここでは女の子たちが、メンバー五人のうち、だれがいちばんホットかを議論している。大方の意見ではキャムという男だ――この男は〈ぼくの目をちゃんと見つめてよ〉という曲でリードボーカルをとっている。音でつくったげろともいうべき曲で、去年ラジオできいたような漠然とした記憶がある。ブレイディは、いちように笑っているメンバーの顔がボールベアリングでずたずたに引き裂かれて、メンバーおそろいの〈Guess《ゲス》〉のジーンズが燃えさかるぼろきれに変わっているところを空想する。

さらにそのあと、母親をベッドに寝かしつけ、母親が人事不省なまでに寝入ったことを確かめてから、ブレイディはハンバーグ用挽肉をとりだしてきてボウルに入れ、二カップ分の〈ゴファー・ゴー〉を混ぜこんでいく。これだけ入れてもまだオデルの息の根をとめられなければ、アイスクリームの移動販売車で轢き殺してやるだけだ。

その空想に忍び笑いが洩れる。

ブレイディは毒薬いりの挽肉を〈バギー〉のポリ袋に入れて、今回も炭酸飲料の缶のうしろに隠れるように注意して小型冷蔵庫にもどす。さらに自分の両手とボウルの両方を、石鹸を溶かしたたっぷりの湯できれいに洗い流して後始末をする。

その夜、ブレイディはぐっすりと眠る。頭痛に襲われることも、死んだ弟にまつわる悪夢を見ることもなく。

（下巻に続く）

単行本　二〇一六年八月　文藝春秋刊

文春文庫

ミスター・メルセデス　上

定価はカバーに
表示してあります

2018年11月10日　第1刷

著　者　スティーヴン・キング
訳　者　白《しら》石《いし》　朗《ろう》
発行者　花田朋子
発行所　株式会社　文藝春秋

東京都千代田区紀尾井町 3-23　〒102-8008
TEL　03・3265・1211㈹
文藝春秋ホームページ　http://www.bunshun.co.jp

落丁、乱丁本は、お手数ですが小社製作部宛お送り下さい。送料小社負担でお取替致します。

印刷製本・凸版印刷

Printed in Japan
ISBN978-4-16-791183-6

（　）内は解説者。品切の節はご容赦下さい。

スティーヴン・キング（小尾芙佐　訳）
IT
（全四冊）
少年の日に体験したあの恐怖の正体は何だったのか？　二十七年後、薄れた記憶の彼方に引き寄せられるように故郷の町に戻り、IT（それ）と対決せんとする七人を待ち受けるものは？
キ-2-8

スティーヴン・キング（白石　朗　訳）
アンダー・ザ・ドーム
（全四冊）
小さな町を巨大で透明なドームが突如封鎖した。破壊不能、原因不明、脱出不能のドームの中で、住民の恐怖と狂乱が充満する……。帝王キングが全力で放った圧倒的な超大作！　（吉野　仁）
キ-2-40

スティーヴン・キング（白石　朗　訳）
リーシーの物語
（上下）
夫の死後、悲しみに暮れるリーシー。夫の過去に秘められたあまりに痛ましい出来事とは？　永遠の愛と悲しみからの再生を描いて、著者キングが自作の中でもっとも愛するという傑作。
キ-2-44

スティーヴン・キング（白石　朗　訳）
悪霊の島
（上下）
孤島に移り住んだ男を怪異が襲う。この島には何かがいる！　やがて降りかかる死、死、死。悪しきものの棲む廃墟の館の秘密とは？　恐怖の帝王、渾身のモダンホラー大作。　（東　雅夫）
キ-2-46

スティーヴン・キング（土屋　晃　訳）
ジョイランド
恋人に振られた夏を遊園地でのバイトで過ごす僕。生涯の友人にも出会えた僕は、やがて過去に幽霊屋敷で殺人を犯した連続殺人鬼が近くに潜んでいることを知る。巨匠の青春ミステリー。
キ-2-48

スティーヴン・キング（白石　朗　訳）
11／22／63
（全三冊）
ケネディ大統領暗殺を阻止するために僕はタイムトンネルを抜けた…巨匠がありったけの物語を詰めこんで、「このミス」他国内ミステリーランキングを制覇した畢生の傑作。　（大森　望）
キ-2-49

スティーヴン・キング（白石　朗　訳）
ドクター・スリープ
（上下）
〈景観荘〉の悲劇から30年。今もダニーを襲う悪しきものども。超能力〝かがやき〟を持つ少女との出会いが新たな惨劇への扉を開く。名作『シャイニング』の圧倒的続編！　（有栖川有栖）
キ-2-52

（　）内は解説者。品切の節はご容赦下さい。

デス・コレクターズ
ジャック・カーリイ（三角和代 訳）
三十年前に連続殺人鬼が遺した絵画が連続殺人を引き起こす！ 異常犯罪専従の捜査員カーソンが複雑怪奇な事件を追う。驚愕の動機と意外な犯人。衝撃のシリーズ第二弾。（福井健太）
カ-10-2

ブラッド・ブラザー
ジャック・カーリイ（三角和代 訳）
刑事カーソンの兄は知的で魅力的な殺人鬼。彼が脱走、次々に殺人が。兄の目的は何か。衝撃の真相と緻密な伏線。ディーヴァーに比肩するスリルと驚愕の好評シリーズ第四作！（川出正樹）
カ-10-4

髑髏の檻
ジャック・カーリイ（三角和代 訳）
宝探しサイトで死体遺棄現場を知らせる連続殺人。天才殺人鬼を兄に持つ若き刑事カーソンが暴いた犯罪の全貌とは？ 驚愕の展開を誇る鬼才の人気シリーズ第六作。（千街晶之）
カ-10-6

キリング・ゲーム
ジャック・カーリイ（三角和代 訳）
手口も被害者の素性もバラバラな連続殺人をつなぐものとは？ ルーマニアで心理実験の実験台になった殺人犯の心の闇に大胆な罠を仕込む超絶技巧。シリーズ屈指の驚愕ミステリー。
カ-10-7

厭な物語
アガサ・クリスティー 他（中村妙子 他訳）
アガサ・クリスティーやパトリシア・ハイスミスの衝撃作からロシア現代文学の鬼才による狂気の短編まで、後味の悪さにこだわって選び抜いた〝厭な小説〟名作短編集。（千街晶之）
ク-17-1

ガール・セヴン
ハンナ・ジェイミスン（高山真由美 訳）
家族を惨殺され、一人ロンドンの暗黒街で生きる21歳の娘、石田清美。愛する人のいる日本へ帰るべく大博打に出た彼女は犯罪の渦中へ。25歳の新鋭が若い女性の矜持を描くノワール。
シ-23-1

悪魔の涙
ジェフリー・ディーヴァー（土屋 晃 訳）
世紀末の大晦日、ワシントンの地下鉄駅で無差別の乱射事件が発生。手掛かりは市長宛に出された二千万ドルの脅迫状だけ。捜査本部は筆跡鑑定の第一人者キンケイドの出動を要請する。
テ-11-1

（　）内は解説者。品切の節はご容赦下さい。

●マックス・ブルックス（浜野アキオ 訳）
WORLD WAR Z（上下）
中国奥地で発生した謎の疫病。感染は世界中に広がり、人類とゾンビとの全面戦争が勃発する。未曾有の災厄を描くパニック・スリラー。ブラッド・ピット主演映画原作。（風間賢二）
フ-32-1

テリー・ホワイト（小菅正夫 訳）
真夜中の相棒
美青年の殺し屋ジョニーと、彼を守る相棒マック。傷を抱えて裏社会でひっそり生きる二人を復讐に燃える刑事が追う。男たちの絆を詩情ゆたかに描く暗黒小説の傑作。（池上冬樹）
ホ-1-7

ロジャー・ホッブズ（田口俊樹 訳）
ゴーストマン 時限紙幣
爆薬の仕掛けられた現金一二〇万ドルを奪還せよ。犯罪の始末屋ゴーストマンの孤独な戦いがはじまる。クールな文体で描く二十一世紀最高の犯罪小説。このミス二位。（杉江松恋）
ホ-10-1

ピエール・ルメートル（橘　明美 訳）
その女アレックス
監禁され、死を目前にした女アレックス――彼女が秘める壮絶な計画とは？「このミス」1位ほか全ミステリランキングを制覇した究極のサスペンス。あなたの予測はすべて裏切られる。
ル-6-1

ピエール・ルメートル（吉田恒雄 訳）
死のドレスを花婿に
狂気に駆られて逃亡するソフィー。かつて幸福だった聡明な女は、なぜ全てを失ったのか。悪夢の果てに明らかになる戦慄の悪意！『その女アレックス』の原点たる傑作。（千街晶之）
ル-6-2

ピエール・ルメートル（橘　明美 訳）
悲しみのイレーヌ
凄惨な連続殺人の捜査を開始したヴェルーヴェン警部は、やがて恐るべき共通点に気づく――『その女アレックス』の刑事たちを巻き込む最悪の犯罪計画とは。鬼才のデビュー作。（杉江松恋）
ル-6-3

ピエール・ルメートル（橘　明美 訳）
傷だらけのカミーユ
カミーユ警部の恋人が強盗に襲われ、重傷を負った。執拗に彼女の命を狙う強盗をカミーユは単身追う。『悲しみのイレーヌ』『その女アレックス』に続く三部作完結編。（池上冬樹）
ル-6-4